소호리 산192

숲으로 간 사람들
사람에게로 온 숲

소호리 산192

권비영 장편소설

새라의숲
SAERA FOREST

차례

제 1 부

난 시골 살기 싫어!

난 지난 해 봄 이곳으로 이사 왔다. 정확하게 말하자면 엄마에게 끌려온 거다. 내 생각은 묻지도 않고 엄마 마음대로 이삿짐을 싸버린 것이다.

"엄마, 우리 왜 이사 가?"

"도시는 너무 복잡해. 조용한 시골로 가서 살자."

엄마는 나를 쳐다보지도 않은 채 말했다.

"싫어. 난 시골은 싫어! 그냥 할머니랑 살 테야."

화난 목소리로 그렇게 말했는데도 엄마는 들은 척도 안하고 짐을 쌌다. 그러면서 아무렇지 않은 듯 말했다.

"그럼 너는 할머니랑 살아. 엄마 혼자 갈 테니."

엄마의 목소리는 차분했다. 기가 막혔다. 나는 화가 나서 소리를 질렀다.

"아악! 엄마 나빠!"

할머니가 측은한 표정으로 나를 바라보다 말씀하셨다.

"우선 엄마 따라 갔다가 정 못 살겠으면 다시 할미한테로 오너라."

할머니는 은근히 엄마눈치를 보는 것 같았다. 할머니가 엄마 눈치를 보는 사정은 나도 안다. 엄마가 얼마나 힘든 상황인지도 안다. 하지만 왜 나한테 의논도 하지 않고 이사를 결정하느냔 말이다. 그래서 더 화가 났던 것이다. 전 같으면 다정한 목소리로, 내가 알아들을 수 있게, 모든 상황을 조곤조곤 설명하던 엄마가, 그 일 이후로 돌변해버린 것이 조금 걱정되기도 했다. 그 일은 엄마에게 큰 충격이었을 것이다.

하지만 내가 시골 가는 게 싫다고 해도 엄마 혼자 시골로 가고 할 수는 없는 거였다. 나는 쪼끄매도 엄마의 보호자다. 그래서 어쩔 수 없이 엄마랑 이곳으로 이사를 오게 된 것이었다.

쥐라도 튀어나올 것만 같은 허름한 집에 짐을 풀고 나서야 엄마는 편안한 숨을 내쉬었고 나는 여전히 화를 풀지 못한 채 툴툴거렸다.

"이게 사람 사는 집이야? 창고 같아!"

"은미야, 며칠 지내보면 생각이 달라질 거야. 엄마도 그랬거든."

엄마는 애써 웃어보이며 내 손을 잡고 말했다. 열린 방문으로 주인인 듯한 할머니가 기웃거리는 모습이 보였다.

"귀신 나올 것 같단 말이야!"

난 엄마의 손을 뿌리치고 말했다.

"귀신 나오면 엄마가 혼내 주마."

"칫, 힘도 없으면서!"

"그래도 내 딸을 위하는 일이라면 뭐든 할 수 있어."

엄마의 눈에 눈물이 그렁그렁 차올랐다. 그 말이 거짓말이 아니라는 걸 알기 때문에 나는 더 이상 엄마에게 투정을 부릴 수 없었다.

"아가야, 여기는 귀신 안 나온다."

머리가 하얗게 센 주인 할머니가 다가와 말했다. 나는 고개를 돌리고 그 할머니의 시선을 피했다.

"얘가 괜히 투정을 부리느라 그러는 겁니다. 죄송해요, 할머니."

엄마가 안절부절 못하고 할머니께 고개를 숙였다.

"아이고, 괘안타. 얼라들이 뭘 알고 그라나. 괜히 투정부리는 게지 뭐."

할머니가 손을 내저으며 내 얼굴을 빤히 바라보셨다. 조금 미안한 생각이 들어서 딴청을 부렸다. 방 둘에 딸린 툇마루와 부엌 하나의 아주 좁은 집이었다. 헐거운 문이 여닫을 때마다 덜컹거렸다.

"문 덜컹거리는 거는 우리 아들 오마 고쳐 줄끼다."

엄마와 살던 집에 비하면 초라하기 짝이 없는 집이었다. 그래도 주인 할머니가 좋은 사람 같아서 조금 안심이 됐다.

"네."

엄마는 내내 물건을 정리하면서 고개를 끄덕였다.

'우리 아들'이라고 말하는 할머니의 말에 아까 본 아저씨가 생각났다. 턱수염이 텁수룩하던 아저씨. 엄마랑 어떻게 아는 사이일까?

"저녁은 우짤 끼고?"

할머니가 물었다.

"오늘 저녁은 대충 라면이나 끓여 먹을까 해요."

엄마는 작은방에 내 짐을 옮겨 놓으며 말했다. 피아노도 놔두고 오고, 책상도 놔두고 왔다. 아, 짜증나! 벌레도 많을 거고 키즈카페도 없을 텐데 심심해서 어쩌나. 하지만 엄마가 몹시 힘든 상태이니 일단은 내가 참아야 한다. 나는 엄마를 지켜야 하니까.

"그라지 말고 오늘 저녁은 우리랑 묵자. 맛있는 거는 없지만 시래기 삶아가 된장 찌지 났다. 그거랑 묵 무치고 돼지고기 볶아 묵자."

할머니는 아예 우리 툇마루에 엉덩이를 걸치고 안을 들여다보며 말했다.

"시래기요?"

엄마의 얼굴이 밝아졌다.

"작년 겨울에 말리 놓은 거 삶았다 아이가."

할머니가 히죽 웃었다. 빠진 앞니가 허전해보였다.

"아, 맛있겠네요. 그런데 오는 첫날부터 신셀 져도 될까요?"

엄마의 말에, 엄마랑 가서 먹던 시래기 된장국 집 생각이 났다.

"신세는 무슨, 그라마 우리 아들 오마 같이 밥 묵자."

그 말을 하고 나서 엉덩이를 뗀 할머니가 안채로 걸음을 옮겼다. 걸음걸이가 몹시 느렸다. 안채라고 해봐야 우리가 이사 온 집과 크게 달라보이지는 않았다. 엄마는 어느새 콧노래까지 흥얼대며 짐 정리에 여념이 없었다. 불쑥 또 의심이 들었다. 할머니 아들과 엄마는 어떤 사이지? 고개를 갸웃거리며 생각을 모아봤지만 아무 것도 짐작할 수 없었다. 하지만 걱정은 되지 않았다. 곧 알게 될 테니까.

그렇게 시골 생활이 시작됐다. 결론부터 말하자면 처음 생각했던 것보다 나쁘지는 않아서 다행이었다. 그럼에도 불구하고 시골에 살기는 정말 싫었다. 이제부터 펼쳐지는 이야기들은 그 시골마을에서 일어난 일들이다.

"몇 살이냐?"

이사 온 다음 날, 엄마와 어떤 사이인지 알 수 없는 아저씨가 물었다.

"여섯 살이요."

쪽마루에 앉아 햇볕을 쬐던 나는 시큰둥하게 대답했다.

"이름이 은미라 했지?"

"네, 그런데 아저씨 이름은 뭐예요?"

나는 아저씨를 빤히 올려다보며 물었다. 아저씨가 턱수염을
한참 만지작거리다 말했다.

"음… 그냥 털보아저씨라 불러라."

"이름은 없어요?"

"이름을 알려줘도 니가 아저씨 이름을 부를 일은 없지 않겠느
냐, 그러니 그냥 털보아저씨, 그렇게 불러라."

아저씨는 말하는 내내 나를 사랑스러운 눈길로 내려다보고
있었다. 어쩜 당돌한 질문을 하는 내가 어떤 아이인지 살펴보는
것 같기도 했다.

"털보아저씨…."

나는 입속으로 가만히 중얼거려 보았다. 하긴 이름을 안다 해
도 어른 이름을 함부로 부를 수 없으니 그 편이 더 나을 것 같기
는 했다.

"시골로 이사 간다고 엄마랑 많이 다투었다며?"

털보아저씨가 물었다.

"네, 우리 엄마가 말했어요?"

나는 아저씨를 빤히 쳐다보며 물었다.

"응."

아저씨는 아주 간단하게 대답했다. 난 아저씨에 대해 궁금한
게 많았다. 가장 궁금한 것은 엄마랑 어떻게 아는 사이냐는 것이
다. 하지만 대놓고 그렇게 물어볼 용기는 없었다.

"이따 아저씨랑 숲 구경 갈까?"

"숲 구경이요?"

여전히 시큰둥한 태도로 물었다.

"아직 친구도 없고 아는 장소도 없을 테니 심심할 것 같아서…."

아저씨가 내 눈치를 살폈다.

"그, 그렇긴 하죠."

나는 고개를 끄덕끄덕했다. 숲 구경은 해 본 적이 없었다. 공원이나 놀이공원에서 나무를 본 적은 있지만 숲으로 가 본 적은 없어서 슬쩍 호기심이 일었다.

"엄마 오시면 같이 가자."

"아, 네…."

엄마는 장 보러 갔다. 쌀도 사고 고기도 사고, 이것저것 필요한 물건도 사 올 거라고, 나 보고 집 잘 지키고 있으라 했다. 칫, 지킬 게 있기나 한가. 근데 혼자서 짐을 싣고 오려면 힘들 텐데…. 그런 생각을 하다가 다행히 엄마에게 차가 있다는 사실에 안심했다. 이사 올 때 가져온 것 중 제대로 된 물건은 엄마의 승용차밖에 없다. 시골에서는 보기 드문 빨간 외제 차. 그게 나는 다행스러웠다. 엄마와 내가 가난해서 시골로 이사 온 것이 아니라는 사실을 승용차가 말해주고 있다는 생각이 들어서였다.

엄마가 오자 아저씨가 말했다.

"숲 구경 갑시다. 이 마을에 오셨으니 나무 할배 어르신께 인사도 드릴 겸."

"나무 할배 어르신이요?"

엄마가 장 본 짐을 내려놓으며 물었다. 털보아저씨도 엄마의 짐을 거들어 나르면서 말했다.

"이 시골에 계신 큰 어르신이죠."

"아, 네…."

나무 할배를 뵈러 가자는 말을 나는 오해했다. 숲 구경 가자 했으니 아주 오래된 나무를 보여주려고 그러시나 했다. 차를 타고 구불구불한 길을 한참 가다가 숲이 울창한 어느 지점에서 아저씨는 차를 세웠다. 사방이 초록색이었다. 이리 보아도 저리 보아도 나무들만 빼곡한 숲이었다. 그 중 특별하게 큰 나무는 보이지 않았다. 잘 자란 소나무들이 초록의 향기를 내뿜고 있었다. 기분이 좋아지고 마음도 편안해졌다. 코를 벌름거리면서 초록 공기를 들이마시다가 내가 물었다.

"나무 할배는 어디 있어요?"

"조금 더 걸어 올라가야 한다."

그러고 보니 길이 끊겨 있었다. 털보아저씨가 앞장서서 걷기 시작했다.

"많이 걸어야 해요?"

내가 주변을 살펴보면서 걱정스럽게 물었다.

"아니. 조금만 걸으면 된다."

아저씨가 내 손을 잡고 걷기 시작했다. 숨이 조금 차기 시작할 즈음, 저만치에 나무로 지은 작은집이 보였다.

"저기여요?"

"그래, 저기에 나무 할배가 계신단다."

"나무 할배가 사람이에요?"

"그럼. 넌 뭐라고 생각했냐?"

"저는 오래된 나무인 줄 알았어요."

그 말에 아저씨가 헐헐 웃었다. 엄마도 따라 웃었다. 엄마가 웃음이 많아졌다. 이상한 일이다.

"박사님, 저 왔습니다."

작은 통나무 집 앞에서 아저씨가 큰소리로 말했다. 들어가는 문 앞에 〈나무 연구소〉라고 쓰인 팻말이 보였고, 그 위에 작은 글씨로 소호리 산192번지라고 쓰여 있었다. 아마도 소호리 산192번지가 주소인 모양이었다. 주변은 온통 나무뿐이었다.

"오, 어서 오너라."

기다렸다는 듯이 문을 열고 나온 사람은 머리카락이 하얀 할아버지였다. 진짜 '나무 할배'가 맞았다. 꼭 옛날이야기에 나오는 산신령 같았다. 강아지 한 마리가 꼬리를 흔들며 문 앞에 앉아 있었다.

"새 식구들이 와서 인사드리러 왔습니다."

아저씨의 목소리는 그 어느 때보다 조심스러웠다. 아저씨는 내 손을 잡고 나무 집 안으로 들어갔다.

"오, 소식은 들었지. 어서 오시오. 반갑소."

나무 할배가 엄마의 손을 한참동안 마주잡고 있었다. 작은 나무집 벽면에는 책이 그득했다. 작은 책상 하나와 간이침대 하나가 놓여 있고 소형냉장고 옆에 있는 작은 식탁 위에 휴대용 가스레인지가 하나 놓여 있었다. 〈나무 연구소〉라고 했으니 아마도 연구에 몰두할 때 간단하게 무언가를 끓여 먹을 수 있게 마련해둔 거 같았다. 통나무를 잘라 만든 나무 의자도 몇 개 보였다.

"앉으시오. 우리 고 선생한테 임 선생 이야기는 들었소."

임 선생? 우리 엄마가 선생이었다는 걸 어찌 알고? 또 고 선생은 뭐지? 털보아저씨도 엄마처럼 선생님인가? 더구나 엄마 이야기를 털보아저씨한테 들었다고? 머릿속에 수많은 의문들이 생겼다. 털보아저씨가 믹스커피를 타서 엄마와 나무 할배 앞에 놓았다. 나한테는 냉장고에서 오렌지 주스를 꺼내주었다. 자기 집처럼 편안하게 구는 아저씨가 잠시 낯설었지만 어른들의 이야기를 들으니 나무 할배와 털보아저씨는 선생님과 제자 사이일 것 같았다. 어른들이 통나무 의자에 앉아 이런저런 이야기를 하는 동안 나는 심심했다. 아까 들어오면서 보았던 강아지 생각이 났다.

"아저씨, 나가서 강아지 만져 봐도 돼요?"

나는 조그만 소리로 말했다.

"그럼 되고 말고. 우리 꼬마숙녀분이 심심하겠구나."

나무 할배가 내 뺨을 어루만지며 고개를 끄덕이셨다. 나는 냉큼 일어나 밖으로 나왔다. 강아지가 나를 보자 펄쩍펄쩍 뛰며 좋아했다.

"어른들끼리만 이야기하니 은미가 심심했구나."

털보아저씨도 밖으로 나왔다. 그러자 나무 할배도 엄마도 따라 나왔다.

"은미라 했느냐?"

나무 할배가 나를 보고 물었다.

"네. 송은미."

"여기까지 왔으니 송은미 나무 하나 심어보면 어떨까?"

나무 할배의 말씀에 엄마와 털보아저씨가 동시에 손뼉을 쳤다.

"그거, 좋은 생각입니다."

털보아저씨가 엄지손가락을 치켜 올리며 환하게 웃었다. 그래서 나는 생각지도 않게 내 나무를 심게 됐다.

"마침 금송 묘목을 구해 둔 게 있네. 은미 소나무가 되겠네."

나무 할배가 함박웃음을 지으며 삽과 괭이를 챙겨들었다. 나도 무척 기뻤다. 내 나무? 생전 처음 가져보는 내 나무라… 가슴이 발딱발딱 뛰었다. 나는 나도 모르게 나무 할배 옆으로 가서 살그머니 손을 잡았다.

"허허, 좋은 모양이구나."

나무 할배가 내 머리를 쓰다듬으셨다.

"네, 좋아요. 내 나무가 생긴다니 신기해요."

"너의 나무가 생기면 잘 돌보아주어야 한다."

"네에!"

나는 큰소리로 대답했다.

"연구소까지 올라오려면 힘들 테니 초입에 심자. 언제든지 나무 보러올 수 있도록."

나는 나무 할배 뒤를 졸졸 따라갔다. 가다가 낯선 풍경을 보고 걸음을 멈추었다.

"할아버지, 저 나무는 왜 여기 있어요?"

온통 푸른 소나무 사이로 하얀 꽃을 피운 나무가 드문드문 보였다.

"오, 우리 은미가 발견했구나. 그러잖아도 생뚱맞게 소나무 숲에 왜 벚나무가 있겠느냐고 물어보려던 참인데. 허허."

나무 할배가 내 머리를 쓰다듬으며 환하게 웃으셨다.

"어머, 저거 산벚 아니에요?"

엄마도 발견하고 놀라운 듯 벚나무를 바라봤다.

"새들이 버찌를 먹고 이리저리 날아다니다가 똥을 싸기도 하고 나뭇가지에 앉아 똥을 싸기도 하지. 그러면 똥 속에 있던 버찌씨가 땅에 떨어지고 그 씨가 땅에 뿌리를 내려 자란 거란다."

나무 할배가 친절하게 일러주셨다.

"어머나, 신기해요. 하얀 꽃잎들이 떨어져 마치 눈이 내린 것 같아요. 그리고 지금도 계속 꽃잎이 호르르 떨어져요."

나는 두 손을 벌려 벚꽃 잎을 받아보려고 애썼다.

"꽃잎이 호르르 떨어져? 은미는 표현력도 좋구나. 아주 좋아."

나무 할배가 나를 쳐다보며 고개를 끄덕거리셨다. 그랬다. 그건 다른 세상 같았다. 벚나무가 있는 주변에는 떨어진 꽃잎이 깔려 있었는데 그건 눈이 쌓인 것처럼 보였다. 도시에서 보던 벚나무와는 다른 느낌이었다.

"꼭 눈이 온 것 같아요."

그 사이에도 벚꽃 잎은 춤을 추듯 호르르 호르르 날리고 있었다.

"그래서 숲이 더 다채로운 것 같구나. 푸른 숲속에서도 벚꽃을 볼 수 있으니 그 또한 자연의 아름다움 아니겠느냐."

나무 할배의 말씀에 털보아저씨도 고개를 끄덕이며 벚꽃을 바라보았다. 엄마와 털보아저씨, 나무 할배와 나. 이렇게 네 사람은 꽃비를 맞으며 잠시 동화 속 풍경처럼 멈추어 있었다. 새가 벚나무를 산속으로 데리고 온다는 사실도 신기했다. 나는 한동안 그 감동에서 헤어나지 못하고 고개를 든 채 벚나무를 바라봤다.

"그만 가자. 산벚꽃은 봄이면 낯설지 않게 볼 수 있는 풍경이란다."

털보아저씨가 정리를 하듯 말씀하시고는 내 등을 살짝 밀었다. 꿈속에서 깬 듯이 타박타박 걸었다. 내 손에 몇 잎이 살포시

내려앉았다.

한참 내려와서 햇볕이 잘 드는 장소에서 나무 할배가 걸음을 멈추었다.

"여기가 좋겠다."

나무 할배의 말이 떨어지기 무섭게 털보아저씨가 땅을 파기 시작했다. 땀을 뻘뻘 흘리며 땅을 파던 아저씨가 허리를 펴며 한마디 했다.

"나도 내 나무가 없는데 은미 나무가 먼저 생기네. 더구나 금송으로."

그 말에 나도 모르게 웃음이 터졌다.

"그러게. 자네도 한 그루 심겠나?"

나무 할배가 넌지시 물었다. 그러자 손사래를 치며 털보아저씨가 말했다.

"아임니더, 지는 마을 나무 관리하는 것만으로도 바쁨더."

그러면서 나를 바라보았는데 그 눈빛이 그럴 수 없이 따뜻하게 느껴졌다. 엄마와 어떤 사이일지라도 다 이해할 수 있을 것 같았다.

나는 생전 처음으로 흙을 만졌고 어른들이 파둔 구덩이에 내 소나무를 심었다. 뿌리가 잘 내리도록 발로 흙을 꽁꽁 밟았다. 자꾸 웃음이 터졌다. 그 나무가 나를 시골에 살도록 붙잡을 것 같다는 생각이 들었다. 우리가 사는 집에서 걸어와도 그리 멀지는 않을 것 같았다. 아니 멀다 해도 걱정할 건 없다. 운동 삼아 걸어와도 되고, 아니면 나를 보살피고 키워주는 엄마가 차로 데려다 줄 테니까.

나는 그 날 꿈속에서도 내 나무를 만지작거렸다. 꿈속에서도 신령님 같은 나무 할배가 한 말씀하셨다.

"이쁘다고, 사랑스럽다고 너무 만지면 제대로 크지 않아. 적당한 거리를 두고 바라보는 게 나무를 위해서 더 좋을 수도 있단다."

나는 얼른 내 나무에서 손을 뗐다. 내 손에 초록물이 들어있었다. 색깔이 참 예뻤다. 나는 그 나무 때문에 그 마을을 떠날 수 없을지 모른다는 생각에 잠시 불안했다. 하지만 내 나무의 초록 향기가 더 깊숙하게 내 마음속으로 파고드는 것이 기분 좋았다. 엄마도 안심하는 눈빛이었다. 시골가기 싫다고 툴툴대던 내가 얌전해졌으니까.

삼목 집

버스 터미널에 내리자 갑자기 비가 쏟아지기 시작했다. 장마 철도 아닌데 먹구름까지 잔뜩 낀 하늘은 심술 사나운 노인의 얼굴 같았다. 이럴 줄 알았으면 정석에게 마중 나오라고 전화라도 할 걸 그랬다. 그냥 사무실로 갈까 하는 생각도 잠시 했지만 그러기엔 당장 드러눕고 싶을 만큼 피곤했다. 숲속의 빗소리를 들으며 잠들던 시간이 그리웠다. 우중이라 그런지 택시도 보이지 않았다. 비가 오는 날은 택시를 타는 사람들이 많기 때문일 터였다. 정류장에서 비 오는 바깥을 내다 보다 밖으로 나왔다. 혹시 아는 사람이라도 만나게 되면 신세 좀 지자 할 생각이었다. 빗줄기는 더욱 굵어지고 있었다. 우산도 없이 걷는 걸음에 옷이 금세 젖었다. 그때 저만치에 서 있던 차에서 경적이 울렸다. 빨간 왜건, 정석의 얼굴에 웃음이 감돌았다. 그는 서둘러 걸음을 옮겼다. 차 가까이 다가가자 차창이 내려지고 그녀가 하얀 손을 가볍게 흔들었다.

"아니 어떻게 알고 나왔어요?"

그는 반가운 마음에 환하게 웃으며 물었다. 그녀가 어서 타라는 손짓을 했다. 젖은 옷의 물기를 대충 털고 시트에 몸을 얹자마자 그녀가 타월을 내밀었다.

"우선 물기나 좀 닦으세요."

그는 허겁지겁 물기를 닦았다. 그러면서도 그녀가 어찌 나왔는지가 궁금해서 그녀에게 시선을 고정했다. 그의 눈빛을 읽은 그녀가 말했다.

"노정석 씨가 학교 배수관 수리해야 한다고 저더러 마중 좀 나가 달라하시더라고요."

"아, 그랬군요."

그는 차라리 기꺼웠다. 노정석이 나온 것보다는 그녀가 훨씬 반갑고 기분 좋았다.

"가신 일은 잘 됐어요?"

그녀는 환한 얼굴로 그를 바라봤다.

"네, 아마도."

그는 자신의 턱수염을 쓰다듬으며 만족스런 웃음을 지었다.

"고생하셨어요."

그녀가 잠시 고개를 돌려 그를 바라보는 표정에 신뢰가 그득했다. 그는 어깨를 으쓱이며 여자를 바라봤다. 그녀는 운전대를 바짝 잡고 잔뜩 흐려진 창밖을 열심히 내다보며 종알종알 떠들어댔다.

"이번 행사에 기대가 많아요. 그 모든 일정을 준비하시는 선생님께 존경을 표합니다."

그녀의 말에 오히려 민망했다. 자신이 한 일이라는 게 그리 큰일이 아니라 여겨져 부끄러울 뿐이었다. 그럼에도 불구하고 이번 행사에 대한 기대는 그 자신이 더 컸다.

"이번에 어르신 큰 아드님도 오신다면서요?"

"그래요, 서울서 볼일 좀 보시고 내일 오신답니다. 그래서 내가 먼저 내려 왔습니다."

그는 그 말을 하면서도 하품이 터질 듯한 입을 앙다물었다. 이런저런 일로 며칠 동안 긴장해서인지 절로 하품이 터졌다. 눈도절로 감겼다. 하지만 먼저 어르신 댁에 들러야 할 것이었다.

"어르신 댁에 다녀오셨소?"

졸음을 쫒으려고 손으로 얼굴을 벅벅 문지르며 그녀에게 물었다.

"저 혼자 가기는 좀 어색해서 아직…."

그녀가 말끝을 흐렸다.

"그럼 지금 나랑 같이 갑시다."

그의 말에 그녀가 반색했다. 마음 같아서는 집으로 가서 잠부터 자고 싶었지만 그럴 수는 없는 일이었다. 빗속을 뚫고 그녀가운전하는 동안 그는 졸지 않으려고 눈을 부릅떴다. 하지만 자꾸 내려앉는 눈꺼풀을 이겨낼 수가 없었다.

"어르신을 뵙고 집으로 가실 거죠?"

그녀의 목소리가 조심스러웠다.

"네, 형님이 전화하셨을 테지만 일단 저간의 사정은 말씀드려야지요. 형님이 이번에 오시는 것은 어르신의 팔순 잔치 때문이기도 하지만, 행사준비가 잘돼가고 있는지 미리 살펴보시고자 하는 목적도 있으신 것 같습니다."

그에게 삼목 집 어르신은 아버지 같은 분이었다.

"네에…."

비는 여전히 내렸다. 와이퍼가 부산스럽게 움직였다. 집에 도착하면 가장 먼저 잠을 좀 잘 일이다. 숲속에서 들려오는 초록의 빗소리를 들으면서, 초록의 빗소리를 닮은 여인을 그려봄도 좋을 일이다.

고헌산을 병풍처럼 두른 푸른 산자락 아래, 안온하게 자리한 그 집을 사람들은 '삼목 집'이라 불렀다. 단아한 기와집 뒷마당에 나무 세 그루가 있어서 그리 부르게 된 것이었다. 문인목으로 불리는 회화나무를, 아들이 태어날 때마다 한그루씩 심었다는데, 그 세 그루 모두 잘 자라 성목이 되었다. 멀리서 보면 그 나무 세 그루가 집을 에워싸고 있는 형국이었다. 그 기운 찬 나무들처럼 삼 형제 모두가 잘 자랐다. 더 이상은 바랄 것도 이룰 것도 없을 것 같은, 그야말로 안온한 삶을 살아낸 집이었다. '나무 할배'라는 별칭으로도 불리는 집 주인 김동조 씨는 집안 대대로 넉넉한 살림을 물려받았고 그 살림을 잘 보전해 왔으며 욕심 사납게 움켜쥐는 성품도 아니어서 대체로 평판도 좋았다. 그 집은 조상대대로 지켜온 종가였다. 김 씨 집성촌이기도 한 마을은 대부분 친인척들이 모여 사는 마을이었지만 일제 강점기 후에 외지인들이 들어와 섞여 살기 시작했다. 미선이네도 그런 경우였다. 김동조 씨의 먼 친척뻘인 엄마 덕에 이 마을로 들어오게 된 것이었다.

삼목 집 안주인은 종가집 종부답게 넉넉하고 후덕했다. 바깥일에는 전혀 간섭을 하지 않는, 후덕하고 음전한 부인은 자연스럽게 '삼목 부인'이라 불렸다. 그런 존경의 호칭을 받는 데는 김동조 씨의 후덕한 인심이 작용했을 터였다. 마을에 어려운 일이 있을 때마다 김동조 씨는 곳간을 아낌없이 풀었다. 이 마을이 이만큼 자리를 잡고 살게 된 데 큰 역할을 한 것도 김동조 씨였으므로 그에 대해 토를 다는 사람 또한 없었다. 과묵하고 음전한 안주인은 그림자처럼 조용했다. 남편에 대한 믿음이 깊어서 그런 듯했다.

김동조 씨는 과거에 잠시 면장을 지낸 이력이 있어 한동안 면장님으로 불린 적도 있었으나, 어쩐 일인지 정작 김동조 씨는 그 호칭을 그리 달가워하지 않았다. 눈치 빠른 사람들은 그가 해 온 일을 떠올려 '숲 박사님'이라 부르기도 하고 '나무 할배'라 부르는 사람들도 있었지만 그 또한 그리 달가워하는 기색은 아니었다. 그보다는 '동조 아재'라 불러주면 제일 좋아했다. 하지만 동조 아재라 부를 사람은 그리 많지 않았다. 기껏해야 친척들 십여 가구 정도였다. 빈한한 산촌에서 어려운 살림을 살아온 사람들은 김동조 씨를 어느새 '삼목 집 어르신'이라 불렀다.

찬모로 잔뼈가 굵은 하동댁 역시 후덕하고 바지런해서 어르신의 신뢰를 받았다. 과부인 하동댁에게는 아들 하나가 유일한 희망이었는데 그 역시 삼목 집 그늘 아래서 다복다복 커갔다. 주인집 아이들과 같이 대학을 다닐 수 있었던 것도 삼목 집 어른 덕이었다. 하지만 하동댁의 아들은 그리 믿을 만한 사람은 아니었다. 가진 것도 없으면서 늘 일확천금의 헛꿈을 꾸며 허세를 떨고 다녔다.

"아직 멀었는가?"

김동조 씨가 대청마루를 왔다 갔다 하며 부엌 쪽을 기웃거렸다.

"거의 다 됐심더. 저녁 손님들만 오시면 됩니다."

열린 부엌문으로 얼굴을 내민 하동댁이 큰 목소리로 활기차게 말했다. 곁에 선 미선은 몹시 불안한 기색으로 부엌 안을 서성거리고 있었다.

"미선이도 고마 들어 온나."

김동조 씨가 말했다.

"아입니더. 지는 부엌에 있는 기 편합니더."

미선이 손사래를 치며 고개를 저었다.

"그래도 드가 봐라. 어르신 하실 말씀이 있으신 갑다."

삼목 부인이 미선의 등을 슬쩍 밀었다. 하동댁의 말에 김동조 씨가 험험, 잔기침을 하며 대청마루를 서성거렸다.

"비가 와가 날이 마이 눅눅합니다. 어르신도 방에 드가서 기다리시소."

마당을 서성거리던 구 서방이 콧물을 훔치며 머리를 조아렸다. 하지만 김동조 씨는 안절부절 못한 채 고개를 쑥 빼고 마을 초입을 바라보았다. 저만치 푸른 밭이랑 사이로 하얀 길이 보였다. 차리에서 이 마을로 들어오는 유일한 길이었다. 또한 마을을 벗어날 수 있는 유일한 길이기도 했다.

"늦는 모양일세."

김동조 씨가 혼잣말처럼 중얼거렸다.

"어르신."

그때 허겁지겁 대문으로 들어서는 이가 있었다. 허둥지둥 들어선 사내는 마을 이장 일을 보고 있는 박우태였다. 마음이 바빠서인지 그의 발걸음도 허둥거렸지만 그보다는 그가 들고 온 묵직한 짐이 시선을 끌었다.

"그기 뭐꼬?"

김동조 씨가 물었다.

"이기요, 팔순축하기념 타올입니더. 지가 백 장 맞차 갖고 왔심더."

그가 짐을 풀어 타월 한 장을 펼쳐들고는 목소리를 높였다. 타
월에 〈김동조 어르신 팔순을 축하드립니다〉라는 문구가 새겨져
있었다.

"뭐라꼬? 타올을 맞차? 와 씰데없는 짓을 했노."

눈이 어두운 김동조 씨는 타월에 적힌 문구를 보지는 못한 채
박우태에게 나무라듯 말했다.

"이장인 지가 어르신 생신 축하 선물로 마을 사람들에게 한 장
씩 노나 줄라꼬요."

잔뜩 상기된 표정의 박우태는 자신이 한 일이 자랑스럽다는
듯 어깨를 쫙 펴고 히죽 웃었다. 평소 매사에 불평이 많기는 하
지만, 그렇다고 해서 성품이 악한 자는 아니었다.

"돈 쫌 썼네."

기웃대던 양 씨가 타월 한 장을 챙기며 이죽거렸다. 박우태가
양 씨의 손에서 타월을 뺐으며 말했다.

"이따 어르신 한 말씀 하시고 난 후에 농가 줄 끼다."

"앗따, 타올 한 장 가지고 억시로 생색내네. 드라바 안 가지갈
란다."

양 씨가 투덜거렸다.

"그라마 니는 가주 가지 마라."

박우태가 빼앗은 타월을 다시 짐 꾸러미 속에 구겨 넣었다.

"허어, 어르신 앞에서 뭔 짓이고? 치아라."

구 서방이 나타나 박우태의 짐 꾸러미를 들고 저만치로 옮겨
놓았다.

"그나저나 와이래 늦노?"

김동조 씨의 눈길이 마을 진입로에 가닿았다.

"현수가 온다 캐서 지도 왔심더."

이장이 대청마루에 서 있는 어르신을 올려다보며 말했다.

"잘 왔다. 퍼뜩 올라오너라. 오늘은 몸보신 좀 해야지."

김동조 씨가 손수 박우태의 팔을 잡아 마루로 끌어올렸다.

"털보는 와 안 보입니꺼?"

"오늘 온다 캤으니 곧 올끼다. 많이 곤할 끼다."

그 말을 하고도 어르신은 고개를 쑥 빼고 마을 초입을 바라보
았다. 박우태가 입을 삐죽거렸다. 털보를 아끼는 어르신의 마음
이 느껴져 슬그머니 심술이 났다.

부엌에선 기름 냄새가 풍겨 나왔다. 손님 맞을 준비를 하는 부
엌은 말 그대로 잔칫집 풍경이었지만 미선의 표정은 그리 밝지
않았다.

"니는 와 그래 죽상이고?"

하동댁이 미선의 표정을 살피며 한 마디 했다. 그녀의 속을 모
르는 바는 아니나 우울한 미선의 표정이 마음에 걸렸다.

"배가 좀 아파가 그렇심더."

미선이 배를 문지르며 변명하듯 말했다.

"내가 니 속을 모리나? 일 고마 하고 집에 가서 좀 쉬어라. 점심 손님 치르고 저녁 음식 준비한다꼬 고생했다."

삼목 부인이 미선의 어깨를 다독이며 측은한 표정을 지었다.

"그라마 잠시 집에 좀 댕기 오겠심더."

미선은 마치 미리 작정한 일이 있기라도 한 듯 슬그머니 부엌을 나와 삼목 집을 빠져나갔다. 그런 미선의 뒷모습을 보며 하동댁이 혀를 끌끌 차며 머리를 저었다.

삼목 집 마당에 커다란 텐트가 처지고 상다리가 휘게 음식이 차려졌다. 삼목 집 둘째아들 민수와 셋째 지수, 거기에 마을 사람들 대부분이 모였다. 모처럼 마을이 들썩거릴 정도의 잔칫집 풍경이 보기에도 좋았다.

"어르신. 팔순 생신을 축하합니더."

시내에서 오는 손님들 대접은 낮에 치렀으니 마을 사람들을 대접하는 저녁은 오히려 한가한 셈이었다.

"잘들 왔다. 고맙네."

김동조 씨가 모여든 마을 사람들을 둘러보며 인사를 했다.

"어데요, 이래 잔치를 보게 돼서 기분이 좋심더. 오래오래 건강하게 사시소."

이장 박우태가 손사래를 치며 공을 돌리자 마을 사람들도 고개를 끄덕였다.

"고 선생은 좀 늦을 모양이다. 먼저 식사들 하게나."

기다리다 늦어진 저녁이라 사람들이 주춤주춤 상 앞으로 모여들었다.

"듭시다. 나도 배가 고프네."

이장 박우태가 성큼 들어앉아 숟가락을 먼저 들었다. 그러자 모두 기다렸다는 듯이 음식이 차려진 상 앞으로 당겨 앉았다. 밤새 고은 곰탕이 푸짐했다. 수육도 있고 맛깔스런 겉절이도 있었다. 갖가지 나물과 갈비찜까지, 아주 풍성한 상차림이었다. 모처럼 기름진 식사를 하게 된 마을 사람들은 모두 기분 좋은 얼굴이었다.

"아이고, 저기 고 선생이 오네. 옆에는 누고?"

대청마루를 서성이던 김동조 씨의 얼굴에 화색이 돌고 목소리 톤이 높아졌다. 박우태가 입속에다 잔뜩 끌어넣은 음식을 우적우적 씹으며 돌아봤다.

"아, 할랑교 선생이라 카는 처자, 아니 아짐씨….”

박우태의 입안에서 밥알이 튀어나와 여기저기로 튀었다. 밥풀이 얼굴에 묻은 양 씨가 성질을 내며 말했다.

"입에 든 거 삼키고 말하소. 더럽구러. 오만 데 다 튀기감서 뭔말이 그리 많소."

양 씨가 툴툴거렸다. 뭔가 심사가 뒤틀려 있는 것 같았다.

"어르신이 물으시니 답하는 거 아이가."

박우태도 지지 않고 대꾸하며 집으로 들어서는 고 선생을 바라봤다. 김동조 씨가 대청마루에 서서 어서 오라는 듯이 손짓을 하며 환한 표정을 지었다. 고 선생과 임 선생이 들어서자 시선이 모두 그리 쏠렸다. 대청마루로 올라서는 둘을 보며 박우태가 구 서방에게 슬쩍 물었다.

"둘이 우떤 사이고?"

"내는 모린다. 자네가 모리는 동네 사정도 있나?"

빈정대듯 구 서방이 대꾸했다. 그 사이 그들이 방으로 들어갔고 곧 음식상도 들어갔다. 한참 동안 방안에 시선을 꽂았던 동네 사람들은 두런두런 이야기하는 소리에 귀를 기울이다가 곧 관심을 두지 않았다. 그보다는 눈앞에 있는 술과 음식에 더 관심이 많았다. 식사를 마치고 난 후에도 밤늦도록 술자리가 이어졌고 모두들 흥겨워서 기분들이 낙낙했다. 부어라, 마셔라, 흥겨운 술자리는 끝날 줄 몰랐지만 마냥 흐트러지지는 않았다. 하동댁이 담근 막걸리와 소주가 뒤섞인 술자리는 마치 화합의 잔치인 양 흥겨웠지만 대청마루에 걸린 괘종시계가 10시를 알리자 하나둘씩 일어서 자리를 털었다.

"가세나, 시간이 늦었네."

박우태가 대청에 걸린 시계를 바라보며 갈 채비를 했다.

"근데 정큰지 뭔지 하는 인간은 코빼기도 안 비치는 거여?"

잔뜩 취한 구 서방이 혀 꼬인 목소리로 소리를 질렀다. 술만 들어가면 목소리가 커지는 구 서방은 걸음걸이까지 비칠거렸다. 조용히 술잔을 기울이던 민수가 구 서방을 쏘아보았다.

"그 인간 문제는 시간을 두고 해결방법을 찾아보세."

박우태가 구 서방을 어르듯 달랬다.

"허, 애써 가꾸어 온 마을 이미지 다 버리게 생겼잖아."

마치 마을을 위해 한 그 모든 일이 자신이 업적인 양 구 서방이 구시렁구시렁 불평을 해댔다. 꾹 참고 있던 민수가 구 서방을 쏘아보며 한마디 했다.

"아버님이 허락하신 일인데 자네가 왜 그런 말을 하시나?"

불편한 표정으로 민수가 드디어 한 마디 하자 곁에 있던 지수가 서둘러 말을 보탰다.

"행님요, 저 양반이 술이 좀 들어가모 한번 씩 저래 실수를 함더. 이해 하이소."

삼목 집 3형제 중 유일하게 마을을 지키고 있는 막내 지수는 분위기가 흐려질까 염려하여 그리 말하였다. 그러나 민수의 기분은 썩 좋지 않아보였다.

"아이고, 미안함더. 지가 술만 들어가모 헛소리를 해쌓서….."

구 서방이 아차 싶었던지, 민수에게 허리를 굽히며 아부를 떨었다. 민수는 먼 데를 바라본 체 아무 말도 하지 않았지만 불쾌한 표정이 역력했다. 자신의 친구를 험담하는데 기분 좋을 사람이 있겠는가. 마을 사람들이 하나 둘 흩어지면서도 구시렁거렸다.

"오질 없는 기라. 감당도 몬할 말을 와 지껄이노? 지 땅도 아니면서."

모여 있던 마을 사람들 대부분이 고개를 끄덕였다. 침묵을 깨듯 누군가가 말했다.

"고마 가자, 가서 일찍 디비 자자."

기분 좋게 취한 양 씨가 비틀거리며 일어났다. 비가 그친 숲속에서 불어오는 바람이 눅눅했다.

홍두깨와 이장

　그 남자가 그 마을에 나타난 것은 여름이 시작될 무렵이었다. 차리로 넘어가는 산기슭, 마치 버려진 듯이 내버려 뒀던 삼목 집 소유의 구석진 땅에 고물 같은 물건들이 쌓이는가 싶더니 어느 날 그 남자가 나타나 천막을 치고 살기 시작했다.

　마을 사람들은 궁금해 했다. 특히 마을 이장 박우태는 더 그랬다. 터줏대감인 삼목 집에서 땅을 팔았을 리는 없겠고, 어찌 연이 닿은 인사가 이곳까지 흘러들어오게 됐을까 하는 궁금증 때문이었다.

　산자락 아래에 위치한 그 땅은 움푹 팬 땅이라 여름에는 물이 괴어 모기가 들끓었다. 마을에서 떨어진 외진 곳이어서 처음엔 그가 그곳에 천막을 친 것도 대부분의 마을 사람들은 몰랐다. 다만 빈 땅에 고물들이 쌓여가고 있다는 걸 안 박우태가 어찌 된 영문인지 김동조 씨에게 물어봤을 때야 그 사연을 알게 되었다.

　"민수 대학친구라네. 그 땅에서 뭔가를 한다던데."

민수는 서울에서 대학을 나와 서울에 눌러앉았다. 일 년에 고작 두어 번, 명절에나 고향을 찾았다.

"민수가 서울 있는 대학에 교수래여."

구 서방이 알은체했다.

"그려? 근데 그 친구는 뭐하는데?"

친구라는 이도 비쩍 마른 건 민수나 별반 다르지 않았다. 다만 나이에 비해 늙수그레해 보인다는 점이 좀 달랐다.

"거기서 뭘 한대요?"

부엌에서 늙은 하동댁도 궁금한지 물었다.

"정크아트라든가…. 아무튼 뭘 한다대."

김동조 씨는 나무 이외에는 관심이 없는 사람이었다. 젊어서는 맹렬하다 할 정도로 일을 열심히 했지만 나이 들어서는 일에 대한 열망도 줄어든 듯했다. 집보다 나무 연구소에 있는 시간이 더 많았는데 요즘은 또 다른 일로 마음이 바빴다. 그 일의 마무리작업은 고정석이 맡아서 하고 있었지만 자신과 엮인 일이라 무심할 수는 없어서 기웃대면 고정석이 손을 저었다. 마무리되면 어르신께 먼저 보여드리겠습니다, 했다. 믿을 만한 친구니 더 이상 기웃대면 오히려 실례일 것 같아 애써 무심한 척했다. 머리에 설산을 이고 있는 나이임에도 늘 뭔가를 들여다보던 어른이지만 이즈음엔 가끔 구 서방과 심심파적으로 바둑 두는 걸로 소일하는 날이 많았다.

"형님, 그 땅 팔았심꺼?"

박우태가 물었다. 그는 김동조 씨를 형님이라 부름으로써 자신의 위치를 단단하게 다져두었다고 생각하는 것 같았다.

"팔긴. 쓸모도 없는 땅이라 그냥 쓰라고 했네."

"하긴 그 땅은 그늘져서 쓸모가 없긴 함더. 하지만 외지인이 들어와서 고물을 쌓아놓으니까 외관상 보기는 안 좋심더."

박우태는 김동조 씨의 눈치를 살피며 슬쩍 이맛살을 찌푸렸다.

"민수 말로는 무슨 예술을 하는 사람이라더군."

김동조 씨의 말은 심드렁했다.

"고물을 쌓아놓고 무슨 예술을 합니꺼?"

"고물이 많던가?"

안경 너머로 이장을 살피는 김동조 씨의 얼굴에 호기심이 일었다.

"오만 게 다 있습디다. 고장 난 자전거, 밥솥, 빨래건조대, 망가진 오토바이, 철근, 플라스틱 병, 심지어 헌옷도 수북하게 쌓아두었습디다."

박우태의 말은 김동조 씨의 호기심을 더 자극했다.

"어허, 헌 옷까지? 뭐 하려고 그러는고?"

"모르죠. 근데, 형님한테 인사도 안 왔능교?"

박우태가 핏대를 세우며 인상을 북북 그었다.

"나 외출한 사이에 다녀갔다더군. 하동댁한테 정종 한 병 맡기고 가면서 전해달라고 하더라네."

"그렇다고 다시 인사를 안 와요?"

매사 꼬치꼬치 물어대는 박우태의 표정이 심술 사나웠다.

"나중에 들르겠지. 아님 내가 내려가 봐도 되고."

김동조 씨는 별 관심이 없다는 듯이 다시 책을 펼쳤다. 시력이 부쩍 안 좋아졌는지 자꾸만 인상을 찡그렸다.

"아무튼 사람 잘못 들인 거 같습니더, 형님. 나라도 가서 살펴 봐야겠심더. 이 마을에 중차대한 행사를 앞둔 시기에 똥물 튀길 인산지 아닌지 알아봐야겠심더."

그렇게 말하는 이장 박우태의 심기가 썩 편치 않아 보였다.

깡마른 몸피에 어울리지 않게 수염을 기르고 헐렁하게 청바지를 입은 차림새로 보아 그는 공장노동자나 잡역부 같아보였다. 삼목 집 아들 친구라는 이야기를 듣지 않았다면 대놓고 무시할 인물 수준이었다. 산자락 아래 푹 꺼진 맹지를 들락거리는 모습이 가끔 마을 사람들 눈에 뜨이더니 어느 날인가 그 자리에 천막이 하나 쳐졌다. 큼직한 군용텐트였다. 아마도 거처로 마련한 거 같았다. 낯선 그를 가장 먼저 본 것은 이장 박우태였다. 밭으로 오가는 길에 자연스럽게 보게 된 그의 행동은 조금 이상했다. 하늘을 보고 중얼거리는가 하면 대책 없이 허허거리고 웃기도 했다. 그는 볕이 드는 양지를 골라 앉아 담배를 꼬나물었다. 담배를 뻑뻑 빨아대는 폼이 꽤나 골초인 모양이었다. 그가 나타난 이후로 날이 갈수록 주변에 고물로 보이는 물건들이 쌓이기 시작했다. 오만 잡동사니를 다 끌어 모으는 모양이었다.

"고물상 하려나?"

이장과 붙어 다니는 양 씨가 말했다.

"우리 마을에 저런 게 들어오면 안 되는데. 마을 이미지 나빠져. 우리 함 가볼까?"

이장 박 씨가 말했다.

"마을회관에 이사 왔다는 인사도 안 하는 걸 보니 고분고분한 인간은 아닌 것 같아."

양 씨도 고개를 갸웃거렸다.

"그래도 마을에 들어온 이상 뭐하는 사람인지는 알고 있어야지. 어르신 말만 듣고는 도대체 알 수가 없으니…. 혼자 가는 거보다 둘이 가는 게 안 났겠나. 가 보세."

이장 박 씨가 양 씨를 이끌었다. 양 씨는 마지못해 끌려가는 것처럼 걸음을 게으르게 떼어놓았다.

군용텐트 안에서는 무엇을 하는지 망치소리가 요란했다.

"계시오?"

박 씨가 텐트 안을 기웃거리며 큰소리로 말했다.

"누구시오?"

어두컴컴한 안에서 망치소리가 멈추더니 작업복 차림의 남자가 성큼성큼 걸어 나왔다. 양 씨는 박 씨 뒤에 한 발짝 물러서서 남자를 힐긋거렸다.

"아, 내가 마을 이장인데 확인하러 왔심더. 언제 이사 왔능교?"

박 씨가 목소리를 높이며 약간 고개를 젖히고 말했다.

"아, 그러시오. 그러잖아도 정리 좀 끝내고 마을회관에 인사하러 가려고 했는데. 이거, 짐이 하도 어수선해서…. 미안합니다."

사내는 생각보다 서글서글하게 굴었다. 작업용 장갑을 벗고 손을 내미는 그의 오른손 마디 하나가 짧았다. 박 씨가 얼결에 그의 손을 잡고 흔들었다.

"이 분이 마을 이장이오. 나는 총무고."

양 씨가 박 씨를 끌어당기며 사내를 바라봤다.

"아, 그러시오? 나는 홍두석이라 합니다."

사내는 헝클어진 머리를 쓸어 넘기며 말했다.

"호, 홍두석?"

"예, 이름이 좀 별스러워 다들 한번쯤 되묻습디다. 친구들은 홍두깨라고 부르지요. 그러나 부모가 지어준 이름을 어쩌겠소. 하하하."

사내는 호탕하게 웃으면서도 박 씨와 양 씨를 찬찬히 훑어보았다.

"초면에 실례인 줄 아오만… 뭐하는 분이오?"

이장 박 씨가 딴에는 예의를 차린답시고 조심스럽게 물었다.

"하하하, 호구조사 오셨군요. 일단 들어오세요. 커피라도 한잔 하시게."

호락호락해 보이지는 않지만 경우 없는 인사는 아닌 듯싶어 박 씨는 성큼 텐트 안으로 들어섰다. 홍두석이 구석에 있는 탁자 위 커피포트 스위치를 올리고 믹스커피 봉지를 따서 종이컵에 부었다. 물이 끓는 동안 홍두석이 나무토막을 가져와 박 씨와 양 씨 앞에다 놓았다. 의자 높이로 자른 원목이었다.

"살림살이가 옳은 게 없소이다. 불편해도 잠시 앉으시지요."

박 씨와 양 씨가 엉거주춤 나무토막에 엉덩이를 대는 동안 물이 끓었고 홍두석이 재바르게 종이컵에다 물을 부어 내밀었다. 박 씨는 커피를 홀짝이면서도 텐트 안을 이리저리 살펴보았다.

"뭐하시는 분이시오?"

박 씨가 홍두석을 살피며 재차 물었다.

"아, 저는 정크아트 하는 사람입니다."

"저, 정크, 뭐 뭐요?"

박 씨가 커피를 마시다 말고 홍두석을 올려다보았다.

"정크아트."

홍두석이 간결하게 다시 말했다.

"그게… 뭐, 뭐하는 거냐 말이오."

박 씨가 자신 없는 목소리로 물었다.

"음, 정크아트를 모르신다? 음, 이걸 설명하려면…."

그는 설명을 하려다 말고 주위를 둘러보았다. 그러다 텐트 구석에 놓인 요상한 물체를 가리키며 말을 이어갔다.

"저게 뭘로 보이시오?"

그의 손끝이 가리킨 곳에는 딱히 뭐라고 말하기 어려운 형상이 하나 놓여 있었다. 페트병과 플라스틱 바가지, 나무토막, 헝겊, 쇠막대기, 망가진 선풍기 날개 따위들을 이리저리 얽어놓은 물건이었다. 박 씨는 그걸 찬찬히 들여다보며 마른침을 삼켰다. 도저히 무엇인지 알기 어려운 형상이었다.

"사람 같기도 하고, 로봇 같기도 하고⋯."

양 씨가 고개를 갸웃갸웃하며 자신 없는 말투로 중얼거렸다.

"빙고! 맞습니다."

홍두석은 기분이 좋은지 박수까지 치며 양 씨를 바라봤다.

"이게 사람⋯ 이라꼬요?"

양 씨는 여전히 의심스러운 눈으로 그 형상을 바라보고 있었다.

"보기에 따라 사람으로 보일 수도 있고 로봇으로 볼 수도 있지요. 하하하. 저는 이런 걸 만드는 사람입니다."

"이런 걸 왜 만드시오?"

박 씨가 불쑥 물었다. 목소리가 불퉁했다.

"이게 아트라는 거지요. 정크아트. 난 여기에다 정크아트센터를 만들 겁니다."

양 씨가 듣기에는 뭔 소린지 알 수 없는 말들이었다. 슬쩍 기분이 상했다. 무시당하는 느낌이 들었기 때문이었다.

"어르신 땅인데 허락도 없이 뭘 만들어요?"

박 씨의 얼굴 표정이 사나워졌다.

"그거야 구체적인 계획이 세워지면 어르신께 허락을 받아야지요."

그는 여전히 웃는 얼굴로 대꾸했다.

"도대체 정크아트가 뭘 하는 거요?"

박 씨도 기분이 나쁜 듯 마시던 커피를 내려놓고 약간 인상을 쓰며 물었다.

"쉽게 말하면 재활용예술입니다. 버리는 물건들을 활용해서 예술품을 만드는 겁니다. 정크는 쓰레기, 아트는 아실 테고. 현대도시 문명에 대한 비판을 목적으로 하는 작품들이죠."

은근히 무시하는 듯한 기분 나쁜 말투였다.

"그건 됐고, 이 마을엔 어찌 오셨소?"

이미 삼목 집 어르신에게 들어서 알고는 있지만 이장 박우태는 본인 입으로 사연을 듣고 싶었다.

"이 땅이 김 씨 어르신 땅이라던데 제가 그 집 아들하고 친굽니다. 그래서…."

"아, 서울 가 있는 민수 말이오?"

"예, 걔는 상대고 저는 미대고."

"미대고 상대고 간에, 이 마을에 들어왔으면 마을회관에 인사부터 하는 게 도리 아니오? 어르신들 계신데….”

이제 박 씨는 아주 노골적으로 불편한 표정을 지었다.

“예, 조만간 인사드리러 가겠습니다.”

홍두석이 허리를 숙이며 나긋하게 굴었다.

“지저분한 물건을 이리 쌓아놓고… 에이… 그나마 마을에서 떨어져 있으니 다행일세. 너무 소란스럽게 굴지는 마시오.”

박 씨가 의자에서 일어서며 마땅찮은 눈길로 홍두석을 바라봤다.

“작업을 하다보면 시끄러울 수도 있어요. 그래서 마을에서 좀 떨어진 땅을 구한 겁니다.”

홍두석도 호락호락하지는 않았다. 박 씨가 양 씨의 손을 잡아끌며 말했다.

“가세, 별 이상한 예술도 다 있네. 뭐? 현대도시 문명에 대한 비판을 목적으로 하는 작품이라고?”

분명 불편한 심기를 드러내는 말이었다. 나오면서 보니 빈 땅 여기저기 이상한 형상들이 몇 개 더 서 있었다. 새 모양도 있고, 강아지 형상도 있고, 폐비닐로 만든 머리 긴 여자 형상도 보였다. 눈코 입도 없이 산발한 머리칼만 무성했다. 왠지 오싹한 기분이 들었다. 홍두석이 따라 나오며 물었다.

“저건 뭘로 보이시오?”

그의 손끝이 폐비닐로 만든 기괴한 여자 형상을 가리켰다.

"귀신같아 보이네."

박 씨는 슬쩍 말을 놓았다.

"하하하, 귀신요? 잘못 보셨어요."

그가 손사래를 치며 웃었다.

"그럼 저게 뭐란 말이오?"

"비너스."

"비너스?"

"아프로디테라고도 하지요."

"원 별⋯. 앞으로든 뒤로든 기괴하기만 하구만. 꿈에 나올까 무섭네."

양 씨는 고개를 절레절레 저으며 홍두석을 등졌다. 나오면서 주변을 둘러보니 냉장고, 선풍기, 각종 플라스틱 용기들, 신문쪼 가리, 빈 박스들, 너덜너덜한 옷가지들까지 이리저리 널린 마당 이 마치 귀신이라도 튀어나올 듯 음산했다.

"에이 퉤퉤퉤! 꼭 귀신들이 튀어나올 것 같구만. 민수는 왜 저 런 인사에게 땅을 빌려주라 하였을꼬?"

양 씨가 질척한 땅을 이리저리 피해 디디면서 인상을 썼다. 그 가 차지한 땅의 입구에는 〈정크아트 박물관〉이라는 나무 현판이 비스듬히 세워져 있었다. 아마 곧 입구에 세울 모양이었다. 박 씨 역시 기분이 썩 좋지 않았다.

"마을에 저런 귀신 나올 것 같은 집이 있으면 땅값 떨어져. 에잇, 카악. 퉤퉤퉤!"

박 씨는 가래침을 끌어올려 홍두석이 있는 쪽을 향해 내뱉었다. 그때였다. 자전거 한 대가 들어섰다.

"어? 이장님, 여기 어쩐 일인교?"

박 씨는 그를 바라보다 깜짝 놀랐다.

"자넨 여기 어쩐 일인가?"

이 마을 구석구석, 이 산 저 산 다 휘젓고 다니는, 민수의 초등학교 친구 고정석이었다. 한때 잘 나가는 대기업에서 승승장구한다는 소문이 있더니, 무슨 이유에서인지 그 좋다는 대기업 때려치우고 낙향하여 숲을 연구한다며 헐렁헐렁 숲속을 헤집고 다니는 인물이었다. 그가 하는 일은 표 나게 드러나는 일도 없었다. 그저 골똘한 표정으로 숲속을 돌아다니거나, 어떤 땐 나무 아래서 종일 나무만 쳐다보고 있을 때도 있었다. 그가 하는 일을 톡 꼬집어 말하기는 어려웠다. 어떤 땐 소나무 숲에다 텐트를 치고 종일 책만 읽을 때도 있었고 또 어떤 땐 눈을 감고 음악만 듣고 있을 때도 있었다. 때로는 나무 사이를 돌아다니면서 병든 나무가 있나 없나 살피기도 했다. 면사무소 근처에 허름한 사무실을 하나 구해두고는 몇 며칠을 두문불출할 때도 있었다. 그런 탓에 딱히 그의 직업이 무엇이다 말할 것이 없었다. 대학에서 뭘 전공했는지도 아는 이가 없었다. 그저, 과거에 잠시 선생을 한 경력도 있다 해서 그냥 편하게 '고 선생'이라 부를 뿐이었다. 최근에는 김동조 씨의 일대기를 쓰는 일로 조금 바빠 보였다. 그로 말할 것 같으면 이 마을 지킴이와 다름없었다. 마을에 모르는 사람 없고 숲에 대해서도 모르는 게 없는 사람. 그래서 그의 이름이 별명처럼 불렸다. 고정석, 한자리에 붙박힌. 그는 털보라는 별명도 좋아했다. 서슴없이, '저는 털보 고정석입니다. 이 소호를 떠나지 않습니다. 하하하.'했다.

"저야 이 친구 감시하러 왔지요. 하하하."

그의 웃음이 호탕했다. 박 씨는 조금 갸웃거렸다. 홍두깨랑 친구라고? 진짜로 저 친구는 모르는 사람이 없군, 하는 생각을 하며 박 씨가 큰 소리로 말했다.

"그래, 잘됐군. 감시 잘하라고. 수상한 게 많은 사람이야."

고정석을 믿기에 그쯤에서 박 씨는 되돌아섰다. 그러면서 드는 생각에 잠시 머리가 어지러웠다. 마을회의가 있는 날인데 그는 어찌 여기에 온 것일까?

"저 인간은 도대체 모르는 게 없고, 모르는 사람이 없네."

다시 한 번 뒤돌아보며 박 씨는 중얼거렸다. 그러다 생각난 듯 돌아서 천막을 향해 소리 질렀다. 마을회관 입구에 걸어둔 커다란 현수막이 떠올랐다.

"고 선생, 회의 시간에 늦지 마소."

천막 안에서 화답이 들려왔다.

"내, 곧 갑니더. 염려 마시소."

〈소호 산림사업 50주년기념 행사추진위원회〉

큼직한 글씨로 쓰인 현수막이 바람에 펄럭거렸다. 마을행사로
는 아주 큰 행사다. 그 현수막을 보자 절로 한숨이 터졌다. 지나
온 세월이 아득하게도 느껴지고 또 뿌듯하게도 느껴졌다.

그는 눈을 들어 주위를 살폈다. 온통 푸르른 산이 병풍처럼 둘
러쳐져 있었다. 민둥산에 가깝던 산이 이토록 푸르고 젊게 살아
난 것은 거의 기적에 가까운 일이었다. 그 일에 가장 앞장 선 사
람은 물론 김동조 어르신이다. 그의 희생과 이끎이 없었다면 어
려운 시기를 어찌 견디어 냈을까. 그 자신 어린 시절, 숯가마에
서 일하던 아버지의 뒤를 졸졸 따라다니며 껌둥이로 지냈다. 그
래서 그때 그의 별명은 '깜둥이'였다. 슬쩍 쓴웃음이 났다.

50이란 숫자가 주는 힘은 대단했다. 아버지에게서 들은 소리
는 암흑이었다.

"죽일 놈들, 놋그릇에 농사지은 쌀까지 다 뺏어가더니, 더 이상
뺏어갈 게 없어지니까 나무까지 다 베어가? 천벌을 받을 놈들!"

수탈의 현실 앞에서 아버지는 분개했다. 아버지뿐만이 아니었
다. 마을 사람들, 아니 이 나라 모든 사람들이 분개했다. 하지만
힘이 없었다. 치욕의 세월을 딛고 나무를 심기 시작한 오십 년
전, 그때 그는 천지도 모르는 아주 어린 아이였다.

"아이고 우리 이장님 오셨네."

부녀회장이 호들갑스럽게 박우태를 반겼다. 그는 고개를 끄덕

여 인사에 답했다. 언제나 기분 좋은 소리, 이장님. 그 소리를 들으면 자신이 아주 큰 인물인 양 느껴졌다. 그래서 더욱 마을 일에 열성을 보였다.

"이장님요, 다음 달에 전국 수목원투어 꼭 가야 합니더. 그기 한독사업 50주년 기념행사 중에 하나이기도 합니더."

부녀회장의 말에 박 씨는 고개를 끄덕였다. 그동안 나름 살펴봐 둔 곳도 있다. 현신규 박사가 만든 잡종소나무 리기테다 소나무 수목원은 꼭 가봐야 할 곳이다. 천리포수목원도 가봐야 한다. '민병갈'로 이름을 바꾸고 한국인이 된 미국인이 만든 국내 최초의 수목원이니 더욱 가보고 싶은 곳이다.

"나도 갈 겁니다. 걱정 마시오. 후원금도 두둑이 내리다."

박우태의 말에 부녀회장이 만족한 듯 환하게 웃었다.

마을회관에는 많은 사람들이 모여 있었다. 잘 사는 마을로 알려지기 시작한 후로 마을사업에 대한 사람들의 호응은 뜨거웠다. 그 중 가장 큰 사업은 독일 사람들까지 모시고 치를 50주년 기념식이지만, 실질적으로 가장 중요하게 여기는 건 김동조 어르신의 자서전 출간이다. 팔순의 어르신은 이제 기력이 예전만 못하다. 그 분 생전에 그분을 기리는 일을 꼭 하고 싶었다. 이장으로서 꼭 추진하고 싶은 일이기도 했다.

"동상이라도 하나 세울까?"

처음에는 그런 생각을 했다. 허나, 그 일은 그 자신의 힘만으로는 마을 사람들을 설득하기 어려웠다. 어르신이 원하지 않으실 걸세. 마을 사람들이 고개를 저었다. 맞는 말이었다. 어르신은 자신을 드러내는 일에는 매번 고개를 젓지만 나무에 대한 일이라면 태도가 달라졌다.

"어르신이 하신 일을 책으로 묶으면 좋겠소."

고정석이 한 말이었다. 마침 한독사업 50주년 기념행사도 성대하게 열 예정이니 그 시기를 맞추면 의미 있는 일이 될 것 같았다. 그 말을 들은 김동조 어르신도 고정석의 말에는 고개를 젓지 않았다.

"그기 마을 일이긴 한데….."

어정쩡하게 그렇게 말하기는 했지만 고정석이 하는 말에는 거의 토를 달지 않으셨다. 마침 어르신이 일기처럼 써오신 두툼한 노트 한 권이 그 단초가 되었다. 이번 일도 고정석의 제안이 아니었다면 이루어지지 않았을 일이다. 고정석도 50년 전 일에 대해서는 아는 바가 별로 없다. 그도 그 당시엔 어린 아이였으니까. 그저 어른들이 하는 이야기를 들었거나 그동안 발간된 책들을 보고 어렴풋이 알고 있을 뿐이다. 그 기억을 더듬고 어르신의 일기를 토대로 자서전을 쓰려니 고정석도 막막한 일이 많았을 것이다. 그러한 어려움 속에서도 머지않아 자서전이 나올 것이다. 소호의 역사와 개인의 역사가 버물어져 아주 귀중한 자료집이 될 것이라는 생각에는 마을 사람 모두 의심할 여지가 없는 일이라 여겼다.

그는 창밖을 내다봤다. 고정석의 모습은 아직 보이지 않았다.

친구라더니, 술판이라도 벌이고 있는 거 아닌가?

꼭 도움을 받아야 할 일이 있을 때 고정석은 빛나는 인물이지만, 그는 항상 몇 발자국 뒤에 서 있었다. 그게 늘 못마땅했다.

"어르신만을 위한 일이 아닙니더, 마을의 생생한 역사 기록입니더."

고정석의 말에 마을 사람들은 박수를 쳤다.

"하모하모, 김동조 어르신은 우리 마을의 수호신일세."

좀 지나치다 싶을 정도의 신뢰는 어르신에 대한 깊은 믿음에서 출발한 일이었다. 그래서 김동조 어르신의 〈소호리 산192〉 출판사업은 마을 사람들이 박수를 치는 일로 무사통과되었다. 〈소호리 산192〉는 소호 숲이 시작된 곳이었다.

어머니 마음

"계세요?"

임 선생의 목소리에 고정석은 벌떡 일어났다. 밖이 훤했다. 그는 마른세수를 하듯 얼굴을 문지르곤 잠긴 목소리로 말했다.

"아, 예. 와요?"

조심스럽게 방문을 열었다.

"날밤 새우시는 것 같아서… 아침에 순두부를 조금 끓였어요. 후루루 한 대접 드시고 일하셔요."

살짝 웃는 그녀의 표정이 더없이 맑고 깨끗했다.

"아이고, 번번이 미안해서….."

그는 말은 그렇게 하면서도 앉은 채로 그녀가 내민 쟁반을 넙죽 받아들었다. 부드러운 순두부가 담긴 그릇을 보자 절로 군침이 돌았다.

"어르신 드실 것도 한 그릇 부뚜막에 얹어두었습니다."

"아이쿠, 어무이 것까지요?"

정석은 미안한 마음에 처신머리 없이 히죽 웃었다.

"저는 출근합니다."

그녀가 방문을 닫으며 말했다. 문 밖에서는 그녀와 그녀의 딸이 조곤조곤 나누는 대화가 따뜻하게 들려왔다.

엄마, 나 산촌학교 어린이집에 내려주고 갈 거지? 그러엄. 오후에는 내가 걸어서 할랑교로 가면 되지? 오늘 무슨 수업 하는데? 오카리나 수업. 할랑교 끝나고 살랑교에 들러라. 왜요? 엄마가 너한테 어울릴 만한 원피스를 봐두었거든. 그럼 살랑교에서 그거 사고 물랑교에서 라면 사 주세요, 알았어, 이따 봐.

그는 그녀가 사라진 후 안방 문을 열어 보았다. 어머니는 보이지 않았다. 고추밭에 가셨으리라. 붉어지는 고추를 보고 기꺼워하시는 모습이 눈앞에 선했다. 평생을 허리 한번 제대로 못 펴시고 살아오신 어머니는 그가 장가가는 날만을 기다리시는데 그런 면에서 본다면 정석은 불효자임에 틀림없다. 임 선생을 집으로 데려오던 날, 어머니의 눈이 반짝거렸다. 손으로 그를 툭 치며, 조그맣게 누구냐, 그러셨다. 그가 하는 희망적인 말을 기대하는 눈치였다.

"아래채 세 드시는 손님요."

그 말에 어머니의 표정이 시무룩해졌다. 그러나 그 후로도 틈틈이 임 선생 이야기를 꺼냈다.

"애가 딸려 있는 게 흠이긴 하다만 색시는 참하네."

"어무이!"

어머니의 염치없는 욕심을 알기에 그는 일부러 소리를 버럭 질렀다.

"내가 뭐라냐? 그런데 사람 인연이라는 건 모르는 게다. 그리고 톡 까놓고 말하면 내 아들이 더 아깝지."

어머니는 그렇게 말하면서도 흘끔흘끔 임 선생을 살폈다. 모든 어머니들은 자식 앞에서는 눈이 먼다. 하긴 하나 있는 장한 아들, 짝지우고 싶은 게 어디 엄마뿐이겠는가. 시집간 여동생 정숙이도 그랬다. 오빠 그 인물에, 그 학벌에 왜 선도 안 보고, 애인도 없수?

여동생까지 성화를 부려도 그 부분에 대해서 정석은 이미 선을 그었다. 하지만 어머니는 '사람 인연이라는 게…'라는 말로 미련을 거두지 못했다.

어머니의 부재를 확인하고 허겁지겁 순두부를 먹었다. 부담스럽지 않은 부드러움이 목으로 넘어가자 깔깔했던 입안이 촉촉해지는 것 같았다. 요기도 했겠다, 어젯밤 보던 원고를 오전까지 보고 오후엔 할랑교에 나가봐야 한다.

A4 용지로 출력해 놓은 원고뭉치는 제법 두툼했다. 출판사에 원고를 넘기기 전에 마지막으로 꼼꼼하게 살펴보려면 며칠 밤을 더 지새워야 할 것 같았다. 작가가 아닌 터라 원고 수정이 속도를 내지 못했다. 겉장이 나달나달한 어르신의 일기를 열 번쯤

은 읽어보고 어떤 식으로 구상할 것인지 생각이 많았던 것도 벌써 몇 달 전이다. 지난 번 상경했을 때 출판사 대표를 만나 10월까지 출판을 마치기로 한 터라 마음이 바빴다. 밖에서 인기척이 느껴지더니 걸쭉한 목소리가 들려왔다.

"일났능교?"

노정석의 목소리다.

"그래, 들온나."

정석은 흐트러진 이불을 대충 정리하고 방문을 열었다. 작업복 차림의 노정석이 삽자루를 들고 서 있었다.

"와?"

"참나무 숲에 가서 병든 나무 좀 솎아 낼라꼬요."

"내는 오늘 시간이 안 된다. 다음 주에 하면 안 되겠나?"

"같이 일하자는 기 아이고…."

그가 머뭇거리며 고정석의 눈치를 보고 있었다.

"와?"

"지도 숲에 대한 시집을 한 권 냈으마 싶어서요…."

그가 머리를 긁적거리며 어색한 표정을 지었다.

"그래? 그새 마이 써 놨나 보네."

"지도 50주년 기념회 때 냈으마 좋겠다 싶습니더만…."

노동운동을 앞장서서 한 경험도 있는 그가 시집 내는 일에는 수줍은 소년처럼 부끄러워했다.

"일단 알았다. 시간이 너무 촉박한 거 같다만… 우선 이 원고부터 넘겨놓고 의논해보자."

고정석의 말에 노정석이 고개를 끄덕였다. 하지만 아쉬운 표정은 숨기지 못했다.

"오늘은 니 혼자 일해라. 내는 오늘 마이 바쁘다."

그가 정석의 말에 고개를 끄덕이더니 삽자루를 메고 사라졌다. 고정석은 책상에 앉아 원고를 펼쳤다. 화면으로 잡아내지 못한 오류를 잡아내기 위함이었다. 누군가의 입장이 되어 그 사람의 일생을 쓴다는 것이 두렵기도 하고 뿌듯하기도 했다. 더구나 그 상대가 그 자신이 존경해마지않던 인물임에랴.

그는 돋보기안경을 쓰고 원고를 살펴보기 시작했다. 이제 그도 돋보기안경을 써야 글씨가 잘 보였다. 소호 마을의 이야기가 현실인 듯 다가왔다. 어머니의 시절도 고스란히 담겨 있는.

김동조 씨가 그 소문을 들은 것은 그가 서른 살 즈음이었다. 산골마을에 외국인들이 들락날락하기 시작하는 것을 이상하게 여긴 그가 군청에 근무하던 친구 허태석에게 물어본 것이 그 일의 시작이었다.

"와 코쟁이들이 들락날락하노?"

"니도 봤나? 독일 임업기술자들인데 우리나라를 도와줄라꼬 그런단다."

허태석은 마치 자신이 도와주는 일처럼 거들먹거렸다.

"뭘 우째 도와주노?"

동조 씨는 궁금한 게 많았다.

"나도 아직 구체적으로는 잘 모리는데, 한국의 산업발전을 위해 한독기술협력기구라 카는 거를 만든다카더라."

"한독기술협력기구? 그기 뭐하는 긴데?"

"독일에서 임업 기술자를 보내가 5년 동안 벌거숭이산에 나무 심어주는 일을 한다 카드라."

"5년 동안이나?"

"그래. 임업기술현대화사업이라 카든가, 아무튼 우리 마을도 선정될 끼라 카드라."

허태석 그는 공무원이라 그런지 이것저것 아는 게 많았다. 김동조 씨의 눈이 반짝 빛났다.

"그라마 일할 사람도 마이 뽑겠네?"

"니는 조상들한테 물려받은 산이 있으니 아마 곧 연락이 안 가겠나. 군수님도 그 일 때문에 마이 바쁘시다."

"내도 일할 수 있는지 알아봐 도."

"니는 산이 많아가 일이 많을 거로. 그 일 하게 되마 내 공 잊지 마래이. 술 한 잔 거하게 사라."

허태석은 히죽대며 공짜 술 먹을 일에 기대가 컸다. 그의 말은 곧 소문으로 퍼졌고 마을은 술렁대기 시작했다. 이래저래 시간이 좀 흘러갔지만 시간이 흐를수록 소문은 현실로 다가왔다.

"요새 독일로 광부도 보내고 간호원도 보낸다 카데. 우리나라하고 독일하고 사이가 좋은갑다."

"외화벌이하러 보내는 거지. 걸배이 나라에서 외화벌이 할 수 있으마 좋은 일 아이가. 돈도 마이 준다 카대. 그라니 이 일도 헛소문은 아닐 끼라."

말은 비누거품처럼 부풀어 돌아다녔고 급기야 그 사업의 실체가 드러나기 시작했다. 발 없는 말이 천리를 간다고 했던가, 소문을 빨리 접하고 관심을 갖기 시작한 동조 씨가 그 일에 앞장서게 됐음은 당연한 일이었다.

그 소식을 들은 어머니가 맨 먼저 김동조 씨를 찾았다.

"일 할 끼 있으마 내 좀 낑가 주소, 우리 정석이 공부 시키야됩니더."

어머니는 많이 배운 사람도 아니고 기댈 사람도 없었다. 백면서생인 아버지는 사는 일에는 관심이 없었다. 그저 막걸리 사발이나 놓고 사발가를 부르거나 꽃이나 보면서 세월을 흘려보내는 걸로 족한 한량이었다. 그러니 맨날 싸움판이었다. 어머니가 잔소리라도 할 량이면 막걸리 사발이 날아가고, 심할 때는 어머니 머리채를 잡기도 했다. 그런 어머니에게 고정석은 희망이고 동아줄이었다.

어두워지자 마을회관 앞에 전기불이 켜졌다. 천막을 친 마당에는 마을 부녀들이 모여 앉아 두런두런 이야기를 하고 있었다. 마을회관이라고 지은 건물은 허술하기 짝이 없었으나 그래도 눈비는 가릴 만하였다. 나무 책상이 하나 놓여 있고 의자들이 어수선하게 놓여 있었다. 어른 대여섯이 들어가면 꽉 찰 그 정도의 공간이었다. 그러다 보니 마을 사람들이 모여야 할 때는 마당에 천막을 칠 수밖에 없었다. 그럴 때도 어머니는 가장 앞자리에 정석을 데리고 앉았다. 마을 사람들은 마당에 깔린 멍석에 모여 앉았다. 모두 무슨 말을 할까 하고 궁금한 얼굴이었다.

"다들 오셨습니까?"

김동조 씨가 나서 주위를 둘러보았다. 여기저기서 손을 들거나 '야', 라고 대답했다. 동조 씨 뒤로 놓인 의자에는 독일에서 왔다는 노랑머리 두 사람과 군수님, 그리고 면장님이 앉아 있고 그 끝자리에 허태석이 앉아 있었다.

"오늘 모이시라 한 것은 한독기술 협력사업의 일환으로, 임업기술 현대화 사업에 우리 마을이 선정되어서 그간의 일을 알려 드리기 위해서입니다. 이제 본격적으로 식수 사업에 대한 방안을 이야기하고, 여러분들의 동의를 얻어 사업에 착수하고자 합니다. 이번 식수 사업은 지난번에 이야기했듯이 독일의 지원을 받아 이루어지는 사업입니다."

김동조 씨의 말에 와와, 박수소리가 요란하게 터졌다.

"이제 식수사업을 시작하면 무척 바빠질 것입니다. 모두가 뭉쳐서 해야 하는 일입니다."

허태석이 나서서 한마디 보탰다.

"무슨 나무를 어디에 심는단 말입니까?"

구 서방이 손을 들고 진지하게 물었다.

"아, 네, 식재할 나무는 잣나무, 오리나무, 물푸레나무, 참나무, 낙엽송 등 여러 가지인데 우선은 참나무 식재부터 할 겁니다. 우선적으로 심을 장소는 소호령 일대인데 벌거숭이 산인데다 길이 험해서 좀 힘이 들 것 같습니다."

허태석이 김동조 씨의 눈치를 살피며 말했다.

"그래, 잘 된 일이네. 근데 소호령 길이 워낙 험해서…. 임도라도 있으마 모를까, 억시로 힘들겠네."

웅성거리는 사람들의 의견을 대변하듯 동조 씨가 말했다. 여기저기서 웅성거리던 사람들이 고개를 끄덕였다.

"군수님도 알고 계실 겁니더."

허태석의 말에도 사람들이 고개를 끄덕거렸다. 모두 이 사업에 대해 기대가 많은 듯했다.

"우리도 인자 열심히 일해서 쌀밥 묵어 봅시더."

공무원인 허태석은 그 누구보다 그 일에 열성을 보였다.

"맞심니더."

눈치를 보던 어머니가 미친 듯이 박수를 쳤다. 정석은 그 자리를 벗어나고 싶었다. 저만치에 모인 마을 조무래기들은 돌멩이를 가지고 비석치기 놀이에 여념이 없었다. 수군수군, 시끌시끌, 말들이 섞이어 시끄럽기 짝이 없는 그 상황에도 아이들은 신나게 놀고 있었다. 정석은 그런 아이들 틈에 끼지 못 했다. 강아지 목줄을 꽉 잡고 있듯이 유별난 어머니 때문이었다.

"와 내를 못 놀게 하노? 내가 강아지가?"

친구들과 놀고 싶어 악을 써대면 어머니가 말했다.

"니는 내 옆에 꼭 붙어있으야 된대이. 내 새끼 다치마 안 된다. 지난번에도 비석치기하다 돌이 자전거포 집 아 눈에 튀어가 난리가 안 났나. 내는 니 없으마 죽은 목심이대이."

그러면서 정석을 더욱 꼭 껴안았다. 그런 모습을 본 동네 아낙들은 입을 삐죽이며 말했다.

"지만 새끼 있나? 유별나기도 하제."

그러거나 말거나, 어머니는 정석을 챙겼다. 그건 어머니에게 남은 마지막 희망처럼 느껴졌다.

"먼저 군수님의 말씀이 있겠습니다."

동조 씨가 소개하자 작업복을 입은 군수가 나와 사업에 대해 설명하기 시작했다.

"여러분, 이제 이 마을은 살기 좋은 마을이 될 겁니다. 마을 소득도 올릴 수 있고 민둥산도 푸르게 가꿀 수 있습니다. 산이 푸르러지면 그게 다 돈이 됩니다. 여러분들에게도 임금을 지불할 겁니다. 거기에다 나무가 자라 아름드리 성목이 되면 여러 가지로 소득원이 되는 겁니다. 그러려면 산주님들의 적극적인 협조가 필요합니다. 그리고 식재와 함께 임도 개설도 할 겁니다. 우선은 성목을 심고 밭에서는 어린 묘목을 키워 장차 더 많은 나무를 심을 준비를 해야 합니다. 망할 놈의 일본 놈들이 나무를 모조리 수탈해간 데다, 땔감이 없다고 마구잡이로 나무를 벤 탓에 우리 산이 벌거숭이가 돼버렸습니다. 그러다 보니 여름에는 비가 많이 와가 산에서 흙이 무너져 내려 피해가 많았습니다. 나무가 흙을 잡고 있어야 하는데 나무가 없으니 흙이 그냥 줄줄 흘러내리는 거지요. 그러니 이제부터 산을 푸르게 가꾸려고 하는 겁니다. 부녀자분들은 밭에다 묘목 심는 일을 적극적으로 해야 합니다. 이 마을에 일이 엄청 많아지는 거지요."

군수의 열변에 여기저기서 박수가 터져 나왔다. 사람들의 눈빛에 기대가 일렁였다. 특히 아낙들의 눈빛이 예사롭지 않았다.

"우리도 돈을 벌게 해준다는 거제?"

아줌마들이 눈을 반짝이며 부녀회장에게 물었다.

"그렇다 캅니더."

부녀회장이 고개를 주억거렸다.

"하이고, 그럼 내 비상금도 만들 수 있다는 얘기 맞제? 돈 좀 얻어 쓸라면 속이 다 뒤집힐 지경이었는데 잘됐네, 아주 잘 된 일이고마."

마을 아줌마들 얼굴에 화색이 돌았다. 그 누구보다 좋아한 건 어머니였다.

"마을 부녀회에서도 이런저런 의논을 해야 함더."

그렇게 말하는 부녀회장의 머릿속에 여러 가지 그림이 그려지는 듯했다.

"그런데 저 코쟁이들은 뭘 한다노?"

마을에서 제일 뚱뚱한 춘자 아지매가 바짝 다가앉으며 물었다.

"임업기술자들이라캅디더. 감독하고 교육하고, 뭐 그런 거 한답니더."

부녀회장은 앞으로 있을 일들에 대해 그 누구보다 관심이 많았다.

"말은 통하나?"

"저 사람들도 간단한 한국 인사말 정도는 한답니더. 그리고 통역하는 사람도 있고."

"아하, 그렇구만."

다른 아낙들보다 유독 어머니가 호기심을 드러냈다.

"우리한테도 독일 말을 가르쳐 준대요."

부녀회장 나명옥의 말에 어머니가 질색을 하며 물러앉았다.

"으잉? 나는 공부는 딱 질색인데?"

어머니는 '공부'라는 말만 들어도 주눅이 들었다. 못 배운 게 한이라면서도 어머니는 뭘 배우는 일에는 겁부터 먹었다.

"그래도 인사말 정도는 배워야 하지 않겠능교?"

부녀회장은 웅성거리는 사람들 사이에서 유난히 코가 높은 독일인들을 유심히 살펴보고 있었다.

그날 이후로 마을은 어수선해졌다. 어찌 보면 마을에 활기가 생긴 듯하지만 돈이 걸린 문제들은 사람들을 예민하게 만들었다. 그런 세세한 감정들을 다른 아이들보다 더 알게 된 것은 어머니 덕인지도 모를 일이었다. 특히 산주들의 모임이 있을 때마다 어머니는 만사 제치고 그 근처를 얼쩡거렸다. 뭐라도 건질 게 없을까 하는 욕심 때문이었다. 사실 그런 덕에 더러더러 일거리가 생기기도 했다. 그 덕인지 정석은 일찍 산주들의 이야기를 들을 수 있었다. 산주들 의견을 취합하는 일은 그 어떤 일보다 어렵다는 것도 그때 알았다.

산주들이 다 모이는 일조차 쉬운 일은 아니었다. 각자 생업이 있는데다 고향을 떠나 타지에 사는 사람들이 많았기 때문이었다. 어렵사리 산주들이 다 모이는 데는 한 달이나 걸렸다. 그렇다고 근방의 산주들이 다 모인 것은 아니었다. 그동안 산을 팔아 주인이 바뀌는 경우도 있어서 낯선 얼굴도 더러 보였다. 삼목 집 마당에 둘러앉은 사람들은 대부분 아는 사람들이었지만 피치 못할 사정으로 참석하지 않은 사람도 몇몇 있었다. 그럴 때도 어머니는 늘 김동조 씨의 주위를 맴돌았다. 마치 산주인 것처럼 두

귀를 잔뜩 세우고. 하지만 그런 일은 허드렛일이라도 얻기 위한 어머니의 안간힘이었다.

"거의 다 모인 것 같으니 이야기를 합시다. 이번에 한독산림사업지로 우리 마을도 선정이 되었습니다. 독일에서 우리나라 산림사업에 적극적으로 지원하기로 한 바, 먼저 선행되어야 할 것이 근방 산주들의 동의가 있어야 한답니다. 그래서 오늘 모인 것이니 좋은 의견을 모아봅시다."

김동조 씨가 앞장 서 말을 하며 주위를 둘러보았다.

"뭘 동의하라는 거요?"

의심 많은 눈길로 말하는 이는 매사에 불만을 토해내는 산주였다.

"벌거벗은 산에 나무를 심는 사업에 동의를 하자는 것이지요. 시장 군수회의를 거쳐 두서 상북 일원이 시범사업지로 결정이 되었답니다."

"그럼 우리한테 득 되는 일은 뭐가 있소?"

근처 산 3만평을 가진 배불뚝이 노인네가 불퉁하게 말했다.

"나무를 키우면 그게 다 우리 재산이 되는 거지요. 또 여러 가지 수익사업을 할 수도 있고요."

"수익사업? 어떤 걸 말하는 거요?"

수익사업이라는 말에 노인네의 눈빛이 반짝거렸다. 근방에 자린고비로 소문난 위인이었다.

"우선 참나무가 웬만큼 자라면 버섯을 키워 소득을 올릴 수 있고요, 울창한 숲이 되면 숯을 구워 소득을 올릴 수도 있고요."

"하이고, 어느 세월에? 말하자면 우리 산을 공짜로 먹겠다 그거 아니오?"

잇속이 밝은 노인네의 계산속이었다.

"그게 아닙니다. 소득사업은 의외로 많아요. 하지만 얻는 게 있으면 내어놓는 것도 있어야지요. 결국은 우리 살림살이가 나아지는 일입니다."

군수님을 대변하는 김동조 씨의 열변은 자린고비 노인네의 불평도 막아냈다.

그 날 이후 사업은 순조롭게 진행되는 듯했다. 순차적인 사업 목록도 만들었다. 김동조 씨는 한독기구 직원의 일까지 겸했다. 독일에서 파견된 산림경영담당자는 기계장비의 대여나 기술지원, 작업량을 분비하고 산주로부터 위임받아 작업자들에게 임금지불 하는 일까지 맡아 했다. 그 어떤 경우에도 일사천리는 없다. 시끌시끌하고 티격태격하는 일도 있었지만 산림사업은 차츰 그 꼴을 갖추어 가고 있었다. 그때 김동조 씨가 써둔 메모와 일기들이 훗날 〈소호리 산192〉의 바탕이 됐다.

"정석아, 니 뭐하노?"

옛날 생각에 잠시 정신을 놓고 있던 정석은 어머니의 목소리에 정신이 버쩍 들었다.

"와요?"

"잠깐 에미 좀 보자."

어머니의 목소리가 다급했다.

"와요? 들어오소."

방문을 열었다. 어머니가 툇마루에 걸터앉으며 마른침을 삼켰다.

"저 아래 방앗간 집 조카딸이 서른여덟이라더라."

"근데요?"

어머니의 의중을 알기에 절로 목소리가 불퉁해졌다.

"선 한번 보자 캤다. 유명한 미용사라는데 돈도 마이 번다 카드라."

어머니의 목소리는 간절했다.

"어무이! 와 이캅니꺼?"

정석은 또 버럭 소리를 지르고 말았다. 어머니의 간절한 소원은 그가 결혼을 하는 것이었다.

"한번만 만나봐라. 혹시 아나, 사람 인연이라는 기….'

정석은 너무나도 버릇없게 방문을 요란하게 닫아버렸다. 잠시 조용했다. 하지만 어머니는 그 자리를 떠나지 않았다. 어머니의 숨소리를 느낄 수 있었다.

"그라마 니… 임 선생 하고 새기나? 그런 기가?"

정석은 벌떡 일어나 마루로 나와 신발을 꿰었다. 숨소리가 거칠었다.

"어데 갈라꼬? 내 암 말도 안 할끼니까네 어데 가지 마라."

어머니의 목소리는 비굴해지기까지 했다. 정석은 뒤도 돌아보지 않고 대문을 나섰다. 어머니는 그가 어디로 가는지 알고 있을 것이었다.

미선이

며칠 내내 잠을 설쳤다. 마치 몸살이 오는 것처럼 몸이 춥고 바들바들 떨렸다. 어르신 댁의 현수가 온다는 말을 들었을 때 미선은 마른침을 꼴깍 삼켰다. 삼목 부인의 표정이 더할 수 없이 행복해보였다. 그에 비해 미선은 아재의 입만 바라보았다. 목마른 심정으로 아재의 입에서 나올 소리에만 집중하고 있었다. 아재가 한참 미선을 바라보더니 무겁게 입을 뗐다.

"정민이는 겨울 행사 때나 온다네."

그 말을 들으니 봄날이던 마음에 한파가 몰아치는 것 같았다. 그 누구도 언질을 준 것은 아니지만, 기대했던 말을 들을 수 없게 되자 사지에 힘이 쭉 빠졌다. 자나 깨나 그리웠던 얼굴은 오로지 한 사람….

몸살이 오려는 듯 으실으실 한기가 들었다. 따뜻하게 데워둔 방으로 들어와도 한기는 가시지 않았다. 그 한기는 마음에서 느껴지는 한기였다. 괘종시계가 열한 번을 치도록 그녀는 이불을 둘러쓰고 마치 정신 나간 여자처럼 몸을 흔들며 삐질삐질 나오는 눈물을 훔쳤다. 막상 온다고 해도 떳떳하게 정민을 대할 자신도 없었다. 무슨 염치로…. 지난 세월이 어제인 듯 떠올랐다.

저녁 여섯 시쯤 구 서방을 통해 건너오라는 전갈이 왔지만 미선은 가지 않았다. 하동댁이 바빠도 어쩔 수 없다. 일이 손에 걸리지 않을 걸 안 하동댁도 그녀를 재촉하지 않았다. 오히려 그녀를 부른 건 동조 아재였다. 큰아들을 기다리느라 마루를 서성거리는 아재의 행동이 보기에 민망했다. 지금쯤 만나서 회포를 풀고 계시겠지. 현수는 11월 중순에 치러질 행사 때 오려 했는데 그 행사 앞에 어르신의 팔순이 끼어 있어 예정에도 없던 귀국을 하게 된 것이었다. 물론 50주년 행사를 어떻게 준비하고 있는지 점검하려는 의도도 있는 것 같았다. 세월이 좋아 모든 게 인터넷으로 연결이 되고 확인이 가능하지만, 그래도 눈으로 보는 것만큼 확실한 게 없지 않은가. 며칠 전 삼목 집의 빈 방을, 독일 손님들을 위해 청소도 말끔하게 하고 이부자리도 정갈하게 챙겨두었지만 미선의 마음은 둥둥 떠다녔다. 혹시나 하는 마음에, 정민의 이부자리는 미선의 집 빈 방에 마련해두었다. 그가 머물던 방이었다.

"정민이는 겨울 행사 때나 온다네."

아재가 하던 그 말이 이명처럼 울렸다.

그믐인데도 방 밖이 훤했다. 가로등을 훤하게 켜두었기 때문이다. 숨은 듯 살아온 미선으로서는 가로등을 켜두는 일은 드문 일이었다. 혹여나 어두운 길을 오다 정민이 넘어지기라도 할까 하여… 그런 생각을 하다 정신이 돌아왔다. 행사 때나 온댔지…. 그런 소식조차 어르신을 통해서 들었을 뿐이다. 서운한 마음도 들었다. 직접 전화라도 해주면 얼마나 좋을까…. 방안을 서성거 리던 미선은 벌떡 일어나 작은 방으로 가서 정갈하게 마련해둔 이부자리를 살그머니 매만졌다. 마치 정민을 보듬고 재우던 그 시절의 체온이라도 느끼고 싶었다. 하지만 곧 도리질을 쳤다. 무 슨 염치로…. 정민을 대할 생각을 하면 온몸이 저렸다. 미선은 눈을 감고 흐르는 눈물을 닦다가 다시 벌떡 일어났다. 신발을 꿰 고 마당에서 서성대다가, 다시 들어와 안절부절 못하고 앉았다 섰다 하다가, 시계를 쳐다보다가 다시 밖으로 나가서 보이지도 않는 그믐밤의 신작로를 쳐다보다가…. 그리운 아들은 여전히 손이 닿지 않는 저만치에서 유령처럼 서 있었다.

"저 아이는 내 아들이 아니야."

미선은 그렇게 중얼거렸다.

고등학교도 졸업시키지 못하고 독일로 내몰았다. 그때도 아재 의 도움을 받았다. 그 당시 그들은 한국 아이들의 독일유학을 주 선하기도 했다. 미선은 주막집이나 하는 어미에게 붙어 있어보 아야 배울 게 없다는 생각에 이를 악물고 정민을 독일로 보냈다.

한창 사춘기를 겪던 정민은 미선을 돌아보지도 않고 독일로 날아갔다. 아버지를 찾기 위해서인지, 억울한 제 인생을 보상받으려는 것인지도 모른 채로.

정민의 음성이 웅웅 울리듯 들려왔다.

"엄마, 나는 왜 다른 아이들 하고 모습이 다르노?"

학교에 들어가고 나서 처음으로 묻던 질문.

"웅, 그건…. 그건 말이야….”

얼마나 망설이고 망설였던가. 어떤 말을 해주어야 아이가 상처를 받지 않을지. 제 어미의 눈치를 보던 정민이 말했다.

"아부지가 외국인이라 그런 거가?"

"그, 그래.”

아이의 시선을 피한 채 말했다. 아이를 똑바로 쳐다볼 수 없었다.

"그런데 왜 내 아부지는 외국인이고?"

"그, 그게….”

"애들이 놀린단 말이야, 아부지 바까도.”

정민의 눈에 흐르던 눈물을 보면서 그저 아이를 껴안고 등을 다독일 수밖에 없었던 시간들….

아이는 다복다복 커갔다. 중학생이 되자 당당하게 물었다.

"아버지 성함이 뭡니꺼?”

녀석의 눈빛에 분노가 일렁였다.

"프, 프란츠 미, 밀러.”

아이의 눈빛에 눌려 목소리가 떨려나왔다. 아들의 당당함에 짓눌려 처음으로 그의 이름을 내뱉었다. 희미하게 그의 얼굴이 떠올랐다.

"프란츠 밀러?"

"그, 그래."

"그 분과는 어떻게 아셨습니까?"

정민의 말은 경직되어 있었고 화난 듯이 느껴졌고 목소리는 빠르고 컸다.

"하, 한독, 혀, 협력산림사업 지도자로 와서…. 그런데 나는 지금 니 아버지가 어디 있는지도 모른다."

"왜 모릅니까? 알아보면 될 것을! 모르고 싶은 거지요."

정민의 말을 듣고 보니 맞는 말이었다. 맥주공장이 많은 도시라 했어. 알아보려고 마음만 먹으면 주소 정도는 알 수 있었을 것이다. 하지만 그럴 수 없었다.

아이는 크면서 미선을 바늘 끝처럼 찔러댔다. 사춘기의 아이는 낯설었다. 미선은 자신이 살아온 세월에 짓눌려 아무런 생각도 할 수 없는 멍청이가 된 듯했다. 소호로 돌아오지 않아야 했을까?

소박맞은 여자라는 말과 사생아를 낳은 여자라는 말이 바늘 끝처럼 그녀를 찔러댔다.

비가 부슬부슬 내리는 봄날, 저수지가 젖 불은 어미마냥 물을 가득 채운 때였다. 차리 저수지를 지나 소호로 들어가는 길이 새삼스러웠다. 신산한 짐을 헌 집에 부려놓은 트럭기사는 화난 이처럼 툴툴거리며 돌아갔다. 짐이라고 해 봐야, 여행용 트렁크 두 개에 다 찌그러진 화장대 하나가 전부였는데 흙탕물로 질척거리는 길을 한 시간 넘게 달렸으니 그럴 만도 했다.

"고마워요. 나중에 이 마을에 오시면 들르세요. 국수 대접이라도 할게요."

트럭기사는 손사래를 치며 화가 난 듯이 말했다.

"이 촌구석에 다시 들어올 일은 없을 겁니다."

그는 눈도 마주치지 않은 채 고개를 설레설레 저으며 서둘러 마을을 빠져나갔다. 미선은 유령처럼 한참 동안 어둠 속에 서 있었다. 눈물은 빗물에 섞여 볼을 타고 흘러내렸지만 그녀는 소리 내어 울지도 못했다. 트럭기사가 돌아가면서 내뱉은 말이 귓속에서 웅웅거렸다.

"에잇, 재수 없어!"

그녀는 재수 없는 여자가 되어 있었다.

"저게 머꼬?"

스러져가는 집 앞에 놓인 물건을 보고 장복태가 말했다.

"글쎄, 저런 건 언제 누가 갖다 놨대? 화장대 같은데, 주인 없는 집이라고 쓰레기를 저기다 몰래 버리고 간 모양이네. 어떤 놈이 이 골짜기까지 와서 몰래 갖다 버렸나?"

장복태의 아내 강춘자가 두꺼운 입술을 실룩거리며 툴툴거렸다.

"놈인지 년인지 잡아서 혼쭐을 내야 해."

아침햇살에 드러난 세상은 밤의 세상과는 달랐다. 버려진 것들도 빛을 만나 형체를 드러냈다. 때로는 반짝반짝 빛이 나기도 했다.

"가만, 저거, 미선이 시집 갈 때 해 간 화장대 아이가?"

강춘자가 말했다.

"미선이 화장대가 왜 여기 있겠어? 밀양부잣집으로 시집 간 애 물건이 여기에 버려질 리 없잖아."

"그렇긴 하네. 미선이가 아버지 돌아가실 때 왔다 갔으니 벌써 2년이나 지났네. 사람이 살지 않으니 집이 빨리 주저앉는구만."

강춘자가 곧 주저앉을 듯이 허물어져가는 기와집을 보며 말했다. 그녀는 햇볕 차단용 모자를 깊이 눌러 쓰고 새빨간 립스틱을 바른 입술을 연신 움직거리며 오정태의 집을 바라봤다. 미선이가 시집 간 후로는 비어있는 집이었다. 사람의 온기가 사라진 집은 빨리 허물어졌다. 광으로 쓰던 곳의 문짝은 그새 비스듬히 누워버렸다.

"그러게. 팔든 고치든 해야겠구먼."

78

경운기를 몰면서 장복태가 그 집을 힐끔거렸다.

"오 씨 아저씨가 살아 계실 때만 해도 반짝거리던 집이었는데….."

강춘자가 혀를 끌끌 찼다. 사실 그 집은 오정태가 살아 있을 때만 해도 번듯한 기와집이었다. 그리 넉넉한 형편은 아니었지만 부지런한 오정태가 알뜰살뜰 가꾸고 매만진 집은 반짝거렸다. 더구나 집 앞 마당에 철마다 고운 꽃이 피어 '꽃집'이라는 별명까지 있었다.

"저 집이 미선이 몫일 텐데, 다음에 오면 팔아버리라고 해야겠다. 마을 초입에 흉물스럽게 자리 잡고 있으니 마을 이미지도 안 좋아."

장복태가 고개를 절레절레 흔들며 경운기를 몰았다.

"언제 오기는 온답디까? 오정태 씨 죽고는 한 번도 안 온 거 같은데?"

"소문 들으니 시집살이가 된 모양이데."

"에고, 그 연한 것이 고생이네. 여자 팔자는 인물대로 가는 것도 아닌 모양이여."

강춘자가 혀를 차며 딱한 표정을 지었다.

"거, 쓸데없는 소리 말고 주둥이 닫아."

장복태가 강춘자를 향해 눈을 부라렸다.

"당신은 운전이나 잘 하소. 지난번처럼 논두렁에 처박지 말고."

강춘자도 한 마디 지지 않고 대꾸했다.

"밥 처먹고 살만 뒤룩뒤룩 찌는 게 아니라 주둥이까지 살이 오르는 모양일세. 에잇, 퉤!"

장복태는 강춘자와 있는 것이 몹시 불편한 듯 눈길도 주지 않고 경운기를 몰았다. 그런 장복태를 바라보는 강춘자의 눈에도 심술이 덕지덕지 붙어 있었다. 마을 사람들은, 눈만 마주치면 티격태격하는 두 사람이 이혼하지 않고 사는 게 신기하다고 했다.

장복태는 강춘자를 바라보지 않은 채 경운기를 몰았다. 털털거리던 경운기는 농로를 지나 큰길로 나왔다. 저만치 산비탈에 길고 좁은 밭뙈기가 보였다. 하루 종일 해야 할 일이 산더미 같았다. 배추밭도 돌보아야 하고, 고추밭도 김을 매 주어야 하고, 산비탈에 심어둔 복숭아나무도 가지치기를 해야 한다. 거기에 나무심기 마을사업에도 협조를 해야 한다. 어제 아침에, 식재할 묘목을 잔뜩 실은 차가 들어오는 걸 보았다.

"어제 묘목이 들어오던데. 거기도 가서 일해야 하는데….”

장복태의 마음을 읽은 것처럼 강춘자가 중얼거렸다.

"시끄러워! 일할 생각이나 해! 할 일이 태산이고마."

장복태는 가지고 온 목 긴 고무장갑과 호미를 내던지며 벌컥 화를 냈다.

"에구, 내 팔자야. 언제까지 이 짓을 해야 하누?"

강춘자의 얼굴이 일그러지면서 한숨이 절로 터졌다. 점심으로 싸 온 도시락을 먹고 나서도 저녁까지 쉬지 않고 일해야 집으로 돌아갈 것이었다. 하루가 고단한 건 어제오늘 일이 아니지만 강춘자는 이즈음 들어 더욱 일하기가 싫었다. 마을사업에 나가면 내 몫으로 받는 일당이라도 있는데, 집안일로 생기는 돈은 다 서방 주머니 속으로 들어가니 일할 맛이 나지 않았다. 장복태가 버럭 화를 내며 소리쳤다.

"그럼 꽃방석에 앉혀줄 놈 찾아가든지."

강춘자는 장복태의 그 말에 주눅이 들어 슬그머니 호미를 쥐어들었다. 집안일을 마다하면 마을사업에도 못 나가게 할 터이니 싫어도 일하는 시늉은 해야 한다. 한숨을 내쉬며 입속으로 읊조리는 말은 언제나 똑같았다.

'소호로 시집 온 게 언젠데, 언제까지 이 짓을 하고 살아야 하누?'

해가 지고 어둠살이 내린 뒤에도 한참이나 지나, 장복태 내외가 집으로 돌아가기 위해 마을로 들어설 때였다. 눈썹달이 희미한 길을 헤드라이트 비추며 열심히 경운기를 몰던 장복태는 강춘자가 내지르는 소리에 운전대를 놓칠 뻔했다.

"옴마야, 저게 뭐야? 귀신불이야?"

강춘자가 장복태의 팔에 몸을 기대며 호들갑을 떨었다. 입속에다 잔뜩 씹을 거리를 넣고 우물거리던 강춘자의 무게가 장복태의 몸에 실려 휘청했다. 무어든 입 속에 넣는 걸 좋아하는 강춘자는 그새 뭔가를 입 속에 끌어넣고 질겅질겅 씹고 있었다. 푸짐한 덩치로는 마을 최고인 여자였다.

"이 여자가 미쳤나? 운전하는 사람을 그렇게 밀치면 어떻게 해? 그러다 경운기 뒤집어지면 어쩌려고?"

강춘자의 몸을 밀어내며 장복태가 버럭 소리를 질렀다.

"아이구, 깜짝이야. 간 떨어지겠다, 이 양반아. 저기, 저기 좀 보소. 저거 귀신불이 맞지?"

장복태의 지청구에도 끄덕하지 않고 강춘자는 장복태에게 더욱 바짝 붙으며 손가락으로 허공을 가리켰다. 그녀의 손가락 끝이 가리킨 곳은 아침에 본 미선의 집이었다.

"뭐가 있다고 그래?"

장복태는 강춘자가 가리킨 곳을 바라보았다. 하지만 장복태의 눈에는 아무것도 보이지 않았다.

"이 여자가 벌써 헛것을 보고 그래?"

장복태가 짜증스럽게 들러붙는 강춘자를 밀어내며 운전대를 꽉 잡았다. 하지만 강춘자는 끄덕도 하지 않았다. 여전히 장복태의 어깨에 찰싹 기대어 말했다.

"어? 분명히 불이 있었는데?"

캄캄한 시야를 바라보며 강춘자가 고개를 갸웃거렸다. 장복태는 거칠게 경운기를 몰아대며 컥컥, 가래침을 내뱉었다. 점점 아내가 싫어져가는 참이었다. 나이 오십에, 아내가 싫어진들 무슨 뾰족한 수가 있는 것도 아닌데, 살이 쪄서 점점 고무풍선처럼 부풀어가는 아내가 보기 싫어 미칠 지경이었다. 강춘자는 연신 고개를 갸웃거리며 뒤돌아보았다.

"내일 날 밝거든 저 집에 함 가 보소. 분명 불이 번쩍했었다니까. 귀신이 있는 거라고요, 귀신불이었다고!"

툭하면 무당집에 드나들고, 툭 하면 귀신 타령을 하는 강춘자는 주먹을 불끈 쥐며 자신의 눈으로 본 불빛을 믿었다.

"시끄러!"

장복태의 목소리가 전에 없이 컸다. 큰소리는 쳤지만, 헛것이 보이는 아내의 상태가 지나친 노동으로 인한 스트레스가 아닐까 하는 생각도 잠시 들었다.

"곰탱이 같은 게, 이젠 니 눈깔에 헛것까지 보이냐?"

곰탱이와 눈깔이 무슨 상관이라고, 강춘자는 입속으로만 중얼거릴 뿐, 장복태의 말에 대꾸할 생각은 하지 않았다. 또 배가 고팠다. 그녀는 아랫배를 쓰다듬으며 말했다.

"얼른 집에 가서 저녁이나 해 먹읍시다. 그리고 내일은 저 집에 함 가 보소. 아무래도 이상함더."

하지만 장복태는 귓등으로 흘려들었다. 미선이가 돌아올 리 없다고 생각했기 때문이었다.

마을이 발칵 뒤집힌 건 그 이튿날이었다. 장을 보러 가던 마을 아낙들이 미선이네 집 앞을 지날 때였다. 잰 걸음을 옮기던 강춘자가 멈춰 서며 고개를 갸웃했다.

"뭔 소리 들리지 않았나?"

"무슨 소리?"

"분명 들렸어. 어제 밤에는 귀신불도 번쩍 했다고."

"미선이네 집에서?"

"응, 내가 분명 봤어. 가만, 들어봐. 귀신 울음소리 같은 게 안 들리나?"

강춘자는 소리가 나는 쪽으로 귀 기울였다.

"사람도 살지 않는 빈 집에 무슨 울음소리? 쓸데없는 소리 말고 어서 장에나 다녀오세."

이장 댁이 강춘자의 손을 잡아 이끌었다.

"난 들리는데? 으흐흐으, 그런 소리."

강춘자는 여전히 의심을 거두지 않았다.

"귀도 밝다. 미선이가 올 리도 없겠고, 대낮에 무슨 귀신?"

함께 길을 떠난 아낙들도 입을 삐죽거렸다.

"아무래도 이상해. 한번 살펴보고 가자."

강춘자가 성큼성큼 걸음을 옮겨 미선의 집 마당으로 들어섰다. 제멋대로 자란 잡풀이 발에 걸렸다.

"누구 있소?"

아무런 소리도 들리지 않았다.

"안에 누가 있소?"

강춘자가 재차 큰소리로 말했다. 곁에 있던 아낙들이 고개를 갸웃하며 귀를 기울였다. 그때 이상한 소리가 들렸다. 으흐흐으, 희미하기는 하지만 분명 소리가 들렸다. 귀를 기울여 듣던 아낙들이 몸을 움츠렸다. 강춘자가 저벅저벅 걸어 먼지 수북한 쪽마루로 올라서서는 안방 문에다 대고 다시 큰소리로 말했다.

"안에 누가 있소?"

그때였다. 아까 보다 더 선명한 울음소리가 흘러 나왔다. 강춘자가 안방 문을 벌컥 열었다. 그러더니 뒤로 나자빠져 엉덩방아를 찧으며 괴성을 질렀다.

"아이구 어메야! 저기 뭐꼬?"

방안에는 산발을 한 여자가 시체처럼 누워 있었다. 강춘자가 벌떡 일어나 소리를 질렀다.

"귀신이여 사람이여?"

시체처럼 누워 있던 산발의 여자가 조금 움직였다. 하얗고 긴 손이 허공을 휘젓다가 힘없이 툭 떨어졌다. 이제는 신음소리조차 들리지 않았다. 뒤에서 주춤거리던 아낙들이 다가와 방을 들여다보다가 모두 뒷걸음질쳤다.

"사, 사람이 죽은 거야?"

세 아낙이 서로 손을 잡은 채 벌벌 떨며 강춘자의 얼굴을 올려다봤다.

"가, 가만 있어 봐. 죽은 건 아닌 거 같은데, 좀 전에 움직였어."

강춘자가 용기를 내어 방으로 성큼 들어섰다. 잔뜩 긴장한 강춘자가 죽은 듯 널브러져 누워 있는 여자를 발로 툭 건드렸다. 그 순간 여자가 힘없이 눈을 떴다.

"나, 나….."

여자의 입이 달싹거리기는 하는데 말이 되어 나오지를 않았다.

"어메, 미선이, 미선이….."

강춘자가 바닥에 털썩 주저앉았다.

"미, 미선이?"

아낙들이 우르르 방으로 몰려 들어왔다.

"빠, 빨리, 사, 사람들을 불러. 이장을 불러온나. 이거, 송장 치는 거 아이가? 근데 미선이가 왜 여기 이러고 있노?"

아낙들이 헛것을 본 듯이 자꾸 눈을 비볐다. 재바른 젊은 아낙이 허겁지겁 겁먹은 얼굴로 달려갔다. 십 분도 안 되어 이장이 도착했다. 이장은 숨을 헐떡이면서도 놀란 표정을 풀지 않았다.

"미선이가 맞네. 자초지종은 나중에 알기로 하고 어서 병원으로 옮기세."

이장이 축 늘어진 미선을 들쳐 업었다. 몸뚱이가 불덩이처럼 뜨거웠다. 삼목 집으로 내달았다. 유일하게 자가용이 있는 집이었다. 마을회관에 모여 있던 사람들까지 나와 웅성웅성 떠들어댔다.

"하이고, 드디어 소박을 맞은 모양이네. 그렇다고 약을 먹었나?

그래도 그러면 안 되지, 악착 같이 살아야지. 근데 언제 왔댜?"

미선은 이틀 만에 깨어났다. 정신적 충격에다 부실한 섭생까지, 그녀가 쓰러질 이유는 많았다. 의사는 나무라듯 말했다.

"죽으려고 그런 건 아닐 텐데 왜 자신의 몸을 학대합니까?"

미선은 눈을 내리깐 채 말이 없었다. 의사가 다그치듯 다시 말했다.

"살아야 합니다. 하느님이 주신 고귀한 몸입니다."

미선이 의사를 바라보며 고개를 끄덕거렸다. 그러고는 멀거니 하늘을 올려다봤다.

"하느님이고 조상님이고 간에, 살았으니 되었네. 살았으면 되었어. 소호에서는 아직 죽어나간 사람이 없어."

놀라서 병원까지 따라온 아낙들이 눈물을 찍어냈다.

정신을 차린 미선은 가장 먼저 아버지의 사진을 찾아 벽에 걸었다. 따로 마련한 살림이 있는 것도 아니고, 살림살이를 마련할 생각도 없지만 쫓겨날 때 가져온 가방속에 있는 것들을 꺼내어 차근차근 정리했다. 빈 집이기는 하지만 아버지가 쓰던 가구는 먼지를 뒤집어 쓴 채 그대로 있었다. 서랍장과 반닫이, 그리고 낡은 상과 보자기로 싸매어 둔 이불 보따리…. 그것은 주인을 기다리고 있었던 듯 얌전했다. 부엌세간도 그대로 있었다. 아궁이

에 걸린 큼지막한 가마솥과 시렁에 얹힌 함지박과 찬장에 넣어
둔 그릇까지.

아버지 사진을 보니 눈물이 핑 돌았다. 아버지는 다른 집 엄마
들이 해야 할 일까지 다 했다. 미선을 시집보낼 때도 아버지가
혼수를 다 마련해 주었다.

"미선이 있는가?"

가장 먼저 그녀를 찾아온 사람은 동조 아재였다.

"어찌 발걸음 하셨습니까?"

미선은 문밖으로 나와 공손하게 허리를 굽혔다. 동조 아재는
어머니가 살아있을 때부터 미선이네를 살갑게 살펴주었다.

"집이 오래 비어 있어서 손 좀 봐야겠네."

처마와 마루와 부엌을 살피며 동조 아재가 말했다.

"그냥저냥 살아도 됩니더."

"그래도 그러는 게 아니지. 남도 아니고. 이장과 구 서방을 보
낼 테니 불편한 데를 이야기 하게."

그렇게 말하고 주변을 둘러보는 김동조 씨의 얼굴에 수심이
가득했다. '남도 아니고'라는 말이 미선의 가슴에 파문을 일으
켰다.

어머니가 아재의 먼 친척이었다. 가난한 집안 사정으로 배움
이 짧은 어머니는 장을 떠돌며 행상을 하던 아버지를 만나 정한
수 한 그릇 떠놓고 혼인을 했다고 들었다. 떠돌이 생활을 하다가

미선이 들어서자 대책도 없이 고향으로 가자고 어머니가 졸랐다 했다. 그렇게 마을에 정착한 어머니를 돌보아 준 사람이 바로 동조 아재다. 언양 장에 조그만 가게를 얻어 장사를 하게 해준 고마운 분. 어머니가 돌아가시고 나서도 아버지는 소호를 떠나지 않았다. 처음으로 마련한 집에서 미선을 살뜰히 키웠다. 언제나 김동조 씨에 대한 고마운 마음이 깊어서 삼목 집의 일이라면 득달같이 달려가 일을 도왔다. 하긴 이 마을에서 그 아재의 그늘을 벗어날 사람은 별로 없었다.

구 서방과 이장이 들어서 미선이네 집을 수리하기 시작했다. 허물어진 지붕과 구멍 숭숭 뚫린 창호 문, 누렇게 뜬 벽지와 먼지 쌓인 헛간까지, 사람이 살지 않던 집을 사람의 온기가 있는 집으로 만드는 일이 벌어진 것이다. 마치 버려진 폐가 같았던 집 문짝도 수리하고 장판도 다시 깔고 벽지도 다시 발랐다. 새 집 같지는 않지만, 그럭저럭 집이 젊어졌다. 고마운 마음에 미선은 닭을 두 마리 사다가 닭개장을 끓였다. 얼큰하고 구수한 닭개장에다 밥을 말아 욕심껏 밀어 넣던 구 서방이 미선을 보며 말했다.

"미선아, 너 음식점 해도 되겠다. 아주 맛있네. 입에 착착 감겨."

미선은 배시시 웃었다.

"구 서방 말이 맞네. 너도 뭔가를 해야 살 것 아니냐. 마침 우리 마을사업에 일이 많을 것 같으니 밥집 하면 좋겠다."

이장 또한 한 입 가득 닭개장을 우물거리며 말했다.

"마을사업요? 그게 뭔대요?"

미선이 이장 앞으로 바짝 다가앉으며 물었다.

"맞다, 너는 모르겠구나. 너 시집가고, 재작년부터 벌거숭이산을 녹화하는 사업이 시작됐능 기라. 독일에서 임업기술자들이 와서 도와준다네. 그래서 작년부터 나무 심는 사업이 시작됐다 아이가."

"그래요? 그럼 마을 사람들이 돈벌이 할 데가 생긴 겁니꺼?"

"그렇지. 산주들 동의만 얻으면 본격적으로 사업을 시작한다고 했는데, 일부 사업은 시작됐고."

"어떤 게 시작됐습니꺼?"

"묘목 심는 작업. 어린 나무를 적당히 키워서 산에다 옮겨 심는 거지."

구 서방은 마치 그 일이 자신이 시작한 일이기라도 한 듯이 약간 거들먹거리며 이야기했다. 이장이 옆에서 거들었다.

"근처의 산주들을 다 모아서 협동체를 만들었다카데. 시장 군수 회의를 거쳐서 두서, 상북면 일대도 시범사업지로 만든다더라. 마을회관도 지었는걸."

"아, 네."

"그러니 그 사람들 일하려면 밥을 먹어야 하잖아. 그 일을 미선이 자네가 해보면 어떻겠냐는 거지."

구 서방이 욕심 사납게 국밥을 밀어 넣으며 어눌하게 말했다.

"허이구, 누가 들으면 자네가 앞장서서 하는 일인 줄 알겠네. 미선이 니가 할 마음을 먹는다면 어르신이 도와주실걸. 아니, 어르신이 먼저 이야기 하실지도 몰라. 니가 소박맞고 온 걸 엄청…."

구 서방의 말이 끝나기 전에 이장이 구 서방의 등짝을 사정없이 내려 쳤다.

"그 눔의 주둥이를 아무 데서나 놀리는 건 여전하네. 소박맞은 게 뭐 좋은 이야기라고 미선이 아픈 데를 건드리나?"

이장이 미선을 힐끔거리며 소리를 질렀다.

"괜찮심더, 아저씨. 사실인데요 뭐."

미선이 애써 웃는 얼굴로 이장을 바라봤다.

"그래도 사람이 그러면 안 되지. 아무튼 닭개장 잘 먹었네."

이장이 서둘러 일어섰다.

"아저씨들이 도와주셔서 고맙심더."

"언제든 필요하면 말만 하게. 뭐든 고쳐 줄 테니."

이장 박 씨가 약간 거들먹거리며 말했다. 구 서방이 이장의 옆구리를 쿡 찌르며 말했다.

"형님, 고마 갑시다."

구 서방이 먼 데를 바라보는 폼이 아까 한 말이 미안해서인 듯했다.

"그, 그래. 아까 구 서방이 한 말은 잊아뿌라."

이장이 앞서가는 구 서방의 뒤통수에다 대고 크게 말했다.

"괜찮아요."

미선은 애써 웃어보였다. 서둘러 마당을 질러 나가는 두 사람이 힐끗힐끗 미선을 돌아보았다. 설핏 기우는 햇살이 미선의 등에 닿아 있었다.

미선은 돌아왔지만 마음을 다잡지 못하는 것 같았다. 왜 아니 그렇겠는가. 마음이 물위에 떠있는 것 같아 어지럽고 어수선해 보였다. 마을사업에도 미선은 무심했다. 구 서방과 이장이 작업자들 밥 해주는 일을 해보라 했지만 그것도 마을 부녀회가 있으니 그녀에게 그 일이 돌아온다는 보장도 없었다. 그렇다고 적극 나서서 내가 해보겠소 할 미선도 아니고, 또 그럴 수도 없는 일이었다. 어린 나이에 시집가서 살다가 삼년도 못 넘기고 소박맞고 온 처지에 떳떳하게 나설 용기도 없을 것이었다. 그저, 아직도 머릿속이 엉킨 실타래 같을 미선을 보는 김동조 씨의 마음은 복잡했다. 어떻게 해서든지 미선의 마음을 잡도록 해주어야 한다는 생각이 가득했다. 김동조 씨는 부녀회장 나명옥을 찾았다.

"부녀회장님 계시오?"

깨끗하게 비질된 마당으로 들어서며 김동조 씨는 마른 침을 삼켰다. 하고자 하는 말을 어찌 부드럽게 풀어낼까, 어젯밤부터 고민했다.

"어머, 무슨 일로 저희 집에 다 오셨능교?"

나명옥은 상냥하고 싹싹했다.

"부녀회 일은 의논이 잘 돼가나 궁금해서 들렀소."

김동조 씨는 자신이 부녀회장을 찾은 이유가 딴엔 민망해서 딴청이었다. 살아오는 동안 그 누구에게도 부탁을 한 적이 없는 터라 더 그랬다.

"그럼요, 도와주신 덕에 잘 돼가고 있습니다."

얼마 전에 부녀회 찬조금으로 봉투를 건넨 일을 말하는 거였다.

"그거야 뭐… 많지도 않은걸."

정작 해야 할 말을 생각하니 자꾸 몸이 굳는 듯했다.

"하실 말씀이 있으신 듯한데 들어오이소. 차라도 한 잔 하시소."

싹싹하고 눈치도 빠른 여자였다. 김동조 씨는 못이기는 척 마루로 올라섰다. 말끔하게 닦인 마루가 반짝반짝 윤이 났다. 좀 전까지 부녀회 일을 하였는지 한켠에 놓인 작은 탁자위에 펼쳐진 공책이 보였다. 김동조 씨는 나명옥이 내미는 방석을 깔고 마루에 앉았다. 그녀가 서둘러 부엌으로 가서 차를 내왔다. 향기가 좋은 목련차였다. 마당에 있는 목련이 필 무렵 부지런히 손을 놀렸으리라.

"음, 아주 향이 좋소."

한 모금 머금어 음미하다가 목으로 넘기며 김동조 씨가 말했다. 나명옥이 고개를 숙이고 살풋 웃었다. 맞은편에 앉은 나명옥이 조심스럽게 입을 뗐다.

"하실 말씀이…."

그녀가 김동조 씨를 빤히 바라보았다.

"그게 말이오…. 그 뭐냐…."

김동조 씨는 자신도 모르게 입이 바짝 탔다. 나명옥이 배시시 웃으며 말했다.

"뭐 어려운 말씀이신갑네요."

"음, 뭐, 내가 부탁이 있소."

먼 데에 시선을 두고 김동조 씨가 어렵게 말을 꺼냈다.

"말씀하시소."

"이제부터 마을에 외부사람들도 드나들고, 또 독일 사람들과 군청 담당자들도 자주 드나들 거라서 하는 말인데…."

"맞아요, 그래서 부녀회에서 점심을 해서 팔자는 이야기를 하고 있어요."

나명옥이 기다렸다는 듯이 말을 받았다. 김동조 씨는 밝은 얼굴로 이야기하는 나명옥을 보고 있자니 하려던 말이 쏙 들어갔다. 하지만 작정한 그 말을 하기 위해 부녀회장을 찾아 왔으니 민망해도 해야 한다. 그는 잔기침을 쿵쿵 하며 어색한 표정으로 말을 이었다.

"부녀회원들은 바쁘지 않소. 나무 묘목도 심어야 하고…."

눈치 빠른 나명옥이 입을 가리며 웃었다.

"면장님이 하시고 싶은 말씀이 따로 있으신 거지요?"

김동조 씨는 바깥을 내다보며 헛기침을 몇 번 했다.

"그 점심하는 일을 맡기고 싶은 사람이 있으신 기지요?"

나명옥이 정곡을 찔렀다.

"그, 그렇소."

김동조 씨는 여전히 나명옥의 시선을 피한 채 우물쭈물 말했다.

"미선이요?"

나명옥이 김동조 씨의 얼굴을 빤히 쳐다보며 꼬집듯 말했다.

"그, 그래요. 소박맞고 와서 마음도 못 잡는 거 같고, 부녀회원들이랑 잘 어울리지도 못하는 거 같고…. 자격지심일 수도 있는데…. 그럴수록 우리가 껴안아야 하지 않겠소. 벌이도 없는 것 같으니…."

두서도 없이, 참았던 말을 쏟아내고 나니 더 어색해서 김동조 씨는 괜히 마당에다 시선을 던졌다. 떨어진 몇 송이 목련꽃이 추레했다. 목련은 필 때는 더없이 순결하고 고결하지만, 질 때는 너무도 처연했다.

나명옥이 조용했다. 무얼 생각하는 것 같았다. 이미 부녀회에서 뭔가를 결정해버린 걸까? 그렇다면 아무리 이 마을을 위해 앞장서서 일을 하는 입장이라도 강요할 수는 없는 일이었다. 한참 만에 나명옥이 입을 열었다.

"아직 결정된 것은 아닌데, 돌아가며 세 명씩 조를 짜서 점심 준비를 하는 게 어떠냐는 이야기까지는 나왔습니다."

"그, 그렇다면….'

여전히 시선은 멀리 둔 채 뒷말을 어찌 이어가야 할지 망설이고 있을 때였다. 나명옥이 김동조 씨 앞으로 바짝 다가앉으며 빠르게 말했다.

"제가 애써 보겠심더."

"버, 벌써 의논을 했다면서?"

얼굴을 바짝 들이밀고 이야기하는 나명옥이 부담스러워 김동조 씨는 몸을 뒤로 빼며 말했다.

"제가 알아서 할게요. 미선이한테 하라고 하이소."

"그, 그래도 되겠는가?"

"이번 사업에 산주 분들 의견 취합하시기만으로도 힘이 드실 텐데, 그 정도야 제가 도와드려야 안되겠습니꺼."

"고, 고맙네."

김동조 씨는 얼떨결에 나명옥의 손을 잡고 흔들었다. 나명옥이 손을 빼며 배시시 웃었다.

"진짜 고맙네. 미선이가 마음을 잡아야지 않겠는가. 오 서방이 죽으면서도 미선이를 돌봐달라고 했는데."

김동조 씨는 그 말을 하면서 괜히 목이 메었다. 미선의 어미는 그의 먼 친척이었다. 그러니 아비마저 세상을 떠난 마당에 그가 미선을 보살펴 주어야 한다고 생각하는 것이었다.

"걱정 마이소. 산주들 의견은 취합이 다 돼 갑니꺼?"

나명옥이 가볍게 화제를 바꾸었다.

"골치 아프지. 얼추 합의를 보긴 했는데… 오늘은 이랬다 내일은 저랬다 자꾸 말들을 바꾸니… 서로 뜻 맞추기가 쉽지를 않아. 다들 제 잇속만 챙기려 하니….”

김동조 씨가 고개를 절레절레 흔들었다.

"그런데다 미선이 문제까지 걱정하시려니 더 힘드시지요. 다소 잡음이 있더라도 부녀회에서 식사문제는 제가 잘 알아서 할 테이 지를 믿어보이소.”

나명옥은 걱정하지 말라는 듯 주먹을 가볍게 쥐고 흔들어보였다.

"정말 고맙네.”

김동조 씨는 썩 내키지 않은 일을 용기 내어 해결하고 나니 마음이 가벼웠다. 미선이 얼굴이 선연히 떠올랐다. 오늘은 또 어디를 헤매고 있을꼬. 방황하고 있을 미선을 생각하니 절로 한숨이 터졌다. 김동조 씨는 나명옥에게 다시 한 번 고맙다는 인사를 하고 그 집을 나왔다. 저만치 아래로 밭고랑을 매던 아낙들이 힐끔거리며 김동조 씨를 쳐다봤다. 내일이면 수군수군 소문이 돌 것이었다.

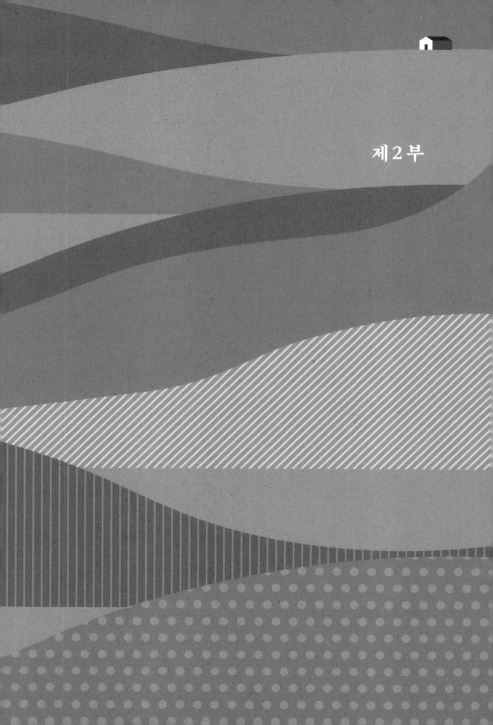

제 2 부

할랑교

고정석은 할랑교 앞에서 걸음을 멈추었다. 판판한 나무판에다 쓴 〈할랑교〉는 학교 교문 앞에 걸려 있었는데 바람에 흔들릴 때마다 삐그덕 소리를 냈다. 너른 운동장을 지나 교무실로 쓰던 교실로 다가가자 음악소리가 요란했다. 오늘은 음악수업이 있는 모양이었다. 잠시 나무 의자에 앉아 기다리기로 했다. 임 선생의 목소리가 열린 창문으로 크게 들려 왔다.

"오늘은 여기까지."

그 말에 아이들의 신나는 음성이 뒤따랐다. 와아아. 할랑교는 폐교를 수리해 마을 공동사업장으로 만든 장소였다. 주민들 취미교육도 하고 때로는 모임장소로도 쓰이는 곳, 1년에 한두 번은 나눔 장터도 열렸다. 버리기는 아까우나 싫증이 났거나 소용이 없어진 물건들을 모아 팔았다. 제법 잘 됐다.

할랑교.

그 말은 유행어처럼 유쾌하게 사람들 사이를 파고들었다. 아이들이 우루루 몰려 나왔다. 도시아이들처럼 학원을 다니는 것은 아니지만 과외활동을 할 마음이 있으면 이곳 할랑교에서 수업을 받을 수 있다. 사람들은 〈할랑교〉라는 명칭을 무척 좋아했다. '하겠습니까?'라는 말의 사투리인 '할랑교'는 어감만으로도 유쾌했다. 긍정의 말이기도 했다.

"오셨어요?"

아이들 뒤로 엄 선생이 환하게 웃으며 다가왔다.

"고생했소."

정석의 말에 임 선생이 손사래를 치며 웃었다.

"고생은요, 오히려 신나는 걸요."

그녀는 처음 왔을 때보다 표정이 많이 밝아졌다. 다행이라 생각했다.

"어디 가서 차라도 한잔 할까요?"

"어데요. 여기에 차도 있고 커피도 있고 과일주스, 콜라도 있습니다. 할랑교에 까페 물랑교가 있습니다. 작명이 어때요? 호호호."

그녀의 웃음이 맑았다.

"그럼 그럽시다."

정석은 몸을 일으켜 임 선생 뒤를 따라갔다. 교무실로 쓰는 바로 옆 교실이 차를 마시는 공간이었다. 그녀의 말처럼 그 교실에는 각종 차들이 마련돼 있고 한쪽 테이블에는 각기 모양이 다른 컵들이 놓여 있는데 거기엔 컵 주인의 이름이 쓰여 있었다. 물론 당연히 정석의 컵도 있었다. 도예교실에서 만든 컵을 꺼낸 정석은 커피 자판기에서 아메리카노 한 잔을 뽑았다. 그녀도 우롱차 한 잔을 만들어 정석의 맞은편에 앉았다. 임지숙. 그녀의 이름이었다. 문득 그녀를 처음 만나던 날이 생각났다. 그는 그때도 머릿속이 복잡했다.

그때 그녀는 긴 머리칼을 질끈 묶고 청바지에 헐렁한 티셔츠를 입고 있었다. 노란색의 티 색깔이 강렬하게 느껴졌었다. 아마도, 면사무소 근처의 작은 찻집으로 기억하는데 마치 정신이 나간 듯이 멍한 모습으로 앉아 창밖을 내다보고 있는 모습이 노란색과는 전혀 어울리지 않았다. 업무관계로 면사무소 직원을 만나던 자리라 그녀에 대한 호기심을 접은 채로 새로 시작하려는 마을사업에 대해 설명을 하는 동안 그녀는 유령처럼 스르르 찻집을 빠져나갔다.

"아까운 머리칼을 어찌 자르셨소?"

단발머리로 깡총해진 그녀의 모습이 더 풋풋해보였다. 그녀가 피식 웃으며 말했다.

"쌀이 없어서 잘라 팔았어요. 호호호."

길쭉한 손가락으로 입을 가리고 그녀가 웃었다. 처음 볼 때와는 아주 다르게 밝은 모습에 여유가 느껴졌다.

"그런 줄 알았으면 닭이라도 한 마리 가져다 줄 걸 그랬네. 몸 보신하게."

정석의 농담에, 그녀가 고개를 젖히고 목젖이 보이도록 웃었다. 편한 농담을 할 정도의 사이가 된 게 참 다행이다 싶었다. 처음, 찻집에서 만난 그녀의 무거운 표정이 마음에 걸려 있었지만 오다가다 만난 그녀에 대한 궁금증은 곧 사라졌다.

그런 그녀를 또 만나게 된 건 폐교 앞이었다. 인구가 줄어들어 학교가 존립할 수 없게 되어 폐교가 된 학교는 버려진 노인 같았다. 집들도 빈 집이 많았다. 허물어져가는 건물들이 사랑을 잃은 늙은 여자 같았다. 그 여자가, 폐교 벤치에 앉아 있었다.

"아까 찻집에서 본 아가씨?"

운동장 낡은 벤치에 앉아 말없이 느티나무를 바라보던 그녀는 분명 예사롭지 않았다.

"나무가 너무 멋져요."

아무런 의욕도 없는 눈빛으로, 그녀가 조용조용 말했다.

"몇 백 년을 살아온 나무입니다."

그 말에 느티나무가 화답하듯 몸을 떨었다.

"여기서 살고 싶어요."

조용조용한 그녀의 말이 느티나무를 흔들었다.

"그럼 이사 오시죠. 그러잖아도 마을인구가 줄고 있는데 주민 한 명이라도 늘입시다."

그 말에 그녀가 갑자기 깔깔대고 웃었다. 감정 기복이 심해보였다. 그러더니 불쑥 물었다.

"면사무소 직원이세요?"

"아니요."

"그럼 뭐하시는 분이세요?"

"헐렁헐렁 노는 사람입니다. 소나무 숲길도 다니고 산에 가서 버섯도 따고 여름엔 냇가에서 헤엄도 치고….."

"행복한 삶을 누리고 계시네요."

그녀가 부러운 듯이 고개를 천천히 주억거렸다.

"그러니 이사 오시라 하는 거 아닙니까."

얼마쯤은 진심이었지만 얼마쯤은 실없는 농담이었다. 도시 여자가 산골에 와서 느끼는 부러움은 그리 길지 않다는 걸 알기 때문이었다.

"그럼 집을 알아봐 주시겠어요?"

픽 웃었다. 그럴 리 없으리라는 걸 앎으로.

"괜찮으시다면 우리 집에도 빈 방이 있습니다. 대신 너저분합니다. 허허."

그러자 여자가 웃으며 말했다.

"알겠어요. 대신 방세는 비싸면 안돼요."

다짐하듯 그를 바라보는 그녀의 눈빛이 단호했다.

"너저분한 집의 세를 비싸게 받을 수는 없지요."

오래 비워둔 집은 흉물처럼 스러져가고 있었다.

"여기로 이사 와서 저도 헐렁헐렁하게 살고 싶어요."

그렇게 말하는 그녀의 눈빛은 간절해보였다. 그는 그런 그녀가 측은해보였다.

"이 마을 이름이 소호라 했죠? 소호…. 어떤 뜻이죠?"

그녀가 몹시 궁금한 표정으로 물었다.

"높은 지대에 있는 산마을이란 뜻입니다."

고정석은 덤덤하게 말했다.

"전 이 마을이 정말 마음에 들어요. 여기서 살고 싶어요."

여자의 말을 믿은 건 아니었다. 더구나 그녀가 타고 온 빨간 '미니 컨트리맨'은 이름과는 달리 시골생활과는 전혀 어울리지 않았다. 운동장 한켠에 주차된 미니 컨트리맨은 주변 풍경과도 어울리지 않았다. 오히려 생뚱맞다는 표현이 맞을 터였다. 흐흥, 하는 콧소리는 설마, 하는 의미였다. 그녀가 하는 말은 잠시의 감정에 빠진 헛소리구나 싶었다.

실없는 농담처럼 몇 마디 나눈 게 다였다. 한참이나 느티나무를 바라보던 그녀는 잊은 약속이 있는 사람처럼 벌떡 일어나더니 '저, 가요.' 하고는 빨간 차를 타고 사라졌다. 서운하기 보다는 싱거운 여자라는 생각이 들었다. 한창 할랑교 시민학교에 대한 생각에 빠져 있던 정석은 그녀를 곧 잊었다. 이 마을에 살고 싶다는 말은 그냥 잠시 환상에 젖어 하는 소리라고 생각했다. 시골살이가 쉽지는 않지만, 그럼에도 불구하고 그는 자신이 서울을 떠나 고향에 정착한 일은 참 잘한 일이라 여겼다.

"너같이 공부 많이 한 놈이 와 돌아오노? 뭘 사고 쳤나?"

친구들이 빈정거렸다.

"너, 그 대학교를 다니긴 한 거냐? 그 학교, 엄청 공부 잘해야 간다매?"

돌아온 그에 대해서 말들이 많았다. 하지만 상관없었다. 자신이 살고 싶은 방식으로 살기로 마음먹은 후 고정석은 더 이상 고민하지 않았다. 어쩜 김동조 어르신을 가슴에 품고 있었던 게 결정적인 이유가 될 수도 있었다. 자신이 하고자 하는 일에 신념을 가지고 매진하는 사람이 더없이 멋지고 훌륭해보였다. 푸른 숲을 가꾸는 일은 그 어떤 일보다 우선되어야 하는 일이라는 결론에 이르자 정석은 주변의 말들을 다 무시할 수 있었다. 삶은 어떤 방식으로든 자신이 완성해가는 것이었다.

그 여자가 다시 나타난 건 가을이 물들어갈 무렵이었다. 소호 참나무 숲 맑은 공기에 취해 눈을 감은 채 코를 벌름거리고 있을 때였다.

"아저씨."

방금 전에 만난 듯이 반가운 표정으로 고정석 앞에 나타난 여자는 환하게 웃고 있었다.

"어? 어, 그때 그 아가씨…."

"네, 소호 숲이 좋다 해서 다시 왔어요."

그녀 역시 코를 벌름거리며 숲 향기를 들이마시고 있었다. 초록색 원피스가 시원해보였다.

"아, 네….'

그는 어정쩡한 자세로 목례를 보내며 건성 대답했다.

"그러잖아도 아저씨를 어찌 찾을까 고민 중이었어요."

그녀가 고정석을 바라보며 말했다.

"저, 저를 왜요?"

정석의 말이 잠시 불안하게 떨렸다.

"방 빌려주신다 했잖아요."

여자의 표정은 더없이 해맑았다.

"진짜로 이사하시게요?"

정석은 여자를 뜨악하게 바라보았다.

"그동안 저 혼자 몇 번 다녀갔어요."

그녀가 진지한 표정으로 말했다.

"혼자 다녀갔다고요?"

"네, 올 때마다 이 마을이 저를 부른다는 생각이 들더군요. 그래서 이사하기로 결심했죠. 방 빌려주시는 거죠?"

고정석은 얼결에 고개를 끄덕이면서 여자에 대한 호기심이 깊어졌다. 너저분한 집에 도시 여자를 들일 생각을 하니 민망하기도 하고 부끄럽기도 했다. 비어있는 별채를 보여주면서도 정석은 여자의 진심을 의심했다. 며칠이나 견디다 갈까, 하는 마음이 더 컸기 때문이었다. 여자가 몰고 온 빨간 '미니 컨트리맨'은 여전히 시골과 어울리지 않게 미끈했다.

"솔직히 며칠이나 있다 가실까 걱정됩니다."

그 말은 진심이었다. 여자가 발끈해서 말했다.

"제가 온다고 했잖아요. 저를 부추긴 분이 아저씨니까 방도 빌려주시고 일자리도 알아봐 주세요."

무례하다 싶을 정도로 막무가내인 그녀를 한참 쳐다보다 결국은 비어있는 별채를 빌려주기로 하고 말았다.

"이사는 겨울이나 지나고 오시오. 겨울은 너무 추워요."

그는 일부러 무뚝뚝하게 말했다.

"저도 그럴 생각이에요. 정리할 일도 있고 설득해야 할 사람도 있고."

그녀는 선선하게 고개를 끄덕였다.

"일자리도 알아봐 달리시니 묻소만, 서울서는 어떤 일을 하셨소?"

"선생요."

그녀가 망설임 없이 말했다.

"선생?"

의외였다.

"네. 초등학교 선생."

"그런데 왜?"

"왜라니요? 길이 아니다 싶으면 얼른 돌아서야 하는 거 아닌

가요?"

그녀는 어깨를 으쓱하며 오히려 정석의 질문이 이상하다는 듯이 되물었다.

"그렇긴 하오만….."

"아저씨는 뭐하시는 분이세요?"

그녀는 아주 궁금하다는 듯이 가까이 다가와 정석의 눈을 들여다봤다. 젊은 여자의 체취가 어지러웠다.

"나? 그냥 헐렁헐렁, 느릿느릿 그렇게 살기로 한….."

여자의 체취 때문일까. 말도 제대로 나오지 않았다.

"직업이 뭐냐구요."

"직업이랄 것도 없이 이냥저냥, 헐렁헐렁….."

"지난 번 찻집에서 만난 분이랑 이야기하시는 거 보니까 헐렁헐렁이 아니시던데요?"

"그렇게까지 남의 이야기를 훔쳐 들었소이까?"

잠시 당황스러웠다. 마치 알몸을 들켜버린 느낌이었다.

"훔쳐 들은 게 아니고 그냥 들렸어요. 면사무소 직원 같던데, 혹시 공무원이세요?"

여자는 꼬치꼬치 물었다.

"허 참, 공무원 아니고요. 굳이 말하자면… 그루 매니저라고나 할까….."

고정석은 어물어물 대답했다.

"그루 매니저요? 그게 뭐 하는 건데요?"

호기심어린 그녀의 눈빛이 반짝거렸다.

"그게… 그루 매니저는….”

정석은 대답을 하려다 그녀를 다시 바라보았다. 꼬치꼬치 캐 묻는 그녀가 잠시 의심스러운 생각이 들었기 때문이었다.

"근데 왜 그리 나하는 일에 대해 꼬치꼬치 묻는 거요?"

"한집에 살 건데 최소한 주인이 뭐하시는 분인지는 알아야 하지 않을까요?"

"그, 그렇긴 한데….”

그녀의 화법에 말려드는 기분이 들었다.

"그루 매니저란… 지역 현장에서 지역 내 산림과 인적자원을 조사하여 지역 특화 비즈니스모델의 그루 경영체를 발굴하고… 음… 조직화부터 창업과 경영개선 지원까지 사업의 전 과정을 현장에서, 그루 경영체 구성원들의 목소리에 귀 기울이며 함께 풀어가는 기획 활동가를 말합니다.”

긴 설명을 하는 일은 짜증스러웠다. 그럼에도 제법 긴 설명을 하고 있는 자신이 낯설었다.

"아!"

그녀의 표정이 알쏭달쏭했다.

"너무 거창하게 말했나요? 하지만 사실 저는 옳은 그루 매니 저도 못됩니다. 그저 시늉만 내는 정도라….”

"그래요? 겸손하신 분이군요. 성함은요?"

당돌하기까지 했다. 아님 순수하다고 해야 하나? 철없다고 해야 하나, 그러기엔 그녀의 나이가 적지 않아보였다.

"이름까지 알려줘야 하오?"

조금 불쾌한 기분이 들기도 했다.

"그럼 제 맘대로 불러도 돼요?"

"마, 맘대로?"

점입가경이었다.

"겸손 씨, 헐렁 씨."

"뭐, 뭐라고요?"

당황한 정석의 말에 그녀가 까르르 소리 나게 웃어댔다. 그녀는 마치 재잘대기를 좋아하는 어린 소녀 같았다. 당황한 건 오히려 고정석이었다.

"제 이름은 임지숙예요."

웃음을 거둔 그녀가 악수를 청했다. 악수의 기원은 '내가 당신을 해칠 무기를 갖고 있지 않습니다.' 라는 뜻에서 시작되었다던가. 고정석도 얼른 손을 내밀어 그녀의 손을 잡으며 말했다.

"고정석입니다."

상대가 먼저 자신을 소개하는 마당에 이름을 밝히지 않을 수는 없었다.

"고정석? 하하하하."

그녀가 또 목젖이 보이도록 크게 웃어댔다.

"왜요?"

그녀의 거침없는 행동에 약간 불쾌해져서 절로 표정이 굳어졌다.

"소호에 못 박혀 있는 모양이죠? 고정으로 박힌 돌?"

"사람들은 제 이름보다 털보아저씨라고 부릅니다."

이름으로 놀림 당한 기억은 그리 유쾌하지 않다. 비록 농담일지라도. 어디 한두 번 놀림을 당했던가. 그래서 털보라고 불리는 게 더 편했다.

"털보아저씨? 그게 더 정감 있게 들리네요. 그럼 저도 그렇게 불러드리도록 하겠습니다. 털보아저씨."

고정석은 임지숙을 보면서 그녀에게 빨려 들어가는 듯한 느낌이 들었다. 블랙홀. 입 안에서 맴도는 그 말을 내뱉을 수는 없었다.

"아무튼 잘 지내봅시다."

"네, 털보아저씨."

정석은 그녀의 말을 듣고 턱수염을 슬그머니 어루만졌다. 수염을 기르기 잘 했다는 생각이 들었다. 수염을 기르는 것은 그 자신의 삶에 있어 강력한 자유 의지였다.

"근데 저 나무 이름은 뭐예요?"

이사 올 집을 이리저리 살펴보던 그녀가, 집 앞 마당에 서 있는 나무를 보고 물었다.

"어떤 나무요?"

"저기 마당에 있는 나무요."

그녀가 가리킨 곳에 서 있는 나무를 보자 고정석은 쿡, 하고
웃음이 샜다. 아버지가 심어둔 나무였다.

"먼나무요."

"뭐라고요?"

"먼나무."

"저기 저기 빨갛게 열매가 달린 나무 말예요."

자신을 놀린다고 생각했는지 약간 짜증 섞인 여자의 목소리
가 귓전에 닿았다.

"먼나무라고요."

"예?"

"그 나무 이름이 먼나무라고요."

그 말에 여자가 알쏭달쏭한 표정을 지었다.

"…그런 나무 이름도 있어요?"

그녀가 의심 가득한 목소리로 물었다.

"네, 아버지가 제주도 다녀오시면서 구해 오셨는데 심으면서
도 살아날지 걱정이 많았습니다. 원래 바닷가에서 자생하는 나
무라 걱정이 많으셨죠. 그런데 잘 자라주었어요. 아버지는 그것
에 진한 의미를 두셨죠. 익숙하지 않은 악조건에서도 뿌리내리

는 생명력에 대한 경외감, 뭐 그런 것이었지 싶어요. 그래서일까, 꽃이 피기 시작하면 열매 맺힐 때까지 즐겨 바라보셨죠. 온통 푸른색 천지에 빨간 열매가 어여쁘셨던 모양입니다. 그래서 저도 먼나무 열매가 맺힐 때면 창문을 열어두고 바라보곤 하죠. 꽃은 오뉴월에 피고 열매는 9월부터 빨갛게 익습니다. 저 열매가 익어 가면 아버지 생각이 간절합니다."

그 말을 하고 나니 더욱 아버지가 그리웠다. 가만히 나무를 바라보았다. 빨갛게 익은 열매가 푸른 숲이 가득한 땅에 생뚱맞은 느낌을 주었지만 그것이 초록 숲이 보이는 장소에 있으니 더욱 도드라졌다.

"아, 그렇군요."

그녀가 고개를 끄덕였다.

"그러고 보니 타고 오신 차 색깔과 같군요."

그 말을 하고 고정석은 그녀가 타고 온 빨간 차를 한참동안 바라보았다.

그날 이후로 마치 운명인 듯이 그녀와의 인연이 만들어지기 시작했다. 실제로 그녀의 일자리를 할랑교에 만들어 준 것도 정석이었고 집을 빌려준 것도 정석이었던 탓이다.

그녀는 할랑교에서 일하게 된 것을 몹시 기뻐했다. 일에 기쁨을 느끼며 사는 그녀 역시 제자리를 찾은 듯했다. 어쩜 그녀는 시골 태생이라 해도 믿을 만큼 시골살이에 적응을 잘해갔다. 마을사업에도 적극적으로 동참했고 할랑교 수업에도 정성을 쏟았다. 그녀는 가끔씩 난제에 부딪치면 농담처럼 물었다.

"할랑교 말랑교?"

사투리가 재미있어 죽겠다는 말투였다.

"이왕이면 할랑교가 낫지요?"

그런 농담을 주고받으며 그녀와의 사이는 돈독해져 갔다. 그녀의 일자리는 〈할랑교〉의 교사자리였는데 교사라는 직업에 회의를 느껴 그만두었던 모습은 전혀 찾아볼 수 없었다. 오히려 그 일을 하기 위해 온 사람처럼 열성을 쏟았다.

〈할랑교〉는 마을 사람들을 위한 프로그램을 많이 만들었다. 점점 줄어드는 농촌인구가 더 이상 줄지 않도록 관심있는 행사들을 많이 만들어 주민들의 참여를 이끌었다. 노인들을 위한 휴대폰 제대로 쓰기 강의, 배움이 부족했던 농민들을 위한 컴퓨터 교실을 열고 목공교실도 열었다. 숲속을 돌아다니며 죽어가는 나무나 쓰러진 나무들을 모아 생명력을 불어넣어 작품을 만드는 수업도 인기가 있었다. 목공반은 도마나 찻잔 받침, 나무수저나 작은 쟁반 등을 만들었다. 스스로 만들어 가져가는 재미도 있고 그것을 〈살랑교〉에 내놓아 팔리게 되면 천금을 얻은 듯이 좋아했다. 〈볼랑교 교실〉에서는 매주 영화를 상영하고 지역예술인들을 초청해 노래교실도 열었다. 그녀는 신이 나서 일했다. 그도 덩달아 신나게 일했다.

그녀가 온 후 〈할랑교 교실〉은 점점 그 규모를 넓혀갔다. 매주 영화를 볼 수 있는 〈볼랑교 교실〉을 연 후에 〈물랑교 교실〉도 열었다. 〈물랑교 교실〉은 카페 겸 가벼운 음식을 파는 교실인데 그 교실에는 음식솜씨를 자랑하는 어르신들이 꾸려가는 공간이었다. 메뉴는 소박했다. 커피와 생강차, 유자차 등의 음료와 잔치국수, 수제비, 비빔밥 등의 음식이었다. 처음 우려했던 것과 달리 3개 교실은 입소문을 타고 알려져 도시에서도 찾아오는 사람들이 늘어나기 시작했다. 그 후에 그녀는 또 욕심을 냈다. 〈살랑교 교실〉. 그것은 각 가정에서 필요 없는 물건들을 기증받아 싸게 되파는 사업이었다. 기증받은 물건들은 다양했다. 헌옷을 비롯하여 책, 가전제품, 모자, 신발까지 뭐든 재활용할 수 있는 것이면 가능했다. 수익금은 어르신들의 수고비를 드린 후에 남은 돈은 마을사업에 쓰기로 하였다.

"고 샘, 오늘 시간 되시면 할랑교에 좀 들러주세요."

임 선생의 문자였다. 그러잖아도 노정석과 들러볼 생각이었다. 노정석의 도움을 받을 일도 있고 해서 전화를 할까 하던 참이었다.

– 정석아, 오늘 안 바쁘마 할랑교에 같이 좀 가자.

전화를 걸까 하다가 문자를 넣었다. 시답잖은 시를 쓰는 시간에는 전화기를 무음으로 돌려둔다는 걸 생각해 냈기 때문이다.

어떤 땐 이삼일씩 연락이 되지 않을 때도 있었다. 늘 허름한 청바지 차림. 그는 자신을 블루칼라라 불렀다. 자조적인 표현이기도 했다. 중학교만 겨우 나온 가난한 집안 출신이라 그는 늘 공부하는 것에 허기를 느꼈다. 공부하고 싶으면 통신대라도 들어가서… 그 말이 끝나기도 전에 그가 말을 막았다. 졸업장이 필요한 건 아니고… 늘 배가 고파. 그가 그 말을 할 때는 괜히 미안했다.

"와요?"

오늘은 이전과 다르게 금방 전화가 왔다.

"임 선생의 호출이시다."

"그럼 달려가야지. 10분 안에 달려갈게요."

그는 그 흔한 자동차도 없었다. 제 말처럼 '뚜버기'였다. 공해를 유발하는 차는 안 타고 튼튼한 팔다리로 걸어 다니기. 그의 신조였다. 물론 경제적 어려움도 이유가 될 것이나 그는 그런 티를 전혀 내지 않았다.

고정석은 노정석과 통화를 하고 나서는 바로 그의 도서관 쪽으로 자동차를 몰았다. 〈느린 도서관〉 한쪽의 공간을 막아 방을 만들고 거기서 숙식하는 노정석은 집이 곧 작업공간이고 일터였다. 도서관을 찾는 이들이 많지 않았지만 그는 상관하지 않았다. 그저 자신의 서재쯤으로 여기는 것 같았다. 그래도 최근엔 큰 글자 책을 몇 권 들여 두었다고 자랑을 했다. 그가 없을 때는 〈빌려갈 책을 적어두고 가시오〉라는 그의 악필이 도서관을 지켰다. 자리를 지키는 사람이 없어도 도난되는 책이 없고, 스스로 빌려갈 책을 적어놓고 가는 대출 시스템은 그 어디에도 없는 훌륭한 방식이었다.

중간 어디쯤에서 만나려니 하고 가는데, 저만치에서 그가 절뚝거리며 걸어오고 있었다. 불편한 다리로 걷는 걸 보면 마음이 아렸다. 고정석은 클락션을 빵빵 눌러댔다. 고정석을 알아본 노정석이 히쭉 웃으며 손을 흔들었다.

"웬 호출이죠?"

"나도 몰라. 뭔가 도와줄 일이 있는 모양이지. 가서 별일 아니면 '물랑교'에서 차나 한 잔 하고 오면 되고."

〈물랑교〉는 마을 노인들이 운영하고 있는데 가끔씩 분란이 일어났다. 메뉴 문제. 알바비 문제, 봉사시간 문제…. 고정석과 노정석에게는 어려울 문제가 없어 보이는데 노인들은 만나기만 하면 토닥토닥 다투었다. 생각하기에 따라서는 그리 좋아 보이는 모습은 아닐 것이나, 고정석은 그런 모습이 오히려 건강해보여서 좋았다.

"참, 오늘은 살랑교에 가봐야겠심더."

노정석이 말했다.

"와?"

"헌 자전거 나온 거 있으면 하나 살라꼬요."

고정석의 시선이 나달나달해진 노정석의 청바지에 머물렀다.

지난번에 살랑교에서 산 물건이었다.

"내가 한 대 사 주까? 인자 뚜버기 하기 싫나?"

고정석이 농처럼 툭 던졌다. 말이 끝나기도 전에 남은 건 자존심뿐인 노정석이 손을 내저으며 '노 노'를 읊어댔다.

"그기 아이라 나도 좀 후딱후딱 다니면서 지구를 구하는 일에 쪼매 도움이 될라꼬 그랍니다. 히히."

헌 청바지를 살 때도 살 돈이 없는 게 아니라 자원재활용을 해야 한다는 취지라고 몇 번인가 어깨를 쭉 펴고 말했다. 사실 그가 청바지를 사는 이유가 노동을 위해서였듯이, 헌 자전거를 사려는 것조차 자원재활용의 실천인 것이었다. 자전거 하나 살 수 없을 정도로 어려운 형편이어서 그러는 것은 아니었다. 틈틈이 노동판에 가서 일도 하고 시인이랍시고 가끔 강연수입도 있는 거 같고, 연금도 얼마 간 나오는 거 같았다. 그의 말대로 재활용 차원이라는 걸 고정석도 알았다. 헌 자전거를 산다는 것은 뭔가 바쁜 일을 만들어보고자 하는 속셈이 있는 것 같았다.

"어머, 샘들 오셨네."

할랑교에 도착하자 임 선생이 반갑게 맞았다.

"전기 나갔능교?"

노정석이 무뚝뚝하게 물었다.

"아이라요, 커피포트가 고장 났심더."

임 선생의 사투리는 제법 익어가고 있었다.

"그럼 살랑교에 함 뒤져보시지."

여전히 무뚝뚝한 대꾸.

"없심더."

"그래서 고쳐 달라고요?"

임 선생이 환하게 웃으며 고개를 끄덕였다. 노정석이 한숨을 푹 쉬었다. 고정석은 그가 내뱉는 한숨의 의미를 알고 있었다.

"그런데 오늘은 수리비 받아야겠심더."

노정석이 열심히 포트를 살피면서 무심한 듯 한마디 던졌다. 그 말을 들은 임 선생의 표정이 복잡해졌다.

"수리비요? 자원봉사 아니었어요?"

동그랗게 뜬 그녀의 표정이 자못 심각했다.

"아, 농담한 걸 그렇게 정색을 하고 물으마 우짭니꺼? 마, 커피나 한잔 사이소."

노정석이 민망했던지 임 선생의 눈길을 피하며 그리 말했다. 고정석이 픽 웃었다. 언감생심. 그의 마음을 간결하게 표현할 수 있는 말이었다. 임 선생은 그게 어떤 뜻인지 얼른 해석이 되지 않는 모양이었다.

"커, 커피요? 사지요. 근데 왜 안 받던 수리비를 달래요?"

"자꾸 그래 따지싸면 커피포트 안 고칩니더."

노정석이 불퉁하게 말하며 커피포트를 내려놓았다. 자신의 말 뜻을 몰라주는 임 선생이 약간 서운한 듯 표정이 굳어졌다.

"안돼요. 오늘 놀랑교에 노래교실 수업이 있는 날이라 커피가 많이 팔릴 낀데…."

임 선생이 발을 동동 굴렀다.

"하하하, 농담 한번 해 봤심더. 걱정 마이소. 노정석이 떴다 하모 몬 고치는 기 없심더."

"농담이라…."

노정석이 히죽 싱겁게 한번 웃고 임 선생을 바라 봤다.

"아이, 깜짝 놀랐잖아요. 싱거운 소리도 하실 줄 아시네요. 호호호."

임 선생이 그제야 안심한 듯 웃었다. 노정석은 교실바닥에 철푸덕 주저앉아 커피포트를 다시 살피기 시작했다. 그는 자신의 이름을 이상하게 해석했다. 노, 정석, 정석이 아이다 이 말인기라요. 웃고 말아도 될 일인데 고정석은 그 말이 늘 가슴에 걸렸다.

"슨상님요, 커피포트 몬 고칩니꺼? 오늘은 손님이 많아가 자판기커피 말고 믹스커피도 팔아야 됩니더. 집에 가서 우리 거라도 갖고 오까요?"

오늘 당번인 할매 한 분이 교실 문을 벌컥 열고 물었다.

"아입니더. 지금 고치고 있심더. 수업 끝나기 전에 고침더. 염려 마이소."

노정석이 잔뜩 어질러진 부품들을 이리저리 살피며 말했다.

"알겠슴더. 내는 혹시나 오늘 커피 몬 파나 싶어서 물어 봤슴더."

알바로 하는 일도 나름 직장이라고, 일흔을 넘긴 연세에도 빨간 립스틱에 분칠을 한 할머니 모습이 생기 있어 보였다.

"연세 잡사도 일할 기 있능 기 좋은 기라."

노정석이 할머니의 뒷모습을 보며 혼잣말처럼 중얼거렸다.

"하모요."

임 선생이 맞장구를 쳤다. 고정석은 혼자 씩 웃었다. 고정석은 노정석을 가끔 '동자승'이라고 놀리듯이 부를 때도 있다. 그건 '노동자'라는 그의 필명 때문이었다. 하지만 그 말을 하고 나면 눈가에 눈물이 고였다. 그럴 때 고정석은 노정석을 힘껏 껴안았다. 진실로 아까운 친구라고 생각하며 그의 귓가에 대고 나지막이 속삭였다.

"위대한 시인 노동자 최고다."

그러면 노정석은 감동한 얼굴로 고정석을 힘껏 껴안았다. 그도 함께 껴안으며 구불구불한 길을 꿋꿋하게 걸어가는 노정석이 안쓰러우면서 대견하게 느껴졌다. 애처로운 인생사, 하지만 걱정할 일은 아니었다. 그는 그 어떤 사람보다 건강한 정신을 가지고 있으므로!

나날이 새로운 세계가 펼쳐지는 것 같다고 좋아하던 그녀가 어느 날 말했다.

"다음 주에 이 마을로 제 친구 아이가 유학 상담 옵니다."

이 마을에 있는 초등학교에서는 〈농촌유학교실〉이 운영되고 있다. 젊은이들이 출산을 꺼려하고 비혼주의자가 늘고 시골을 떠나는 인구가 많아지면서 시골은 텅텅 비어갔다. 그렇다고 멀쩡한 학교를 비워둘 수는 없었다. 사람의 숨결이 드나들지 않는 건물은 곧 허물어진다는 것을 알기 때문이었다. 머리를 맞대어 궁리한 것이 역발상적인 생각이었다. 도시 학교에 적응하지 못한 아이들이 시골살이를 체험하며 자연과 함께하는 학교를 만들어보자는 생각이었다. 처음엔 될까 하는 의심이 많았고, 절대 불가능한 일이라며 콧방귀를 끼는 사람도 많았다. 그러던 사업이 몇 년이 지나자 소리 소문 없이 학생들이 늘어나고 있었다. 놀라운 일이었다.

"아, 그래요? 마을 인구를 늘이는 일에 임 선생의 활약상이 대단합니다. 임 선생 없었으면 어쩔 뻔했습니까."

고정석은 진심으로 그녀의 활약이 고마워서 말했다.

"여기에 오니 제가 교사라는 사실이 너무 자랑스러워요."

그녀는 으쓱한 기분에 한껏 취해서 스무 살 처녀처럼 발그레해졌다.

"유학 오는 아이는 몇 살입니까?"

"3학년 다니다 쉬고 있는 아이예요."

"왜요? 학교를 안 다닙니까?"

"학원 다니기 싫다고 학교에 안 가겠다 한답니다."

"오호, 특별한 아이로군요. 그 애가 오면 나도 꼭 보고 싶습니다."

고정석은 궁금했다. 어떤 녀석이 산촌으로 들어와 어떻게 변화해 갈지.

고정석과 노정석

"뭐하능교?"

고정석의 아침을 깨운 건 노정석이었다. 처음 만난 이후 급속하게 친해진 노정석 역시 그의 꿈대로 살고 있었다. 헐렁헐렁, 쉬엄쉬엄, 느릿느릿…. 그의 고향인 수피마을에서 소호로 옮겨 온 것은 순전히 고정석 때문이었다. 비어있는 허름한 집을 하나 마련해서 뚝딱뚝딱 망치질해가며 고치고 다듬더니 어느새 집 앞에 〈느린 도서관〉이란 현판까지 내달았다. 도서관이 없던 마을에 도서관이 생기자 호기심에 마을 어른들도 기웃거리고 아이들도 들락거렸다. 딱히 정해두고 하는 일은 없지만 그는 나름대로 바빴다. 그의 본업은 시인이라 했다. 그가 당당히 밝히는 자신의 직업이라 했다. 그런데 시인이 직업이 될 수도 있나? 고정석은 갸웃거렸다. 암, 되고 말고요, 노정석이 말했다. 그의 행복한 얼굴을 보며 얼른 고개를 끄덕거렸다. 그는 가끔씩 한가하고 가끔씩 바빴다. 시 써야지, 도서관 챙겨야지, 가끔 고정석을 도와 할랑교 교실도 돌아봐야지, 그의 말을 빌리면 죽을 시간도 없다고 엄살을 떨었다. 하지만 시심이 찾아오면 몇 며칠을 꼼짝하지 않고 방안에 자신을 가두었다. 그는 같이 있으면서도 늘 혼자였다. 어쩜 그것은 그 누구도 같은 상황일 것 같았다. 그는 나타났다 사라지고 사라졌다 불쑥 나타났다. 그래도 고정석은 그가 곁에 있다는 게 큰 힘이 되었다.

고정석은 힘이 났다. 그래서 더 열심히 일했다. 무엇을 해야 시골이 살아날 수 있는지, 어떤 사업을 해야 마을에 소득이 창출될지 매일매일 머리를 싸맸다. 〈할랑교〉는 대성공이었다. 농촌유학교실도 기대 이상의 성과가 나타났다. 다른 지방에서도 벤치마킹을 한다며 모여들었다. 사람들이 말했다.

"우리 고 선생은 소호의 보물입니다. 좋은 대학 나와서 대기업에 들어가도 출세할 사람인데, 시골로 오는 기 어디 쉬운 결정이었겠습니꺼? 모두들 출세하려고 도시로 몰려가는데 붙박이처럼 딱 붙이고 앉아 을매나 많은 일을 하능교. 이름 하나 잘 지었습니더. 고정석. 하하하."

결코 빈정거림이 아니었다. 정석은 그들의 말을 진심으로 받아들였다. 결코 찬사를 받으려고 시작한 일도 아니고 어떤 욕심을 가지고 시작한 일도 아니었다. 아주 어렸을 때, 아버지의 책꽂이에 있던 책들을 읽은 게 큰 영향을 끼쳤다는 걸 그 자신은 알았다. 하지만 이즈음 들어 건강이 좋지 않았다. 어쩜 무리하게 일을 해서 그런지도 모른다. 홀로 사는 처지에 챙겨줄 사람이 없어 그럴 수도 있다는 생각을 한 적도 있지만 그 자신은 결혼이라는 것에는 관심이 없었다. 어르신들이, 그래도 장가는 가야지 했지만 그는 그럴 때마다 씩 웃기만 했다. 요즘 결혼을 한다고 해서 알뜰살뜰 챙겨주는 여자를 만나기도 쉽지 않고, 농촌 살리기 사업에 푹 빠져있는 그를 이해할 여자도 없을 것이란 생각에까지 미치면 고개를 젓고 말았다. 친척어른들의 성화에 못 이겨 몇 번 선을 보긴 했다. 여자들의 질문은 한결 같았다. 하시는 일이? 연봉은 얼마예요? 집은 있어요?… 경제력이 제일 우선인 혼담은 거래로 보아야 맞다. 결혼을 한다는 건 족쇄를 차는 일일지도 모른다는 생각이 들자 그는 맞선 보는 일을 멈추었다. 더러는 쑥덕댔다. 고 선생 고자 아닌감? 펄펄할 나이에 여자도 안 만나고 뭐하누? 그러거나 말거나 결혼을 단념하니 마음이 편했다. 어쩜 그런 결심을 한 데는 부모님의 불편한 관계가 한몫을 했을 수도 있다. 하루가 멀다 하고 싸우시던 두 분…. 그가 생각하기에도 두 분은 어울리지 않는 분들이었다. 아버지는 책만 보고 어머니는 농사일에 지쳐 아버지를 원망했다. 오로지 바라보는 건 고정석 그였다.

"책을 들여다보면 돈이 나오능교, 밥이 나오능교."

어머니가 아버지에게 하는 말은 늘 똑 같았다. 정석에게 하는 말은 조금 달랐다. 공부해라, 그래서 출세해라. 떵떵거리고 잘 살아라, 였다. 같은 책을 이야기하는데 아버지와 정석에게 하는 뜻은 전혀 달랐다. 그저 공부 마이해가 출세해라. 그 말을 하도 많이 들어서 머리에 딱지가 앉을 지경이었다. 고등학교를 졸업 하자마자 공부를 핑계 삼아 서울로 도망쳤다. 그 해방감에 잠을 자지 않아도 행복했다. 도서관에서 맘껏 책 읽고, 학비를 벌기 위해 알바하고, 지친 몸으로 좁은 자취방에 돌아와도 행복하기 만 하던 시절…, 그 행복한 마음에 조금씩 금이 가기 시작한 것 은 대기업에 당당히 취직한 후였다. 입사 성적도 좋아 승진도 빨 랐다. 그동안 아버지가 돌아가신 때 말고는 고향도 찾지 않았다. 그렇게 10여 년…, 푸른 숲이 가득 하던 머릿속에 정체모를 회색 먼지들이 쌓이기 시작했다. 두통이 시작된 것도 그즈음이었고 불면에 시달리기 시작한 것도 그즈음이었다. 달려라, 달려! 머릿 속에 가득한 말은 그 말이었다.

슬금슬금 푸른 숲이 그리워지기 시작한 때였다. 그즈음 그는 황당하기까지 한 꿈을 꾸기 시작했다. 농촌으로 돌아가 농촌사 업을 해 봐? 사람이 사라지는 농촌을 돌아오는 농촌으로 바꿔 봐? 실로 허무맹랑하다 할 만큼 현실성 없는 일을 시작하게 한 데는 노정석의 역할이 컸다.

노정석은 협력업체의 노동자였다. 원래 원청사는 힘들고 어려 운 일을 하정업체에 떠맡겼다. 노동운동으로 뼈가 굵은 그는 눈빛에 세상에 대한 적의가 가득했고 매사 투쟁적이었다. 그런 그를 알게 된 것은 우연일 수 있는 일이었다.

노정석은 현장에서 낙상사고로 입원했고 고정석은 교통사고로 같은 병원에 입원한 일이 있었다. 차이는 있지만, 둘 다 골절이었다. 직원들이 병문안을 오는 동안 같은 병명에 같은 이름 때문에 헷갈리는 사람들이 많았다. 어? 정석이가 아니네? 하는 이야기가 두 병실에서 자주 들렸다. 궁금해진 것도 둘 다 같았다. 어떤 놈이 나랑 이름이 같은 거야? 하는 의문이었다. 노동운동을 하다 회사에서 '짤린' 노정석이 먼저 고정석의 병실을 찾아왔다.

"형씨가 정석이슈?"

노정석은 노동운동을 한 남자답게 말투도 거칠고 눈빛도 사나워보였다.

"난 고정석이오."

고정석은 누운 채로 손을 내밀었다. 노정석은 절뚝거리기는 했지만 걸을 수는 있는 상황이었다.

"아, 원청사에 고속승진하는 이가 있다더만 형씨였군. 일류대학 출신에 입사 성적도 1등이었다는?"

빈정거리는 말투는 노동운동을 하는 남자답게 당당하고 저돌적이었다. 그렇게 첫 만남은 별로 유쾌하지 않았다. 그러나 어느 날, 한순간에 노정석이 좋아지기 시작했다. 아침회진이 끝난 후에 신문을 보고 있는데 한 귀퉁이에 저항 시 한 편이 실려 있었다. 시인의 이름이 참 별났다. '노동자'였다.

　　아무리 먹어도 배가 고프다.
　　온종일 일을 해도 끝이 없다.
　　쉼 없이 돌아가는 콘베어 벨트
　　친구의 손가락을 잘라먹고
　　시간까지 뭉텅뭉텅 잘라먹는다.
　　화장실 갈 시간도
　　차 한 잔 마실 시간도 없다.
　　벨트 돌아가는 소리에 귀먹고
　　야간작업 수당에 목을 매는 사이
　　우리의 청춘은 사라졌다.
　　…….

"어? 형씨가 시를 읽어요?"

어느새 조금 친숙해진 노정석은 가끔 고정석의 병실에 들렀다.

"왜 나는 시 읽으면 안 되나?"

"공부해서 출세해야지, 시답잖은 시를 왜 읽어요? 더구나 노동자 시를."

그가 히죽히죽 웃으며 고정석이 보던 신문을 빼앗아 들여다보았다.

"근데 그 시인, 필명이 재미있지 않아요? 노동자가 본명은 아닐 테고... 노동자라... 이 사람, 남자겠죠?"

자못 심각한 표정으로 말하는 고정석을 보며 노정석이 껄껄 웃어댔다.

"형씨는 눈치가 아주 빠르시네요, 이 사람 남자 맞습니다."

"그러는 형씨는 어찌 아오?"

"제가 노동자거든요."

그가 감정이 실리지 않은 목소리로 덤덤하게 말했다.

"노동자인 줄은 아는데… 어?"

순간, 그가 짓는 표정을 보고 고정석은 노동자라는 시인이 노정석이라는 사실을 눈치챘다.

"형씨가 이 시인이라고?"

고정석은 놀라웠다. 시는 고등학교 국어시간에 읽은 게 다였다. 그것도 시험문제에 나올 만한 시들만 겨우 읽었다. 순간 부끄럽다는 생각이 들었다. 앞만 보고 달려왔다는 부끄러운 생각.

"그렇소이다. 허허."

그가 아무렇지도 않은 듯 히쭉 웃었다. 그러면서 불쑥 물었다.

"퇴원하면 다시 출세가도를 달리기 시작할 거죠?"

노정석은 빈정대는 말투로 말했다.

"생각 중이오. 요즘 브레이크가 걸린 거 같아서…."

고정석은 머리를 짓누르며 불편한 표정을 지었다.

"무슨 브레이크? 경쟁자가 나타났소?"

그가 흥미로운 듯 말소리가 빨라졌다.

"그건 아닌데…. 일 하는 게 재미가 없어져서요."

사실 그랬다. 그즈음 고정석은 자신이 달려온 시간들에 대해 깊은 회의를 느끼고 있었다.

"어허. 뭔 소리?"

노정석이 손가락을 내저으며 고개까지 저었다.

"지금 생각이 그렇다는 이야기요. 흠흠, 퇴원하면 생각이 달라질까 모르겠소만…."

사람을 알아가는 데는 시간이 많이 걸렸다. 조금씩 조금씩, 몇 주 입원해 있는 동안 서로에 대해 알아가기 시작한 둘은 어느새 서로의 소망이 비슷하다는 걸 알게 됐다.

"어? 소호에 삽니꺼?"

어느 날, 그가 사투리를 쓰면서 불쑥 물었다.

"그렇긴 한데, 어찌 알고?"

"아, 며칠 전 병문안 온 분이 소호 사람이라 물었더니…."

"소호를 안단 말이오?"

소호라는 말을 하니 머릿속에 푸른 숲이 있는 소호가 그려졌다.

"네. 지는 수피마을 출신입니더. 우리 아버지가 한독산림사업에 인부로 일한 적도 있습니더. 꼬맹이 때 저도 여러 번 따라 다

넸습니다. 저도 퇴원하면 고향으로 갈까 생각 중입니다."

그가 제법 진지한 표정으로 말했다.

"가서 뭘 하게요? 시골에서는 노동운동 할 데도 없는데…."

빈정거릴 마음은 아니었다. 그는 정석의 말에는 개의치 않고 담담하게 말했다.

"시나 쓸까 해요. 계란으로 바위 쳐봐야 계란만 깨지지, 바위는 끄덕도 하지 않죠. 모아둔 책으로 헐렁한 마을 도서관이나 만들어서 꼬맹이들 책 나들이나 시키고 어른들도 책이나 읽게 하고…, 뭐, 책 싫어하는 사람은 안 와도 좋고…, 하늘이나 보고 숲이나 보고…, 그러다 시 한 줄 쓰고…."

사람의 인연이란 미리 준비돼 있는 모양이었다. 사납게만 느껴지던 노정석이 어느새 푸근한 동지로 다가왔다. 고정석이 귀향을 결심한 것은 노정석의 영향이 가장 컸다. 그는 시인이지만 노동자였고 거칠었지만 따뜻했다. 시가 그를 지켜주고 있다는 생각이 들었다. 그래도 소호의 푸른 숲이 마음에 없었더라면 돌아오지 않았을 것이다.

외딴 집

홍두석은 잠을 설치고 나서 신경이 날카로웠다. 습지라 모기가 많을 거라는 생각은 했지만, 모기장을 치고 잤는데도 잠을 잘 수가 없을 정도로 모기가 들끓었다. 날씨가 제법 쌀쌀해졌음에도 불구하고 이곳 모기들은 사라질 줄을 몰랐다.

"이래가지고 살겠나, 따로 집을 구해야 하나."

밤새 모기와 씨름을 하다가 훤히 날이 밝아올 때야 겨우 잠이 들었다. 눈을 떴을 때는 해가 중천이었다. 출근할 곳도 없고 바삐 서둘러야 할 일도 없지만, 할 일이 없기에 더 바빴다. 야전침대에서 일어나 옷을 주섬주섬 꿰어 입고 고양이 세수를 하고 아침밥을 먹었다. 아침밥이라고는 하지만 간단하기 그지없는 식단이다. 토스트 두 쪽에 사과 한 알, 계란 반숙 한 알. 하지만 스스로 영양은 충분하다고 생각했다.

종아리가 얼얼했다. 너무 가렵다 보니 심하게 긁어서 군데군데 피딱지가 보였다. 스스로 선택한 일이고 보니 원망할 사람도 없다. 이렇게 기분이 꿀꿀할 땐 이 짜증스런 장소를 벗어나는 게 상책이라 생각했다. 홍두석은 밖으로 나왔다. 따가운 햇살에 눈이 부셔 제대로 눈도 못 뜨고 걷기 시작했다. 어젯밤 그의 피를 빨던 모기들은 다 어디로 숨었는지 한 놈도 보이지 않았다. 파리채에 피가 찐득하게 묻을 정도로 홍두석의 피를 빨았던 놈들⋯. 아침이 되니 흔적도 없이 사라졌다. 생존의 전략은 그놈들이 고수다.

밤새 굳어진 신체를 흔들어 깨우려고 팔다리를 심하게 흔들며 걸었다. 주변의 숲은 푸르고 향기롭고 신선하다. 모기만 없다면, 그러다 고개를 저었다. 이 또한 자연의 섭리인 것을. 마음을 가라앉히고 산길을 터벅터벅 걸었다. 운동화에 밟히는 풀잎들이 순하게 눕는다. 코를 벌렁거리며 숨을 깊이 들이쉬었다. 코 속으로 스며드는 신선한 공기⋯. 가다가 멈추어 선 채 눈을 감고 풀 위에 풀썩 드러누웠다. 풀냄새가 달려들었다. 아아아아아~ 서울의 공기와는 비교할 수 없다. 저항 없이 누워 있으니 듣지 못 했던 소리들이 밀려온다. 나뭇잎 흔들리는 소리, 풀잎을 스치는 바람소리, 새들의 지저귐⋯.

친구 민수가 더없이 고맙다. 이런 호사를 누릴 수 있게 해주다니. 홍두석은 예술가이긴 하지만 스스로 파괴예술을 하지 않겠다고 맹세했다. 그는 자연환경을 보호하며 예술 활동을 하는 재생화가이다. 그에게 세상의 모든 쓰레기는 자원이다. 아니 소재이다. 아니, 아니, 그도 아닌 세상의 모든 쓰레기를 구원한다….

그런 생각을 하다가 피식 웃는다. 또라이. 벌떡 일어나 가던 길이 늦은 것처럼 부지런히 걷기 시작한다. 아내 정윤을 생각한다. 도시에서 자라 시골을 모르는 여자, 명품에 목숨 걸고 사는 여자, 스테이크를 즐기는 여자…. 애초에 맞지 않는 상대였다. 도리질을 하고 더욱 힘을 주어 빠르게 걸었다.

지난밤 모기들에게 뜯긴 다리를 생각하자 집을 구해야겠다는 생각이 다시 고개를 들었다. 문득, 처음 소호로 들어올 때 보았던, 물빛이 더없이 맑았던 호수가 생각났다. 차리 호수. 그는 그렇게 불렀지만 정확한 명칭은 '차리 저수지'라 했다. 호수가 보이는 그 어디쯤 허름한 집을 구했으면 좋겠다는 생각이 들자 그의 걸음이 빨라졌다. 아무도 없는 깊은 산골에 홍두석의 숨소리가 조금씩 거칠어졌다. 헉헉, 숨차게 얼마를 걸었을까, 눈앞에 보이는 풍경에 홍두석의 눈이 휘둥그레졌다.

"아!"

외마디소리가 절로 터져 나왔다. 푸르고 깊은 호수! 그는 분명 호수라 여겼다. 그는 연인을 만난 듯이 그쪽 방향으로 뛰어갔다. 호수가 바라보이는 어디쯤 집이 있으면 좋겠다는 생각을 하며 주변을 둘러보던 차에, 마침 기다렸다는 듯이 숲 사이로 얌전하게 엎디어 있는 너와집이 보였다. 자그마한 집 주위로 나무가 울창해서 언뜻 보아서는 눈에 뜨이지 않을 위치였다. 집을 둘러싸고 있는 나무의 종류는 잘 모르지만 푸른 잎이 햇빛을 받아 반짝반짝 윤이 났다. 거기에 푸른 호수를 바라볼 수 있는 호사가 덤인 집! 마치 숨겨둔 보물을 찾은 기분이었다. 홍두석은 대문도 없는 허술한 집에 홀린 듯 빨려 들어가 방문을 두드렸다. 허술하기 짝이 없는 문은 홍두석이 두드리는 미동에도 덜컹댔다.

"계십니까?"

조용하다. 먼지 앉은 쪽마루에 앉아 두어 번 방문을 두드리다가 아무 기척이 없자 조심스럽게 열어보았다. 방은 밖에서 보는 것보다는 깨끗했다. 이불도 있고 반닫이도 하나 보였다. 누가 살고 있는 걸까? 부엌을 들여다보았다. 흙을 발라 만들어둔 아궁이는 거의 허물어진 상태로 솥이 삐딱하게 걸려 있었다. 바닥엔 불쏘시개로 썼을 나뭇가지들이 아무렇게나 흩어져 있었다. 불을 땐 지 오래된 듯하다. 사는 사람이 없다는 말이렷다? 왠지 기분이 좋아졌다. 비어있는 집일 거야. 비어있는 집이면 좋겠다. 하지만 멋진 호수를 앞에 두고 누리는 집이라기엔 너무 낡았다.

홍두석은 집안을 들여다보고 주변도 돌아보고, 혼자 궁리가 많았다. 집안 주위를 여러 번 돌아보다 옳다구나, 무릎을 치고 오던 길을 급하게 되돌아 삼목 집으로 향했다. 열린 대문으로 민수아버지가 보였다. 대청에서 책을 보고 계셨다. 나이 들어도 꼿꼿한 허리가 고집스럽게 느껴졌다. 대형 돋보기가 책을 따라 움직였다.

"아버지. 저 민수 친구 홍두석입니다."

대문으로 들어서면서 꾸뻑 인사를 했다. 어르신이 안경 너머로 두석을 바라보았다.

"아, 민수 친구…. 어쩐 일인가?"

반가워하는 기색은 아니었다.

"네, 여쭈어 볼 게 있어서요."

"뭔가?"

민수 부친의 말투는 어딘가 못마땅한 듯했다. 순간, 두석은 자신의 실수를 자각했다. 정신없이 정리를 하다 보니 인사 오는 걸 잊었다. 덜렁 술 한 병 전해놓고 간 것이 새삼 걸렸다.

"제가 인사도 제대로 못 드린 처지에 당돌하게 여쭙기는 좀 그렇지만 차리 호수 맞은 편 산에 낡은 집이 하나 있던데 그쪽 산도 어르신 것입니까?"

"아닐세. 그런데 그건 왜 묻나?"

"제가 있는 땅이 습지다 보니 모기가 하도 들끓어서 방을 하나 구할까 해서요."

"방을 구할 거면 구 서방한테 물어보게나. 구 서방."

어르신이 문간방을 향해 구 서방을 부르자 집 뒤쪽 마당에서 삽을 든 남자가 총알처럼 튀어나왔다.

"부르셨습니꺼?"

남자는 허우대가 멀끔한데다 키도 컸다. 슬쩍 경계심이 일었다.

"이 사람이 방을 구한다네. 좀 알아봐 주게."

어르신의 눈길은 여전히 책에 고정돼 있다.

"이 사람이 눈데요?"

그가 긴 삽을 쥔 채 두석을 훑어봤다.

"민수 친구라네."

"민수 도련님 친구요? 아, 그 싸가지 없는 놈?"

구 서방이라는 작자의 눈빛이 사나워졌다. 두석은 슬그머니 뒷걸음질 쳤다. 그의 등치로 보아 삽자루를 치켜들기라도 한다면 사뭇 위협적일 터였다.

"초면에 말이 좀 심하지 않소."

두석도 마냥 겁나는 모습을 보일 수만은 없어서 큰 소리로 말했다.

"허, 민수 덕에 내려와 있다면서 어르신께 인사도 안 온 놈이 뭐라카노?"

구 서방이 두석의 아래위를 훑으면서 험악하게 인상을 찌그러트렸다.

"어허, 지난 일은 뭐 하러 따지나? 방이나 알아봐 주게."

민수 부친도 서운한 마음이 있었던 듯 두석의 얼굴을 바라보지는 않고 구 서방이라는 작자에게 시선을 옮겼다.

"아, 그게 아니고요. 차리 호수 근처에 허름한 집이 한 채 있던데, 빈 집이면 그 집을 좀 얻을까 하고요."

두석은 허겁지겁 말을 이었다. 옆에 서서 긴 삽자루를 움켜쥔 채 두석을 부라리고 있는 구 서방을 보자 오금이 저렸다.

"차리 저수지 근처에? 집이 있나?"

어르신이 구 서방을 바라보며 물었다.

"예. 거기 용식이가 왔다 갔다 합니더."

"아, 그런가? 지 아부지 죽고 떠났다 하지 않았나?"

"한 2, 3년 떠돌다 다시 왔심더. 지 아부지랑 살던 집에 다시 왔심더."

구 서방이 여전히 불편한 눈으로 두식을 쏘아보며 말했다.

"거기가 누구 땅인고?"

어르신의 시선에 궁금증이 느껴졌다.

"십 년 전에 서울로 이사 간…."

구 서방의 말이 끝나기도 전에 어르신이 무릎을 탁 치며 말했다.

"아, 종철이가 팔고 간 땅이 그 땅이구면."

"그렇심더."

어르신의 말에 대답은 하면서도 구 서방은 홍두석에게 향한 사나운 눈길을 거두지 않았다.

"그럼 안 되겠구면. 용식이는 요새도 동가식서가숙인가?"

"예. 아직도 그러고 다니네요."

"저런, 쯧쯔…. 언제나 마음을 잡을꼬."

딱하다는 듯 혀를 차며 어르신이 고개를 저었다. 어르신의 관심은 오히려 보이지 않는 사람에 대한 것이었다. 슬쩍 기분이 나빴지만 그걸 표낼 수는 없었다.

"모기가 많아 그러면 동네 안에 빈 방을 찾아보게나."

어르신의 무심한 시선이 건너왔다.

"아니 동네 안은 싫고요. 그 집이 비어있는가 싶어서 여쭈어본 겁니다. 그럼 이만 가보겠습니다."

두석은 서둘러 어르신께 인사를 하고 그 집을 빠져나왔다. 집 뒤편으로 우람하게 자란 회화나무가 서늘하게 집을 에워싸고 있었다.

누가 다녀갔을까. 방문을 열던 용식은 먼지 뽀얀 쪽마루가 군데군데 얼룩져 있는 것을 발견하고 잠시 긴장했다. 방안을 살펴보아도, 부엌을 살펴보아도, 누가 손을 댄 흔적은 없었다. 하기야 산골의 빈집을 노리는 사람이 있을 리 없다. 금은보화가 있는 것도 아니고, 값나가는 물건이 있는 것도 아닌데다 다 허물어져가는 집이 손 탈 일은 없을 것이다. 더구나 세간도 제대로 갖추어져 있지 않은 폐가 같은 곳을 누가 욕심내겠는가. 그런데도 누군가 자신의 집을 들여다보았다는 느낌에 기분이 찜찜했다.

용식은 집 주위를 둘러보고는 쪽마루에 걸터앉았다. 며칠 동안 이 산 저 산 쏘다니며 캔 약초가 망태에 그득했다. 장날에 내다 팔면 당분간 굶지는 않을 것이다. 하지만 단지 입에 풀칠하기 위해 산에 다니는 것은 아니다. 아버지를 생각하면 속에 천불이 나서 한자리에 앉아 있을 수가 없는 것이다. 그러나 힘없고 가진 것 없는 무지렝이는 어디다 하소연할 곳도 없었다.

무거운 망태를 마루에 놓아두고 방으로 들어가 벌렁 누웠다. 며칠을 쏘다녔더니 피곤했다. 먹는 것도 부실했으니 더 그럴 것이었다. 눈앞에 실지렁이들이 아물거렸다. 냉기가 올라오는데도 눈이 거물거물 감겼다. 비워둔 집이니 온기가 있을 리 없다. 틈날 때마다 주워 와 쌓아둔 나무라도 아궁이에 넣을까 하는 생각도 잠시, 귀찮다는 생각이 앞섰다. 벌떡 일어나 반닫이 위의 이불을 내려 바닥에다 깔고 누웠다. 조금 나았다. 혼자 사는 사람은 몸이 재산인 듯 아껴야 한다는 사실을 자꾸 까먹는다. 아파 누워도 돌봐 줄 사람이 없으니 스스로 자신을 챙겨야 하는데 그것이 잘되지 않았다. 그 일만 없었더라면, 그 일만 아니었다면 혼자 살지는 않았을 것이다. 새삼 서러움이 밀려들었다.

"불이야!"

산골동네가 죽은 듯이 잠든 밤에 어디선가 요란한 비명소리가 들렸다. 밖이 훤해 내다보니 산 중턱에 불빛이 보였다.

"불이야~"

구 서방 목소리였다. 용식은 반사적으로 일어나 옆을 살폈다.

아버지가 없었다. 용식은 방문을 박차고 밖으로 나왔다. 마을 사람들이 모여서 웅성거리고 있었다. 모두 용식을 힐끔거리며 바라보았다. 그 눈길이 부담스러웠다. 그들의 눈빛은 아버지의 행방을 묻고 있었다.

"히히, 용식아. 쩌기 쩌기에 능이버섯이 마이 있어."

며칠 전 아버지는 손가락으로 저 먼 산을 가리켰다. 하지만 그 지점이 어디인지는 알 수 없었다. 최소한 삼목 집 어르신의 산은 아닐 거라는 생각이 들었다. 날 때부터 '모지리'라는 소리를 들으며 살아온 아버지는 매사에 서툴고 어설펐다. 지능도 남들보다 한참 떨어지는 아버지는 오로지 산속을 헤매 버섯을 채취하거나 산나물을 캐 팔아서 담배를 사고 용식을 키웠다.

"느그 아부지 오데 갔노?"

의심의 눈초리로 용식을 훑어보는 눈길이 한둘이 아니었다. 용식은 당황스러웠지만 당당하게 말했다.

"우리 아부지는 버섯 따러 갔심더."

"어데로 갔는데?"

"그건 모리겠심니더. 며칠 전부터 보아둔 능이버섯이 있다는 말만 했심더."

"그러니 거기가 어디냐고? 지금 저 불난 데 아이가?"

사람들은 용식 아버지를 방화범으로 몰고 갔다. 용식은 억울하고 화가 났지만 그는 어른들에게 대들 힘도 없고 아버지가 방화범이 아니라는 확증도 없었다. 소방차가 오기도 전에 산은 새까맣게 타들어 갔고 불 덴 자리처럼 산 능선이 휑하게 비어있었다. 겨우 불길을 잡았을 때 아버지는 그 근처 움막에서 벌벌 떨고 있다가 잡혔다.

"너, 너무 추워서⋯."

아버지는 변명도 제대로 못하고 고개를 처박고 울음을 터트렸다. 다행인지 불행인지 삼목 집 산은 아니었다. 허나 누구네 산이냐는 중요하지 않았다. 아버지는 그저 방화범일 뿐이었다.

"다 키운 소나무, 저놈이 잡아먹었어!"

아버지를 향해 쏟아지는 비난은 아버지가 감옥에 다녀온 이후로도 꽤 오랜 동안 그들 부자를 괴롭혔다. 괴로워하던 아버지가 차리 저수지에 몸을 던져 시체로 떠오른 날, 용식은 통곡도 할 수 없었다. 집 뒤 빈 터에 아버지를 묻고 그 외딴집을 떠났다. 잠시 밥벌이를 위해 자동차 공장에 들어가 기름때를 묻혔다. 풀 먹고 살던 놈이 쇳덩이를 대하는 일은 견뎌내기 힘들었다. 바람처럼 전국을 떠돌아다녔다. 발길 닿는 데서 일자리를 구해 며칠 있다가 갑갑증이 나면 또 떠났다. 이리저리 떠돌다 전라도 부안까지 갔다. 거기서 불쑥 미선이가 떠올랐다. 미선나무 때문이었다. 아버지도 그리웠다. 아버지를 보러 돌아왔다. 아버지의 혼이 아직도 그곳에 있는 것 같았다. 그때만큼 절실하게 땅이 그리웠던 적이 없었다. 버섯이며 약초에서 나던 향기로운 냄새가 그리웠다. 다시 산을 헤매고 다니기 시작했다. 비로소 숨통이 트였다. 떠돌더라도 푸른 숲이 좋았다. 그즈음부터 새로운 욕심이 고물고물 자라나기 시작했다. 조그만 땅이라도 내 이름으로 된 땅을 갖고 싶다는 생각. 자신이 살고 있는 집에 〈조용식〉이라는 이름을 걸고 싶은 거였다. 지금 살고 있는 집은 땅주인이 농막처럼 사용하던 집인데 오갈 데 없는 용식 부자에게 그냥 살라고 했던 집이었다. 그늘진 땅이라 작물도 잘 자라지 않아 내버려 두었던 땅이었다. 흙을 발라 대충 지은 흙집은 군데군데 허물어져 점점 주저앉아가고 있었다. 금방이라도 허물어질 듯했다. 공장생활을 한 몇 해 번 돈으로 집터만 샀다. 그러고는 놀이 질 무렵에는 저수지를 내려다보며 아버지를 불렀다. 마음 같아서는, 형편만 된다면 주변의 땅을 조금 더 사들여 자신만의 안온한 낙원을 만들고 싶었다. 서울로 간 땅 주인은 이 땅에 대해서 도통 관심이 없는 것 같았다. 돈이 되지 않을 땅이라는 생각 때문일까, 일 년에 한 번도 살피러 오지 않았다. 용식의 욕심은 자라났다. 이 집 주변 땅을 사야겠다. 용식은 더욱더 열심히 약초를 캐러 다녔다. 번듯한 집이 눈앞에 어른거렸다.

그의 이름

그는 그해 가을쯤 마을에 왔다. 그를 데려 온 건 한명섭이었다. 한명섭은 마을사업이 시작되자 마을에 나타나 얼쩡거리기 시작했다. 마을 사람들은 그를 달가워하지 않았지만 하동댁은 입이 벌어져서 다물지를 못했다. 늘 보고 싶다고 노래하던 아들이, 한 직장을 일 년 넘게 다녀본 적이 없다는 아들 한명섭이 제 발로 찾아든 것이었다. 말로는 빌딩을 수십 채 지은 한명섭이지만 그의 수중엔 모아둔 돈도 없었다. 그건 허름한 옷을 걸친 것만 보아도 알 수 있는 일이었다. 아들이 서울에서 좋은 직장에 다닌다고 큰소리를 쳐대던 하동댁은 한명섭이 추레한 꼴로 나타나자 기죽은 꼴이었는데 그건 잠시였다. 무슨 일을 하든 착하게만 살면 되는 것이라고, 우리 아들이 착한 거로 치면 일등이제 하며 둘러댔다. 한명섭은 제 어미가 기거하는 방을 차지하고 드러누웠다. 하동댁은 부엌에 달린 창고 방으로 짐을 옮겼다. 어르신이 방 하나를 더 쓰라고 했지만 하동댁은 고개를 저었다. 며칠

묵다 사라질지 모릅니다, 했다. 어찌 됐든 소호로 들어온 한명섭은 돈이 될 만한 일을 찾기 위해 김동조 씨 주변을 맴돌며 허드렛일이건 심부름이건 닥치는 대로 일했다. 자신의 안위를 위해 납작 엎드리는 처세술은 제대로 익힌 것 같았다.

"어이, 미선 씨. 여기 국밥 두 그릇 말아줘. 막걸리도 한 병 주고."

점심을 먹으려고 사립문을 들어서는 한명섭의 말에 부엌에서 나오던 미선은 멈칫 걸음을 멈추었다. 난생 처음 보는 이상하게 생긴 사람이 한명섭 뒤에서 쭈뼛거리며 들어서는 게 아닌가. 익숙하게 들마루에 걸터앉는 한명섭과는 달리 그는 난생 처음 보는 풍경을 본 듯이 이리저리 살피고 있었다.

"누구예요?"

미선이 물었다.

"응, 독일에서 온 산림경영 지도원이야. 프란츠 밀러라고. 여보게 인사하게."

한명섭도 그와 의사소통이 자유로워 보이지는 않았다. 손짓 발짓까지 해가며 겨우 소통하는 것 같았다.

"안, 뇽, 하, 세요."

그가 어색한 발음으로 인사를 하며 들마루에 걸터앉았다. 미선도 얼른 엉거주춤 고개를 숙이며 웃어보였다.

"항국말 쪼곰 해요."

그가 엄지손가락으로 검지 한 마디를 짚으며 씩 웃었다. 미선도 얼결에 웃으며 인사를 했다.

"어서 오세요."

그의 웃는 모습이 싱싱하게 느껴졌다. 그는 금발이었고 얼굴이 뾰족했으며 키가 컸다. 미선은 아직까지 그렇게 키 큰 남자를 본 적이 없었다.

"어서 국밥이나 말아줘. 작업장에서 살짝 빠져 나왔단 말이야. 배가 고파서 견딜 수가 있어야지. 뱃속에 거지가 들앉아 있는지 원."

한명섭이 배를 슬슬 문지르며 군침을 삼켰다. 국밥 마는 일이야 일도 아니지만, 미선은 독일남자를 보고 약간 얼이 빠진 듯 명청하게 서 있었다.

"미선 씨, 국밥 달라니까."

그제야 미선이 부엌으로 부리나케 들어섰다. 가마솥에서 새벽부터 고아둔 돼지 잡 뼈가 구수한 냄새를 풍기고 있었다. 뚝배기에 고기를 넣고 밥 한 덩이 넣고 토렴을 했다. 평소보다 고기를 듬뿍 넣었다. 푸짐한 고깃국에 한명섭의 입이 헤벌어졌다.

"어허, 외국인 총각을 보더니 고기도 많이 넣어주네?"

연신 국물을 퍼 넣으면서도 농지거리를 하며 힐끔힐끔 미선의 눈치를 살폈다.

"흰소리 그만 하고 얼른 잡숫고 가요. 괜히 작업반장한테 욕먹지 말고."

미선도 쌀쌀맞게 대꾸했다. 한명섭의 목소리가 큰 걸 보니 오늘은 일당 벌이라도 제대로 하는 모양이었다.

"거, 쌀쌀맞기는. 농 한 걸 가지고. 아참, 미선 씨 아랫방 비어 있지?"

"그렇긴 한데 그건 왜…?"

"이 총각이 방을 구해야 하거든. 마침 잘됐네, 총각한테 방 빌려주고 세 받으면 미선 씨도 좋잖아."

"그렇긴 한데…."

미선은 말끝을 흐렸다. 낯선 남정네를 집안에 들인다는 게 내키지 않았다. 더구나 말도 통하지 않는 외국남자라니. 미선이 망설이는 동안 청년은 내내 미선을 바라보고 있었다. 그 눈빛을 피하며 미선이 말했다.

"낯선 남자를 어떻게 집에 들여요. 무슨 소리 들으려고."

세상의 소문에 대해서는 넌더리가 날 지경이다. 정말 무슨 소리를 들으려고, 미선은 고개를 저었다.

"한 달만 있으면 된대. 한 달 후에는 독일로 돌아간대."

그 말에 솔깃했다.

"나, 프란츠 뮐러. 오케이?"

청년이 미선을 올려다보며 싱긋 웃었다.

"프란츠… 미, 뮐러?"

조그만 소리로 조심스럽게 말하는 미선을 보고 청년이 엄지를 치켜 올리며 고개를 끄덕였다.

"남동생 데리고 있다고 생각하면 되지."

국밥을 욕심나게 끌어넣던 한명섭이 선심 쓰듯 말했다.

"나, 남동생? 있지도 않은 남동생이라니?"

미선이 피식 웃었다. 청년도 속없이 따라 웃었다.

"밀러 몇 살이야?"

한명섭이 손가락을 펴 보이며 청년의 눈을 들여다봤다. 청년이 무슨 소린지 못 알아듣는 듯이 고개를 갸웃했다.

"됐어요. 나이는 알아뭐하게. 한 달만 있는다니까 그러지요 뭐."

됐다는 말은 표정으로 알아들었는지 그가 환하게 웃으며 두 손을 마주 잡고 고개를 끄덕였다.

"성이 프란츠여?"

미선이 한명섭에게 살짝 물었다.

"유어 네임 프란츠?"

한명섭이 잘 모르겠다는 듯이 고개를 갸웃하다가 청년을 보며 큰소리로 말했다. 그러자 청년이 고개를 끄덕이며 씩 웃었다.

"성이 프란츠냐고 물어봐야지, 이름이 프란츠냐고 물어보면 어떡해요?"

미선의 지적에 한명섭이 무안한 듯이 얼버무렸다.

"성이고 이름이고, 외국 사람이니 그냥 프란츠라고 하면 통하지 뭐. 그러고 이름 부를 일 있어?"

"하긴 그래요."

미선도 그런 일에 신경 쓸 일이 없다 싶었다. 하지만 한명섭의 나대는 행동이 마뜩찮았다.

"독일은 이름을 앞에 쓰고 성을 뒤에 씁니다. 그러니 프란츠가 이름인 건 맞는거지요."

그때 허술한 대문을 밀고 불쑥 들어선 사람은 삼목 집 막내아들 지수였다.

"아, 자네 퇴근하시는가?"

한명섭이 서둘러 일어서며 지수의 손을 잡고 유난스럽게 흔들었다.

"네, 아저씨. 아버지께서 의사소통이 잘 안될 테니 저보고 가보라고 하셔서 왔어요."

지수가 미선을 보며 싱긋 웃었다.

"그러는 자네는 뭐 독일어를 아는가?"

무시당한다는 생각이 들었는지 한명섭이 지수를 흘겨보며 불퉁하게 말했다.

"네. 제가 대학 다닐 때 독일어를 조금 배웠어요. 전공은 아니고 부전공으로요. 그래서 아주 조금….."

지수가 손가락 한마디를 내밀며 부끄러운 듯 말했다.

"아, 그랬군요. 역시."

미선이 그렇게 말하면서 한명섭을 밉깔스럽게 바라봤다. 지수가 프란츠에게 다가가 독일어로 인사를 하자 프란츠의 얼굴이 환해졌다.

"나도 한국말 조곰 알아요."

아까 지수가 한 행동을 따라 하기라도 하듯이 프란츠가 손가락 한 마디를 내보이며 씩 웃었다.

"프란츠, 그래도 방은 내가 소개했으니까 오늘 밥값은 프란츠가 내."

평소에 하던 행세머리대로 한명섭이 프란츠에게 밥값을 떠넘길 셈이었다.

"바, 바깝?"

청년이 고개를 갸웃했다.

"아저씨, 그러지 마요. 방세 받게 해 준 대가로 오늘 밥값은 안 받을게요."

청년의 당황한 모습이 안쓰러워 미선은 그렇게 말하고 말았다. 하긴 방을 소개해 준 대가로 국밥 한 그릇 공짜로 줄 수도 있는 일이었다.

"하하하, 그러면 고맙고. 자, 그런 의미에서 막걸리 한 잔 하세."

한명섭의 그 말에 청년이 단호한 표정으로 손사래를 치며 고개를 저었다.

"노노, 일 하는 시간, 막컬리 안 돼요."

한명섭이 잠시 주춤거렸다.

"프란츠 말이 맞아요. 아저씨, 술은 저녁에 일 마치고 와서 드세요."

지수도 거들자 한명섭이 툴툴거리며 일어섰다.

"에잇, 술김에 일하면 힘이 덜 들거든. 알았어, 가세. 일하러. 오늘도 참나무를 날라야 하니 저녁에는 녹초가 되겠네. 야간 조는 밤새 숯을 굽겠지."

한명섭이 머리를 절레절레 흔들며 나가는 걸 보고 프란츠도 따라 일어섰다. 지수도 그들을 따라갔다. 갑자기 집안이 조용해지자 미선은 다리에 힘이 풀려 주저앉았다. 새벽부터 시작하는 점심 준비가 결코 쉬운 일은 아니었다. 하지만 그 일을 주선해 준 동조 아재가 고마워서 정성을 다해 반찬을 만들고 가마솥을 지키고 앉아 뽀얀 국물이 나도록 진국을 만들었다. 한참을 앉아 있던 미선이 무엇이 생각난 듯 벌떡 일어났다. 다행히 아직 햇살이 따가웠다. 서둘러 집안 청소를 해야겠다고 생각했다. 집안에 사람을 들이는 일은 그리 간단한 일이 아니다. 우선 방 청소를 하고 이부자리를 살피기로 했다. 방세까지 받기로 한 손님이니, 새 이불은 없지만 호청이라도 갈아서 깨끗한 잠자리를 마련해 주어야겠다는 생각 때문이었다. 세간이라곤 별로 없는 단출한 방에서 이불을 꺼내 거풍이라도 하려고 뒤뜰의 빨랫줄에 널었다. 반닫이 깊숙이 넣어두었던 호청을 꺼내 풀을 먹였다. 햇볕에 꾸덕꾸덕 말려서 다림질까지 해서 이불 호청을 씌웠다. 보송

보송한 이불의 촉감이 기분 좋았다. 방에서 혹시 냄새라도 날까 싶어 방문과 창문을 열어 바람이 통하도록 하였다. 알 수 없는 활기가 느껴졌다. 하루 종일 일에 지쳐 저녁이 되면 쓰러져 눕기 바빴으나, 그렇게 누워서도 사람 없는 저녁이 무섭고 허전했다. 그런데 방을 빌려 주게 되었으니 속으로는 다행이다 싶었다. 더구나 든든한 청년임에랴. 저녁밥 먹으러 일꾼들이 오기 전까지 마쳐야 하니 자연 몸놀림이 바빠졌다.

호구지책으로 시작한 국밥집은 제법 장사가 됐다. 손님이라야 다들 낯익은 마을 사람들이지만 미선의 처지를 아는 탓에 모두 제 식구 거두듯 인정스러웠다. 국밥만 팔다 막걸리를 좋아하는 사람들을 위해 막걸리도 가져다 팔다 보니 그게 고정메뉴가 되었다.

"간판 하나 걸지. 미선이네 국밥집. 어때?"

하지만 간판은 걸지 않았다. 어차피 외지 사람들은 가뭄에 콩 나듯 있을 뿐이다. 소호령 임도가 생기기 전에는 외지 사람은 거의 드나들지 않았다. 한독산림협력기구가 생겨서 마을에 활력이 생기고 외지 사람들도 드나들기 시작하면서부터 미선이네 국밥집은 장사가 잘됐다. 소박맞은 여자라는 수군거림도 그즈음에는 수그러들었다. 어쩜 그건 가족 같은 끈끈함으로 이루어진 마을이라 그럴 것이었다. 아버지가 남겨둔 집과 커다란 가마솥이 밑천이 되었다. 거기에 소뼈나 돼지 뼈를 사다 넣고 푹 고면 수십 그릇의 국밥이 나왔고 그것은 쏠쏠한 수입이 되었다.

그를 들이기로 한 것도 말하자면 수입 때문이었다. 그래서 부지런히 이부자리를 꾸며놓고 문틀의 먼지도 닦았다. 툇마루도 여러 번 닦았다.

"히야, 마루가 반질반질하네. 손님맞이 한다고?"

저녁을 먹으러 들른 한명섭이 실실 농지거리를 했다. 한명섭 뒤에 프란츠가 서 있었다.

"그럼 월세 받을 손님인데 신경 써야죠."

미선은 애써 무심한 얼굴로 무뚝뚝하게 말했다.

"미선 씨, 우리도 국밥 주슈."

교육과 훈련을 맡아하는 산림공무원 이 씨와 그 일행들이었다. 제탄작업을 했는지 하나같이 얼굴이 시커멓게 얼룩져 있었다.

"오늘도 숯 구웠어요?"

"그래요. 다음 장에 내다 팔려면 부지런을 떨어야 하거든."

이 씨가 들마루에 걸터앉으며 목에 걸었던 수건으로 얼굴을 문질렀다. 수건 색깔이 시커멓게 변해있었다.

"닦으나 마나 한 걸 뭐 하러 닦아? 퍼뜩 집에 가서 씻을 일이지."

무엇에 심통이 났는지 한명섭이 이 씨를 흘겨보며 툴툴거렸다. 하지만 이 씨는 한명섭의 말에 대꾸도 하지 않고 마당 한켠에 있는 우물로 가 두레박으로 물을 끌어올렸다. 이 씨는 머리를 숙여 두레박에 대고 물줄기를 맞으며 아, 시원타 하였다. 프란츠가 신기한 듯 이 씨를 바라보았다.

"왜 제탄작업하는 사람들은 임금을 더 쳐주는 거요?"

한명섭이 툴툴거리는 이유는 거기에 있었다.

"일이 더 힘드니 당연한 것 아니오? 한 씨는 싸리나무 베는 작업만 하지 않았소?"

"싸리나무 베는 일은 쉬운 일인교? 싸리나무도 언양 장에 내가려면 적당한 길이로 잘라야 하고 그걸 단으로 묶어야 하니 힘든 건 마찬가진데."

한명섭은 뭐가 그리 불만이 많은지 계속 구시렁거렸다.

"그럼 다음 달에는 제탄작업을 하시든지. 뺀질거리며 쉬운 일만 하려고 눈치 보다가 그쪽으로 가고선 무슨 불평이 그리 많아요?"

이번엔 이 씨도 언성을 높여 지지 않고 대꾸했다. 이 씨의 언성이 높아지자 한명섭은 슬그머니 꼬리를 내렸다.

"자, 힘들게 일하고 오셨는데 국밥이나 맛있게 자시고 가세요. 고기도 듬뿍 넣어드렸습니다요."

미선이 국밥을 내오며 밝은 목소리로 말하자 사내들은 입을 다물고 수저를 들었다.

"아이고, 깍두기가 아주 맛이 있네."

괜히 깍두기 맛있다고 너스레를 떠는 한명섭의 어깨가 전에 없이 움츠러들어 초라해보였다. 그렇게 두어 시간, 왁자지껄하게 저녁들을 먹고 난 사람들이 뿔뿔이 흩어졌다. 한명섭마저 술에 취해 휘청거리며 돌아간 후 어두워진 하늘을 보니 조각달이 걸려 있었다.

"프란츠라고 했죠? 씻고 저 방 들어가 자요."

미선은 말을 그렇게 하면서 손짓으로 씻는 시늉과 자라는 시늉을 하며 아랫방을 가리켰다. 그도 많이 피곤해보였다. 하루 업무가 힘들었을 수도 있겠다 생각하니 측은한 생각까지 들었다.

"오케이. 나 프란츠 밀러."

그가 자신의 가슴팍을 툭툭 치며 이름을 말했다. 기억하라는 뜻인 것 같았다. 독일어를 한 마디도 모르니 뭐라고 대꾸해야 할지 몰라 그냥 웃어주었다. 프란츠가 알아들은 듯 고개를 끄덕이며 웃어보였다. 두레박질이 시원치 않아 물을 퍼 올려 주고, 삶아 빨아 보송보송한 수건을 건네주고 미선은 방으로 들어왔다. 온몸이 녹작지근했다. 다른 날보다 몸을 많이 움직여서 그런 것 같았다. 하지만 쉬이 잠이 올 것 같지는 않았다. 낯선 남자가 한 집에 있다는 불안감 때문일까? 남자에 대한 적대감이 깊은 그녀였다. 그녀는 그런 생각을 지우듯 고개를 세차게 내저었다. 손님이다. 이름은 프란츠 밀러. 한 달만 살면 떠나갈 사람이다. 그리 생각하니 조금 안심이 되었다. 건넌방에 불이 꺼진 걸 확인하고 그녀도 눈을 감았다. 꿈속에서라도 명주를 볼 생각을 하니 슬그머니 미소가 지어졌다.

"굿텐 모르겐."

새벽에 가마솥에 불을 지피러 나서는데 어둠속에서 청년이 불쑥 나타나 말을 걸었다.

"아이구, 깜짝이야!"

미선은 소스라치게 놀라 사나운 표정을 지었다.

"쏘리 쏘리."

그가 큰 키를 숙여 미안하다는 시늉을 했다. 왜 이렇게 일찍 일어났냐고 묻고 싶었지만 벙어리나 마찬가지 신세라 한숨이 나왔다. 무식한 자신이 부끄러웠다.

"굿텐 모르겐."

그가 아까 하던 말을 또다시 했다. 아침인사인 모양이었다.

"뭔 말인지 알아야 대꾸를 하지. 답답해서 원."

비 맞은 중처럼 중얼거리면서도 얼굴에는 미소를 띠웠다.

"아, 침 인, 사."

그가 한 글자 한 글자 힘주어 말했다. 서툰 한국말이 그리 정겨울 수 없었다.

"아하, 구텐 모르겐?"

미선도 그의 말투를 흉내 내고는 환하게 웃어보였다. 좀 어색하고 쑥스러웠지만 기분이 괜찮았다. 그가 엄지를 치켜 올리며 고개를 주억거렸다.

"굿텐 탁."

"굿텐 탁?"

"좋은 날, 입,니,다."

그가 어색한 한국말로 설명했다. 그렇게 찬찬히 설명해 주면 인사 정도는 나눌 수 있을 것 같았다.

"밥 줄까?"

미선은 손짓으로 밥 먹는 시늉을 하며 그를 올려다봤다. 그가 알아들은 듯 부엌을 가리키며 배를 움켜쥐고 슬픈 표정을 지었다.

"구팝."

"구팝?"

아하, 국밥. 미선은 알아들었다는 표시로 고개를 끄덕이고 부엌으로 들어갔다. 가마솥에는 어제 밤늦게까지 끓여둔 소 양지와 사태를 넣고 잡뼈까지 넣어 고아둔 국물이 아직 따뜻했다. 구수한 냄새가 군침을 돌게 했다. 그가 큰 키를 수그려 부엌 안을 들여다보며 군침을 삼켰다. 미선은 서둘러 석유난로에 불을 올리고 국을 데웠다. 첫 국밥을 그에게 주는 기분이 나쁘지 않았다.

"당케 슈."

그가 환하게 웃는 얼굴로 말했다.

"당케 슈?"

이건 또 무슨 말일까, 생각하니 호기심도 생겼다.

"감, 사, 합니, 다."

"아하, 땡큐."

이국청년의 등장에 왠지 기운이 차오르는 것 같았다. 아침해가 전에 없이 크고 환했다. 이유 없이 웃음이 터졌다. 아니 이유가 없는 것은 아니나 그 이유가 맞는지는 알 수 없었다.

"오늘도 힘들었지요?"

막 저녁설거지를 끝내고 부뚜막에 걸터앉아 막걸리 한 잔 따라놓고 쓸쓸한 마음을 달래고 있을 때 프란츠의 목소리가 들렸다. 얼른 돌아보았다. 이제 미선은 그의 목소리에 민감하게 반응했다. 시내에 나갔다 오는 듯, 손에는 종이봉지가 들려 있었다. 미선은 막걸리 잔을 기울이며 물었다.

"뭐예요?"

"코리안 소시지."

프란츠가 종이봉지를 내밀었다.

"코리안 소시지?"

미선은 그가 내민 봉지를 들여다봤다. 순대 냄새가 울컥 올라왔다. 막걸리 안주로는 딱이다 싶었다.

"이런 것도 알아요?"

반색하는 미선의 표정을 물끄러미 바라보던 프란츠가 부엌으로 들어와 미선의 옆자리에 앉았다. 그의 체취에 머리가 아찔했다. 복잡한 머릿속을 지우려는 듯 미선은 막걸리 한 잔을 쭉 들이켰다. 취기가 돌아 어지러웠다.

"자, 안주. 코리안 소시지."

프란츠가 순대 한 점을 집어 미선의 코앞에 내밀었다. 미선은 덥석 받아먹었다. 입안에서 물컹한 순대가 씹혔다.

"나도 한잔 줘요."

프란츠가 말했다. 미선은 잠시 망설이다가 막걸리를 한 잔 따라 그에게 내밀었다. 그가 잔을 받아 익숙하게 벌컥벌컥 마셨다. 그러고는 입가를 손등으로 쓱 문지르더니 손가락으로 순대를 집어먹었다.

"하하, 한국남자 다 됐네."

미선은 슬쩍 오르는 취기로 기분이 좋았다. 프란츠와 막걸리를 두 병이나 비웠다.

"막컬리 더 없어요?"

프란츠가 말했다. 그도 조금 취한 것 같았다. 미선이 고개를 저었다. 더 마시면 안 될 것 같았다.

"없어. 있어도 없어요."

미선은 고개를 저으며 자리를 털고 일어났다. 잠시 몸이 휘청거렸다. 달빛도 흔들거렸다. 프란츠가 미선을 부축했다. 젊은 사내에게서 나는 체취에 어지러웠다. 머리를 세게 흔들었다.

"굿텐 나흐트. 굿나잇."

미선은 프란츠를 밀치며 중얼거렸다. 그동안 그에게 배운 독일어 인사말을 자연스럽게 하고 나니 마치 의사소통이 자연스러운 것처럼 느껴졌다. 하지만 프란츠를 밀치는 힘의 반동으로 미선의 몸이 휘청했다.

"오우 미선!"

프란츠의 손이 미선의 무게를 받아 안았다. 까닭 없이 흘러내린 눈물 줄기가 볼을 적셨다. 외롭다는 생각에 가슴까지 저렸다. 프란츠의 얼굴이 가까이 다가와 있었다. 미선은 얼른 자세를 바로 잡았다.

프란츠는 가끔 일을 도와주었다. 그의 하루 일과가 끝나는 시간은 매일 불규칙해서, 어떤 땐 일에 미친 사람이 아닐까 하는 생각도 들었다. 그러나 그조차 마을을 위한 일을 의논하기 위한 일이거나 일거리를 만들기 위한 일이라 오히려 그의 열성에 고마워해야 할 판이었다. 그가 돌아 올 때쯤은 대개 저녁손님이 끝나 있지만, 가끔은 불편한 손님들이 갈 생각을 않고 술잔을 잡고 있을 때도 있었다. 대표적인 진상으로는 삼목 집 삼촌 김동치였다. 형에게도 인정을 받지 못하고 반듯한 일자리도 없이 떠돌던 그가 산림사업이 시작된 후 마을로 돌아와서 그 일에 끼어들게 되었는데 자기가 무슨 간부라도 되는 듯이 굴어서 모두의 눈총을 사는 그런 인물이었다. 엄연히 아내가 있음에도 불구하고 저녁밥은 꼭 미선네로 와서 먹었다. 한명섭과 쿵짝이 맞아 밥 먹을 때마다 와서 추파를 던졌다. 영화를 보러 부산에 가자거나, 언양에 가서 한우를 먹자거나. 그러다 슬그머니 손을 잡거나 엉덩이를 슬쩍 만지거나 하는 따위의 행동을 해서 결코 반갑지 않은 손님이었다. 쌀쌀맞게 굴어도 소용이 없었다. 능글맞게 웃으며 눈으로 몸을 훑는 추태도 역겨웠다. 미선이 소박맞은 여자라는 것을 빌미로 뭔가 수작을 걸어보려는 흑심이 있는 게 분명했다. 거기에, 그의 아내는 전후사정도 모른 채 다짜고짜 찾아와서는 미선의 머리채를 흔들기도 했다. 그만 그런 것도 아니었다. 막걸리 배달하는 놈도 그렇고 읍내 정육점 총각도 그랬다. 사내라면 신물이 날 지경이었다. 제대로 사랑하는 남자를 만나본 적도 없이 남자에 대한 환멸만 느끼는 자신이 때로는 불쌍하다는 생각도 들었다. 그런 생각에 서러운 날에는 혼자 막걸리를 마시며 훌쩍훌쩍 울었다. 그럴 때 프란츠는 미선의 어깨를 다독이며 말했다.

"그 남자들 나빠요. 미선, 안 나빠요."

그도 저녁을 꼭 집에 와서 먹었다. 국밥으로 끼니를 때울 때도 있지만 가끔 정성들인 반찬을 해서 밥상을 차려주기도 했다. 아침은 토스트 한 쪽에 커피 한잔이면 되는 그이지만 저녁은 한국식으로 먹었다. 거기에 맥주 한 캔.

"마셔 볼래요?"

혼자 마시기 미안해서인지 미선에게 권하지만 미선은 고개를 저었다. 찝찔한 맛이 영 낯설었다.

"그게 맛있어요?"

그렇게 물으면 그는 한쪽 눈을 찡긋 하며 엄지손가락을 치켜세웠다.

　"내가 살던 마을에 맥주 공장 많이 있어요. 그래서 좋아하게 됐어요."

　한 달만 있다가 간다던 그가 한 달이 되던 날 밥을 먹으며 봉투를 내밀었다.

　"한 달 하숙비예요."

　"하숙비란 말도 알아요?"

　조금 서운한 마음이 들어 애써 밝은 표정으로 물었다.

　"배웠어요. 나, 미선 집에서 하숙생."

　"하숙생? 호호, 그러고 보니 하숙이네요. 근데 한 달이 지났으니 떠나겠네?"

　미선은 그가 내민 봉투를 만지작거리며 그를 바라보았다. 그가 알 수 없는 미소를 지으며 조그만 상자를 내밀었다.

　"선물입니다."

　그가 쑥스러운 듯 싱긋 웃으며 어깨를 으쓱했다.

　"선물?"

　선물이라는 말이 참 따스했다.

　"한 달 동안 고마웠어요."

　"고맙긴요, 별로 잘해 준 것도 없는데… 근데 뭐죠?"

　미선은 조그만 상자를 만지작거리며 그를 쳐다보았다.

"풀어 봐요."

그가 다시 싱긋 웃었다. 그의 말에 주술이 걸린 것처럼 조그만 상자를 풀었다. 상자 안의 물건을 보고 미선은 잠시 숨을 멈추었다.

"이, 이게 뭐예요?"

몰라서 묻는 게 아니었다. 그의 마음을 모르는 것이었다.

"립스틱예요."

"이런 걸 왜? 이런 건 연인한테나 주는 건데."

"그동안 잘 보살펴 줘서 고마워서 드리는 선물. 미선 바르면 더 예쁠 거여요."

그의 목소리를 들으며 감동하는 사이, 그의 목소리가 또 들려왔다.

"그리고 나, 내일 안 가요. 한 달 더 있어요."

그의 한국말은 의사소통에 지장이 없을 만큼 제법 늘었다. 물론 손짓발짓 더 해 가면서 소통하는 경우가 더 많았지만.

"더 있어요? 왜요?"

왠지 반가웠다. 알게 모르게, 그사이 정이 든 것 같았다.

"내가 맡은 일이 아직 안 끝났어요."

"아, 그렇군요."

"그러니까 한 달 밥 더 해주세요. 미선 밥 맛있어요."

눈물이 핑 돌았다. 진심으로 그가 고마워하고 있다는 생각이 들자 절로 그렇게 되었다. 처음으로 따뜻한 사람의 정을 느낀 기분이었다.

"그럼 내일은 뭘 좀 해줄까요? 한국 음식 먹고 싶은 거 있어요?"

그렇게 말하면서 미선이 자신도 그에게 말하는 목소리가 참 따뜻하다고 느꼈다.

"국팝."

"국밥?"

"미선 국팝."

그의 어설픈 발음이 오히려 정겨웠다. 엄지를 치켜들고 웃는 그의 모습에 미선의 마음이 허물어지고 있었다.

명주

세상일은 마음먹은 대로 되지 않고, 원하는 대로도 되지 않는다. 선의를 가지고 한 일도 때로는 비수가 되어 가슴을 후빌 때도 있다. 우연히 엮인 인연이 그녀를 난감하게 만드는 일이 될 줄이야!

어느 날, 텁수룩한 남자가 국밥집을 찾아왔다. 문 밖에서 기웃거리던 남자가 들어와 미선을 이리저리 훑어보더니 가슴 철렁한 소리를 했다.

"우리 명주 어디 있소?"

미선은 그 남자의 목소리를 듣는 순간 땅바닥에 털썩 주저앉았다. 쥐고 있던 국자가 저만치 나가떨어지는 소리가 요란했다. 몸이 벌벌 떨렸다. 남자는 험악한 표정으로 미선을 훑어보다가 또 한마디를 내뱉었다.

"남의 자식을 훔쳐 가면 어떻게 되는지 알지요?"

"후, 훔치다니요. 아니에요. 갈 곳이 없다 해서…."

"그래서 데려 왔다? 그런데 애는 어디다 숨겨두고 보이지를 않는 거요?"

미선은 정신을 가다듬고 말했다.

"숨겨 두다니요. 지금은 심부름을 보냈어요."

아이를 넘겨주면 안 될 것 같다는 생각에 우선 그리 말하고 말았다. 험상궂은 사내의 몰골로 보아 명주가 제 아비에게 간다한들 제대로 교육받으며 자랄 것 같지 않았다.

"오호, 남의 아이를 꿰어내 심부름을 시켜?"

그가 담배를 태워 문 채 험악한 표정을 지었다.

"아니에요. 내일 다시 오시면 만날 수 있을 거여요. 내일 오세요."

미선은 급한 대로 그리 둘러댔다. 그가 사나운 표정으로 미선의 아래위를 훑어보다가 우물가에 있는 두레박을 거칠게 걷어차고 말했다.

"그동안 우리 애 부려먹은 값도 챙겨 두쇼."

"부, 부려 먹어요?"

한 번도 생각해 본 적이 없는 말이었다.

"그 어린 걸 심부름 보내고 하는 것이 부려먹는 거 아니면 뭐요?"

그가 한껏 사나운 표정으로 미선을 노려봤다. 그런 남자에게, 명주를 위해 방을 따로 얻어두었다 하면 어떤 태도로 나올지 두려웠다. 감당할 수 있는 상대가 아니었다.

"누구에요?"

그때 마침 박우태가 들어왔다. 구세주를 만난 듯했다. 그의 건장한 체격에 그 남자가 움찔했다.

"아, 이장님. 길을 물어보시는 손님입니더."

엉겁결에 그리 둘러대자 남자가 돌아서며 한 마디 뱉었다.

"내일 점심 때 오겠소, 말한 거 준비해 두시고."

미선은 그 남자가 사라지자 평상에 주저앉았다. 온몸이 바들바들 떨렸다.

"누구요?"

"명주 아버지래요."

"어허, 보통 사람은 아닌 것 같은데. 무슨 시비를 걸었소?"

"내가 명주를 훔쳐 왔다고…."

"그러게, 남의 아이를 그리 데려오는 게 아니었어."

명주를 데려오게 된 저간의 사정을 아는 박우태는 고개를 절레절레 흔들며 혀를 찼다. 그러더니 슬그머니 집을 빠져나갔다. 그에게 그 일은 남의 일일 뿐이었다.

멍하니, 정신 줄 놓은 것처럼 앉아 있다가 벌떡 일어났다. 명주를 만나야 한다는 생각이 들었다. 허둥허둥 걸음을 옮겼으나 걸음이 제멋대로였다. 주인집 할머니가 놀라 물었다.

"뭔 일이우? 얼굴이 왜 그라?"

주인 집 할머니의 말에 대꾸도 않고 방에 불이 켜진 걸 보고 벌컥 방문을 열었다.

명주가 반색하면서도 놀라는 표정이 역력했다.

"어쩐 일이야, 엄마?"

미선은 방으로 들어가 명주의 손을 움켜잡고 한참동안 눈을 감고 있었다.

"왜 그래, 엄마."

아, 엄마라는 이름에 얼마나 행복했던가. 하지만 미선은 행복할 수 없었다. 미선은 두 눈을 감은 채 말했다.

"너의 아버지라는 사람이 찾아 왔다."

그녀의 굳은 표정을 살피던 명주가 순간, 돌처럼 굳었다. 명주의 손이 덜덜 떨리고 있었다.

"나는 너를 보내고 싶지 않은데…."

미선의 말이 끝나기도 전에 명주의 날카로운 목소리가 들렸다.

"안 가요."

두 눈을 내리깐 채 발발 떨고 있는 명주는 두려움에 휩싸여 있었다. 미선은 후회했다. 모른다고 딱 잡아 뗄 걸. 도움을 청할 곳도 떠오르지 않았다. 이럴 때는 어떻게 하는 게 옳은 일인지도 알 수 없었다.

"엄마, 나 안 가요. 나, 보내지 마요."

명주가 울면서 매달렸다. 난감했다. 좋은 방법이 떠오르지 않았다. 순간, 동조 아재가 생각났다. 아재라면 좋은 방법을 생각해 낼지 모른다. 그녀는 명주의 손을 덥석 잡고 말했다.

"어서 일어나. 가자!"

그녀는 명주의 손을 잡고 미친 듯이 뛰었다. 새까만 어둠이 천지를 삼킬 듯한 밤에 아재의 집에서 새어나오는 불빛이 구원의 불빛 같았다. 늦은 시간이라는 생각도 없이 염치도 없이 아재를 소리쳐 불렀다. 구 서방이 자다 일어나 놀란 눈으로 튀어나왔다.

"무신 일이고?"

구 서방의 말을 듣는 둥 마는 둥 그를 지나쳐 대청마루로 올라섰다.

"아재요, 내 좀 살려 주이소."

울음이 터졌다. 아재가 방문을 열고 말했다.

"와? 뭔 일이 있나?"

미선은 명주의 손을 잡은 채 방으로 들어갔다. 숨을 돌릴 새도 없이 저간의 사정을 다 토해놓고 엉엉 울었다.

"지는 쟈 없으모 몬 삽니다. 내 새끼나 마찬가지라요. 아니 내 새낍니더. 근데 지가 칠칠맞아갖고 덜컥 쟈 아부지 말에 넘어갔는 기라요."

말도 제대로 나오지 않은 상태로 미선은 숨까지 헉헉댔다. 아재는 말이 없었다. 한동안을 말없이 앉아 계시다가 무겁게 한 마디 했다.

"그러게 애초에 쟈를 와 델꼬 왔노."

"갈 곳 없다는 아를 어찌 두고 옵니꺼?"

미선은 벌벌 떨면서 되는대로 지껄였다. 명주는 곁에서 얼이 빠진 듯이 앉아 있었다. 한동안 말이 없던 아재가 무겁게 입을 열었다.

"걱정 마라. 내일 아침에 야를 나무 연구소에 텔따 놓을 기다. 니는 모른 척 집에 가 있거라."

"우얄라꼬요?"

미선의 눈이 휘둥그레졌다.

"내 말대로만 하면 별 탈이 없을 끼다."

"우얄라꼬요?"

같은 말을 되풀이하는 그녀의 목소리가 바들바들 떨렸다.

"재순이 딸이 딱 쟈만 하다. 그라이 가를 명주라 카고 보이주는 기라. 그라마 지 딸이 아이라는 거 알고 물러나지 않겠나."

미선은 그 소리를 듣고 아재 앞에 엎드려 흐느꼈다. 재순이는 아재의 사촌누이였다. 그 밤은 너무도 길었다. 불안에 떠는 명주를 다독이고 덜덜 떨리는 자신의 가슴을 짓누르면서 시간이 멈춘 것만 같은 생각에 잠도 잘 수 없었다.

"태연하게 행동 하그라."

미선은 아재의 말에 고개를 수없이 끄덕였다. 마치 주술에 걸린 것만 같았다. 아침해가 떠오르자 구 서방이 명주를 데리고 나무 연구소로 떠났다. 미선은 눈물을 닦고 집으로 향했다. 바들바들 떨리는 건 여전했으나 애써 태연을 가장하고 평소처럼 국밥을 끓였다. 프란츠를 위해 아침 밥상을 차렸다. 겉절이에 소고기 조림, 김, 된장국. 그는 맛있게 먹고 출근했다. 이제 혼자서 견디어 내야 하는 시간이 다가오고 있었다.

　남자는 정확히 12시에 나타났다. 잔뜩 험상궂은 표정으로 나타난 그는 평상과 마루에 그득한 손님을 보고 잠시 놀라는 듯했다. 남자를 보자 가슴이 벌렁거리기 시작했다. 연극을 무사히 잘할 수 있을까 하는 두려움에 절로 몸이 떨렸다.

　"어서 오이소."

　미선은 애써 태연하게 말했다.

　"우리 명주 어디 있소?"

　남자는 주변을 두리번거리며 아이를 찾았다.

　"이왕 오셨으니 국밥이나 한 그릇 드시면서 조금만 기다려 주이소."

　"애나 내놓으시오!"

　그는 경계를 풀지 않았다. 평상 한 귀퉁이에 엉덩이를 들이밀면서 다른 사람들이 먹고 있는 국밥을 힐긋 바라보았다.

　"지금 오고 있어요. 일손이 모자라 애들 삼촌이 데리고 오고 있습니더."

　미선은 국밥에다 고기를 듬뿍 넣어 남자 앞에다 놓았다. 남자는 잠시 주춤하더니 상 앞으로 바투 다가앉아 숟가락을 들었다.

남자가 서너 숟가락 국밥을 떠먹었을 때 지수가 아이의 손을 잡고 들어섰다.

"누나, 명주 데려왔어요."

짜 맞춘 각본이었다. 재순 씨네 아이가 미선이 곁으로 오며 말했다.

"엄마, 나도 배고파요. 국밥 주세요."

천연덕스럽게 명주 역할을 하는 아이는 아마도 지수가 시키는 대로 연습했을 것이다. 국밥을 허겁지겁 퍼 넣던 남자가 흠칫 놀라는 표정으로 아이와 지수를 바라보았다.

"명주 아버지십니까?"

지수가 나섰다. 남자가 입속의 고기를 꿀꺽 삼키며 놀란 표정으로 지수를 바라봤다.

"누님이 장터에서 갈 곳 없다는 아이가 딱해서 데려왔는데, 어찌 아버지라는 사람이 이제야 찾아오신 겁니까?"

나무라듯 말하는 지수의 말에 남자가 당황해서 어쩔 줄 모르고 있었다.

"얘가 명주인데 알아보시겠습니까?"

남자가 어물어물하는 사이, 아이가 나서서 또렷한 목소리로 말했다.

"우리 아부지 아니에요!"

"아니라고?"

지수가 남자와 아이를 번갈아보며 물었다.

"우리 아부지 아니에요!"

아이는 야무락지게 대답했다.

"맞는 것 같기도 하고… 하도 오랜만에 보는 거라….'

남자가 당황한 기색이 역력했다.

"자세히 보고 말씀하세요. 만약 아저씨 딸이 아닌데 데려갔다 간 책임져야 할 일이 많아지실 겁니다."

"뭐, 뭘 책임져요?"

남자가 버럭 소리를 질렀다.

"우연히 얘 이름도 명주고, 아저씨가 찾는 딸아이도 이름이 명주라니 헷갈릴 수도 있겠지만, 이 아이는 분명 아버지가 아니라고 말하고 있는데 만약 아저씨가 이 아이를 데려가시려면 확실한 증거를 내놓으세요. 그렇지 않으면 경찰서에 가서서…."

지수의 말이 끝나지도 않았는데 남자가 벌떡 일어나 소리쳤다.

"경찰서는 무슨. 자세히 보니 내 딸이 아니오. 그 애는 얼굴에 점이 없는데 저 애는 점이 있구려. 이름이 같다니 참 우연치고는… 생긴 것도 확실히 다르오. 그, 그만 가겠소."

남자는 급하게 일어나다 다 먹지도 못한 국밥까지 쏟으며 허둥거렸다. 미선은 그런 남자를 바라보다 지수를 바라보다 가슴을 툭툭 쳤다. 남자가 국밥 값을 내려는지 주머니를 뒤지기 시작했다.

"미, 미안합니다."

당황한 게 분명했다. 지수가 경찰서 운운하는 말이 먹혀들어간 것 같았다. 그 자리에 있던 손님들이 남자를 힐끗거리며 바라보다 고개를 갸웃거리는 사람도 있었다. 남자가 어, 얼마요, 라고 더듬대며 말했다.

"됐어요. 딸 찾는다고 고생하시는데 국밥 한 그릇 대접했다고 칠게요."

미선은 어느새 편안해져서 부드럽게 말했다. 남자가 허둥지둥 집을 빠져나간 후 지수가 평상에 앉으며 소리쳤다.

"누나, 나도 국밥 한 그릇 줘요. 고기 많이 넣어서, 명주도 한 그릇 주고요."

지수가 미선을 향해 눈을 찡긋거렸다. 아이가 쪼르르 달려와 미선의 귓전에 대고 속살거렸다.

"아줌마, 나 연기 잘 하죠? 나는 나중에 배우가 될 거예요."

미선은 아이를 담뿍 끌어안았다.

"그래, 잘했다. 고맙다. 넌 나중에 아주 큰 배우가 될 끼다."

미선은 삼목 집 방향에다 대고 큰절이라도 하고 싶은 심정이었다.

"아버지께서 저녁에 누나 좀 오라셔요. 프란츠하고 같이."

"프란츠랑 같이? 왜?"

"의논하실 게 있나 봐요."

그 말을 하고 지수는 국밥을 맛있게 먹기 시작했다. 미선은 지수가 갈 때까지 한 가지 생각에 사로잡혀 있었다. 왜 프란츠랑 같이 오라는 거지? 곰곰 생각해도 프란츠와 같이 갈 이유가 없었다. 그와 엮일 일이 아니었으므로. 하지만 아재가 부르신다면 분명 그럴 만한 이유가 있을 것이었다. 미선은 저녁장사를 접을 때까지 내내 궁금증을 털어내지 못했다.

"명주를 어찌 할 것이냐? 아비라는 사람이 오늘은 그냥 물러갔다지만 곧 나름대로 수소문해서 알아보고 다시 들이닥칠지도 모른다."

아재의 말에 미선은 그냥 고개만 푹 숙이고 앉아 있었다. 명주를 떼어놓고 싶지는 않지만 뾰족한 방법이 떠오르지 않았다.

"널 혼내려는 게 아니다. 방법을 찾아보자는 이야기다."

아재의 목소리는 한없이 자애로웠다.

"지는 아무 생각도 안 납니더."

미선은 기어들어가는 목소리로 겨우 그렇게 말했을 뿐이다.

"그래서 말인데… 명주를 독일로 보내면 어떻겠느냐?"

"예에? 어디로요?"

미선은 잘못 들은 게 아닌가 하고 자신의 귀를 의심했다. 프란츠가 나서서 말했다.

"그렇게 해요."

프란츠 곁에 있던 지수가 끼어들었다.

"사정을 들어보니 그 방법이 가장 좋을 것 같아요. 여기 있다 간 언젠가는 그 남자에게 잡혀 갈 게 뻔해요. 그 사람, 와서 하는 짓거리를 보니 명주를 보내면 안 될 것 같아요. 명주도 독일로 가는 걸 원하고 있어요."

"그 어린 것을…."

미선은 말끝을 흐렸다.

"명주는 어려도 아주 단단한 애예요. 프란츠가 주선한다니 믿을 만하고, 명주를 위해서도 그 방법이 좋을 것 같아요."

유구무언, 미선은 한마디도 내뱉지 못했다. 마음만 앞서는 것은 아무런 힘이 없었다. 아버지를 두려워하여 가본 적도 없는 타국에 가는 일을 자청한 명주가 그 자신보다 단단하다는 생각만 할 뿐….

"오늘밤에 생각해 보거라. 결정이 빠르면 빠를수록 좋다."

아제의 말에 지수가 엄지를 치켜들었고 프란츠도 소리 없이 손바닥을 마주쳤다.

보름 후 명주는 서울로 올라갔다. 그동안은 〈나무 연구소〉에서 자란 나무처럼 지냈다. 향기 가득한 푸른 나무가 되려는 듯 울지도 않았다. 지수와 프란츠가 공항까지 가서 수속을 밟기로 했다. 미선은 가슴으로 품은 딸아이를 그렇게 떠나보냈다.

세월이 유수 같다 했던가. 시간은 진짜 흐르는 물처럼 흘러갔다. 사진을 보는 것으로 명주 보고 싶은 마음을 달랬다. 프란츠는 가끔 명주 소식을 전했다.

"명주, 독일서 잘 지낸대요."

그 말에 위로가 되기는 했으나 그런 일도 그가 떠나기 전까지의 소식이었다. 두 달을 미선의 집에 머물던 그는 두 달을 꽉 채우고 떠났다. 프란츠와 명주는 미선의 마음속에서만 살았다.

정크아트가 뭐랴?

이장 박우태는 이즈음 더 바빠지기 시작했다. 마을 일을 보는 것 때문에 바쁜 게 아니라 마을을 지키기 위해 바쁜 것이다. 그 일도 누가 시켜서 하는 게 아니라 솔선수범 스스로 자처하고 나선 일이었다. 해가 뜨면 일어나 후다닥 밭을 돌아보고 10시쯤 되면 일손을 놓고 바쁘게 걸음을 옮겼다. 양 씨에게조차 말하지 않고 도둑고양이처럼 움직였다. 야트막한 야산으로 올라가 건너편 습지를 바라보는 일은 그 누구에게도 이야기하지 않았다.

"잡히기만 해 봐라. 요절을 내줄테니."

변덕스런 날씨를 생각해 옷을 단단히 껴입었다. 두툼한 장갑도 끼고 목에도 목도리를 단단히 감았다. 두어 시간을 같은 자세로 앉아 있는 건 생각보다 힘들었다. 하지만 대단한 임무를 띤 듯 오직 한곳을 바라보며 시선을 고정했다. 오전 내내 한 자리를 지키는 일은 결코 쉬운 일이 아니었다.

사내는 게을러터지게 하품을 하며 군용텐트에서 기어 나왔다.

머리는 수세미처럼 뒤엉킨 채 위아래 붙은 작업복을 입고 어슬렁어슬렁 주변을 서성거렸다. 딱히 무얼하려는 생각은 없는 것 같아 보였지만 주변을 두리번거리는 것은 밤새 누가 고물을 훔쳐가지나 않았는지 살피는 눈치였다. 며칠 동안 아무도 모르게 그를 살폈다. 분명 구린 뭔가가 있을 것 같았다. 구린 증거만 잡는다면 놈을 마을에서 몰아낼 구실을 찾을 수도 있으리라 생각했다. 가끔 말쑥하게 차려 입은 손님도 들락거렸다. 멀어서 들리지는 않지만 사내와 이야기하는 그들의 태도는 공손했다. 며칠 전에는 이십대의 여자도 둘이 다녀갔다.

"뭐지?"

나타나는 이들의 정체를 알 수 없었다. 그러나 지켜보다 보면 분명 뭔가 꼬투리 잡을 일이 생길 거였다. 양 씨가 물었다.

"요새 뭐하고 다닙니꺼?"

"뭐하긴. 가게도 들러보고 여기저기 일도 살피러 다니고 그러제."

"가게는 아지매가 잘 보고 있을 낀데 새삼스럽게 와요? 언양까지 나갔다 오신다 그 말입니꺼?"

양 씨가 수상쩍은 눈으로 이장을 살폈다.

"마누라가 딴 주머니 차는지 안 차는지도 알아야 하고."

애먼 마누라를 들먹였다.

"행님, 아직 노망 들 나이는 아닌데, 아지매가 딴 주머니 찰 사람도 아니고. 뭔가 딴 꿍꿍이가 있는 기지요?"

언양 시장에서 건어물 가게를 하는 마누라는 야물었다. 늘그막에 고생 안하려면 부지런히 벌어야 한다고 동이 트면 아침도 거르고 버스정류장으로 내달았다. 자식농사는 딸 하나 아들 하나 근근이 대학까지 마쳐서 도시로 내보냈으니 이제는 걱정 없다고 신나하는 마누라였다.

다리를 다치지 않았으면 그도 야무진 가장 노릇을 했을 것이다. 절뚝거리는 다리로도 가장 노릇은 할 수 있으나 마누라가 말렸다. 그가 회사 다니면서 벌어온 돈으로 가게도 마련했으니 그만 쉬라는 것이었다. 조선소 하청업체에서 용접을 하다가 매달린 로프가 끊어지면서 추락한 후 다리가 부러졌다. 바다로 추락해 다행히 죽지는 않았지만 다리가 절단 난 것이었다.

"목심 건진 게 어디요."

그 말로 아내는 그를 안심시켰다. 아내는 무던한 여자였다. 그래, 목숨 건진 게 어디야. 그도 그렇게 생각했다. 못 배우고 가난하면 험한 일을 할 수밖에 없다. 험한 일은 다 하청업체 몫이었다. 월급도 적고 일은 힘들었다. 그렇다고 하청업체에 들어가기도 쉬운 일은 아니었다. 겨우겨우 들어간 하청업체에서 목숨을 잃을 뻔했다. 그래도 그만하기 다행이다. 수술을 하고 퇴원을 하는 날, 무뚝뚝한 아내가 말했다.

"인자 고마 당신은 쉬소. 돈은 내가 벌 끼요."

그 말을 하는 마누라가 고마웠다. 참 기특한 마누라였다. 하지만 그냥 쉬기는 그래서 이장노릇을 하고 있는 거였다.

한 자리에 오래 쭈그리고 앉아 있었더니 다리가 저릿저릿했다. 눈도 시큰거렸다. 몸도 뻣뻣해지는 것 같았다. 오늘도 허탕인가 싶어 일어서려던 찰라, 군용텐트 안으로 젊은 여자와 남자가 들어가는 모습이 보였다. 여자가 내린 트럭에는 고물들이 잔뜩 실려 있었다.

"그럼 그렇지!"

박우태는 벌떡 일어나 부지런히 걸음을 뗐다. 그럼 그렇지, 무슨 음모가 있는 거야. 이장은 부리나케 〈정크아트 박물관〉이란 간판을 지나서 기침도 없이 군용텐트 안으로 불쑥 들어섰다. 여자와 남자가 나란히 서서 뭔가를 바라보고 있다가 놀라는 눈치였다.

"어, 어, 이장님이 무슨 일로?"

홍두석이 놀란 표정으로 물었다.

"무슨 일은. 도대체 저 쓰레기들을 이 마을에 가져다 버리는 이유가 뭐요?"

박우태는 다짜고짜 언성을 높였다.

"하하하, 저를 감시하셨습니까?"

"감시가 아니라 쓰레기를 폐기하는 현장을 잡으러 온 거요. 이거, 불법인 거 알죠?"

"이장님, 저는 불법쓰레기 폐기업자가 아닙니다. 저는 환경운동가라고요."

그가 어이없다는 듯이 어깨를 으쓱했다.

"환경운동 좋아하네. 겉으로는 정크네 뭐네 하면서 쓰레기를 쌓아놓고 있지 않소."

박우태의 말에 기가 막히다는 듯이 쳐다보고 있던 홍두석이 다시 말했다.

"아닙니다. 그렇게 의심스러우시면 조금만 기다려 보세요."

"뭘 기다려요?"

"애들이 올 겁니다."

"아들이요? 아들이 여길 와 옵니꺼?"

"견학하러 옵니다."

"쓰레기장에 견학을 온다니 말이 되는 소리를 하소."

박우태는 소리를 버럭 질렀다.

"쓰레기를 자원으로 만들어야 하는 시대입니다."

홍두석의 목소리는 차분하기 그지없었다.

"별, 말 같지 않은 소리를!"

"조금만 기다려 보십시오, 커피나 한잔 드시면서."

홍두석은 화도 내지 않고 실실 웃으며 커피포트 스위치를 켰다. 곧 물 끓는 소리가 요란하게 들렸다.

"선생님 계십니까?"

밖에서 젊은 남자의 목소리가 들리고 아이들이 재재거리는 소리도 들렸다.

"어서 오게."

홍두석의 말에 휘장을 걷고 들어서는 이를 보고 박우태는 또 놀랐다.

"아니 김 선생. 자네가 여긴 웬 일인가?"

그는 시내에서 초등학교 선생을 하고 있는 삼목 집 막내아들 지수였다.

"어? 이장님도 와계시네요. 두 분이 아는 사입니까?"

지수도 놀란 듯이 두 사람을 번갈아보았다.

"이장님은 나를 감시하러 오셨다네."

홍두석이 박우태 앞에 믹스커피를 내려놓으며 헐헐 웃었다.

"감시요? 뭘요?"

박우태는 지수가 나타나 조금 머쓱하기는 했으나 그렇다고 의심을 푼 건 아니었다.

"김 선생은 여기 어쩐 일이고?"

"아, 꼬맹이들 환경교육 왔습니다."

"화, 환경 교육?"

"예, 애들아 들어오너라."

밖에서 조잘조잘 떠들던 아이들이 지수의 말에 우르르 텐트 안으로 몰려 들어왔다. 아이들은 사방으로 흩어져서 제각각 관

186

심 있는 것들을 만지기 시작했다.

"아무 거나 만지면 안 된다. 이제 이 선생님이 이야기를 해주시는 대로 따라야 한다."

지수가 말하자 아이들이 큰소리로 예~하고 대답했다. 스무 명쯤 되는 아이들이 들어선 텐트가 갑자기 좁게 느껴졌다.

"이장님도 이왕 오셨으니 들어보시지요. 제가 무슨 일을 하는지."

홍두석이 박우태를 보면서 실실 웃었다. 박우태는 실실 웃는 홍두석이 기분 나빴다. 그가 하는 말을 들을 생각도 없었다. 지수가 들어서는 바람에 의심은 좀 풀렸으나 그렇다고 그의 말을 듣고 있을 기분은 아니었다. 정 궁금하면 나중에 지수에게 물어보면 될 일이었다.

"내가 여기서 뭔 말을 듣겠소. 나는 갈 테니 제발 마을 어지럽히지 마시오."

박우태는 비교적 차분한 목소리로 그 말만 하고 텐트를 벗어났다. 아이들 떠드는 소리에 지수가 인사하는 소리는 듣지 못 했다. 그는 분명 예의바르게 인사를 했을 것이다.

박우태의 기분은 썩 좋지 않았다. 마치 노리던 토끼를 놓친 기분이었다. 그의 꼬투리를 잡아 이 마을에서 몰아내려던 생각이었는데, 생각지도 않게 지수가 나타나는 바람에 허사가 돼버린 기분이었다.

"에잇, 기분 더럽네."

잠바 주머니에다 찔러 넣어두었던 핸드폰을 꺼내 꾹꾹 눌렀다.

"양가야, 뭐 하노? 안 바쁘면 미선이네 집으로 온나. 소주 한잔 하자."

양 씨가 기다렸다는 듯이 오케이 했다. 오늘따라 절름거리는 다리로 걷는 자신이 짜증스러웠다.

"아지매 있능교?"

허름한 나무 대문을 밀고 들어서며 박우태는 부엌을 향해 소리 질렀다. 두어 번 부른 후에야 미선이 고개를 삐죽이 내밀고 알은체를 했다.

"우째 혼자 오셨습니꺼?"

미선은 요즘 들어 자주 사투리를 썼다.

"아이요, 양 씨가 곧 옵니더. 술국 하나 끓여 주소."

부엌을 향해 소리를 지르고 냉장고에서 소주 한 병을 꺼내 땄다. 마루 위 선반에 얹힌 소주잔도 꺼내 탁자에 놓고 털썩 주저앉았다. 이상하게 기분이 나빴다. 소주잔에 소주를 넘치게 부어 한 번에 털어 넣었다.

"뭐 속 상한 일이 있습니꺼? 와 그래 급하게 술을 마시능교?"

양 씨가 들어서며 박우태를 살폈다.

"기분이 더러운데, 화낼 데도 없네."

"와요? 누가 이장님한테 뭐라 했습니꺼?"

"차라리 뭐라 했으면 멱살이라도 잡고 싸우기라도 하지. 그러면 기분이 이렇지는 않을 텐데, 묘하게 기분이 더러버."

박우태는 홍두석의 얼굴을 떠올리며 고개를 흔들었다.

"누가 우리 이장님 속을 긁었을까요?"

미선이 부엌에서 부지런히 술안주를 만들면서 고개를 내밀고 샐샐 웃었다. 욱하는 성질 때문에 자주 화내는 모습을 보아온 터라 그러려니 하는 것 같았다. 미선이한테 이야기를 해도 통하지 않을 것 같았다. 더구나 이야기 중에 지수 이야기가 들어가면 미선이는 무조건 지수 편을 들 테니까.

"아까 보니까 지수가 애들 데리고 정크네 가던데, 혹시 봤능교?"

양 씨는 홍두석을 '정크네'라고 불렀다.

"정크아트가 뭔지 아나?"

박우태가 양 씨의 말을 묵살하고 미선에게 물었다.

"저도 잘 모르지만 폐품 가지고 하는 예술이라 카든데요."

미선도 우물쭈물 대답했다.

"돌대가리 같은 새끼!"

박우태는 소주잔으로 탁자를 소리 나게 내리쳤다.

"옴마야, 소주잔 깨지겠심더."

미선은 이미 박우태가 말하는 '돌대가리 같은 새끼'가 누군지 아는 눈치였다.

"깨지면 물어주면 될 것 아뇨."

박우태는 불퉁해서 소리를 질렀다.

"어마마, 이장님, 정말 화나셨나 보다. 까짓 소주잔 때문에 그러겠습니꺼? 지난번처럼 손 다치실까 봐 그렇죠."

그러고 보니 화가 나서 소주잔으로 탁자를 내리쳐 유리조각에 손이 다쳤던 기억이 멀지 않았다.

"확실히 우리 행님은 다혈질이셔."

양 씨가 한 마디 거들었다. 미선이 재바르게 찌개냄비를 탁자 위에 가져다 놓았다. 맛있는 냄새에 군침이 절로 돌았다.

"어이구, 우리 미선 씨 찌개솜씨는 알아줘야 해. 재료는 시어빠진 김치에다 돼지고기 몇 점 넣은 게 다일 텐데 맛있단 말이야."

양 씨가 박우태 맞은편에 앉으며 코를 벌렁거렸다.

"술 천천히 드세요."

미선은 탁자위에 미처 준비해 놓지 않았던 수저와 공기와 밑반찬을 부지런히 올려놓았다. 박우태는 급하게 소주를 따라 양 씨에게 내밀었다. 이제부터 양 씨는 박우태의 이야기를 들어주어야 하는 것이다.

"홍두깨 그놈이 말이야…."

박우태는 홍두석을 홍두깨라고 불렀다. 양 씨가 귀를 쫑긋하며 바짝 다가앉았다.

"쓰레기를 잔뜩 쌓아놓은 걸로도 모자라 틈틈이 쓰레기를 끌어들이네. 게다가 지수까지 꼬여내어 애들 동원해서 환경교육이라나 뭐라나 하는 것까지 하고 있으니 어쩌면 좋겠노?"

"삼목 댁 어른이 땅을 빌려주었으니 도리가 없지 않습니꺼."

양 씨가 소주를 입 안으로 털어 넣으며 시큰둥하게 말했다.

"에잇, 거기에 지수는 왜 끼는 건지, 홍가 놈 보고 깍듯이 선생님 선생님 하드만."

"지수 말로는 홍 씨가 서울 있을 때 대학교에서 학생들 가르쳤다대. 그러니 선생은 맞지 않겠나? 아님 교수라고 해야 하나?"

오늘따라 양가 놈도 마땅찮다. 박우태는 입을 다물고 술만 퍼먹기로 작정했다. 그러면서, 속으로 생각했다. 이 놈이 어째서 홍가 놈을 두둔하는 거지? 뭘 먹었나? 박우태는 고개를 갸웃했다. 만약 그랬다면 다리를 분질러 버릴 것이다. 주먹을 불끈 쥐며 양 씨를 노려봤다.

박우태가 가고 난 후 홍두석은 아이들을 모아 두고 재미있는 수업을 할 거라고 했다. 아이들의 눈이 초롱초롱했다.

"여기 있는 고물 중에 몇 가지를 골라 로봇 만들기를 할 거여요. 재료는 맘껏 고르되 창의적인 생각으로 만들어봅시다. 잘 모르겠으면 물어도 좋고 선생님이 만들어둔 작품을 참고해도 좋아요. 자, 흩어져서 재료를 찾아봐요."

홍두석의 말에 아이들이 탄성을 지르며 흩어졌다. 한 아이가 홍두석 옆에서 빤히 쳐다보고 있었다.

"넌 왜 거기 있나?"

홍두석이 물었다.

"궁금한 게 있어서요."

"뭔데?"

"정크아트가 무슨 말이어요?"

홍두석은 잠시 망설였다. 정크아트를 한글로는 뭐라고 해야
할까, 그런 생각은 꽤 오래되었다.

"음, 한글로 말하자면… 재활용예술쯤 될까? 정크는 쓰레기란
뜻이고 아트는 예술이라는 뜻이니까."

"근데 왜 영어로 말해요?"

아이의 질문이 가슴에 콕 박혔다. 하긴 영어로 쓰는 말들이 얼
마나 많은가. 영어를 섞어 써야 무식하지 않은 듯이. 그 자신부터!

"그렇지? 영어를 너무 많이 쓰는 건 맞는데…."

홍두석은 머리를 벅벅 긁으며 난감한 표정을 지었다.

"무슨 말인지 뜻을 몰랐어요. 이제 알았으니 됐어요. 저도 뭘
만들지 찾아봐야겠어요."

아이가 해맑게 웃으며 통통통 공 튀듯이 뛰어갔다.

아이들은 사방을 둘러보며 자기가 생각한 뭔가를 만들기 위
해 이것저것 뒤지기 시작했다. 어떤 아이는 홍두석이 만들어서
세워둔 형상들을 쳐다보며 신기해했다. 재료를 찾은 아이들이

여기저기서 삼삼오오 모여 뚱당거리며 뭔가를 만들기 시작했다. 그들의 작업은 형상이 될 수도 있고 되지 않을 수도 있었다. 시도하는 게 중요하다.

"형님은 어떻게 이런 생각을 하셨어요?"

지수가 홍두석에게 물었다. 존경이 담긴 눈빛이었다.

"계기가 있었지."

"어떤 계기요?"

"크리스 조던이라는 이름을 들어본 적 있나?"

"크리스 조던?"

"그래, 나는 크리스 조던에게서 영감을 얻었어. 그는 사진으로 말하지만 나는 그 사진에서 내가 할 일을 찾은 거지. 그는 바다를 통해 이야기하지만 나는 육지의 이야기를 만들고 싶은 걸세."

"하하, 무슨 말씀인지… 제가 아는 게 없어서 죄송합니다."

지수가 머쓱한지 뒤통수를 긁적거렸다.

"무슨 소리? 아이들에게 환경이야기를 하는 것만으로도 자네는 이 세상을 아름답게 만들어가고자 하는 의인일세. 내가 책을 두어 권 빌려 줄 테니 보고 나면 이해가 빠를 걸세. 가만 그 책이 어디 있나…."

홍두석이 두리번거리며 천막 한쪽에 있는 책장을 훑어보기 시작했다.

"자네도 찾아보게. 급한 대로 대충 필요한 책만 가져왔는데도 뒤죽박죽이라 어디 있는지를 몰라."

"제목을 일러 주시면 저도 찾아볼게요. 아니면 도서관 가서 빌려보아도 되고요."

"아닐세, 나한테 있어. 음, 하나는 크리스 조던 책이고, 또 하나는 '침묵의 봄'이라는 책일세."

"침묵의 봄?"

"그래, 20세기 환경학 최고의 고전으로 알려진 책이지. 그 책들을 읽고 나면 막연했던 생각들이 정리가 좀 될 거야."

"네, 알겠습니다. 찾아보죠."

"민수는 늘 아버지 이야기를 했어. 헐벗은 산을 가꾸어 푸른 숲으로 만든 위대한 이 마을 사람들 이야기까지."

"아, 그랬군요. 저는 형님들이랑 나이 차이가 많은 데다 두 분 다 일찍 서울로 유학가서서 많은 대화를 하지 못했습니다."

지수가 머리를 또 긁적거렸다.

"그렇다 들었네. 자네 이야기도 많이 했어. 착하고 부지런하다고."

"형님이 그렇게 말씀하셨어요? 저는 형님들에 비하면 많이 부족해요. 저는 형님들처럼 공부를 잘 하지 못해서 지방대학에 간 걸요."

"그게 무슨 상관인가? 원하는 공부를 하고 어떤 일을 하고 사느냐가 문제지."

홍두석이 지수의 어깨를 가만히 다독였다. 지수가 심각한 표정으로 고개를 끄덕였다.

"애들이 뭘 만들고 있나 가보세."

"그러지요."

지수는 홍두석의 뒤를 따라 텐트를 벗어났다. 아이들은 삼삼오오 모여 열심히 뭔가를 만들고 있었다. 홍두석이 한 아이 앞에서 걸음을 멈추었다. 아이는 찌그러진 양동이와 버려진 깡통들을 모아 뭔가 형상을 만들고 있었다. 제법 못도 치고 철사로 얽어매기도 하고 자신이 생각한 형상을 만들기 위해 애쓰고 있었다.

"뭘 만들고 있니?"

홍두석이 한 아이에게 물었다.

"청소하는 로봇요."

아이가 자랑스럽다는 듯이 제가 만든 로봇을 들어보였다. 깡통으로 만든 팔 부분이 덜렁거렸다. 그러고 보니 밑바닥은 망가진 청소기의 밀대부분이었다.

"잘 만들었구나."

홍두석은 아이의 머리를 가만히 쓰다듬어 주었다. 아이가 환하게 웃었다. 자리를 옮겨 여자 아이 둘이 낑낑대고 있는 곳으로 갔다.

"너희는 뭘 만드니?"

둘은 종이상자들을 얼기설기 엮고 있었다.

"자동차요. 세상에서 가장 가벼운 자동차."

그 말을 하고 활짝 웃는 모습이 더없이 맑았다. 종이 자동차는 제법 야무지게 만들어서 어린 아이가 타도 될 것 같았다.

"나는 꿈이 있어. 지수 자네가 나를 도와줘야 해. 조금 정리가 되면 학생들과 함께 큰 작품을 만들 거야. 여기 있는 폐품을 활용해서 누구도 만든 적 없는 크나큰 재활용 환경 작품, 아주 큰 작품을 만들 거야."

홍두석의 눈빛은 저 먼데를 바라보고 있었다.

"형님, 존경스럽습니다. 열심히 돕겠습니다."

지수의 눈빛이 그 어느 때보다 진지했다.

"이런 결심을 하게 된 데는 아까 이야기한 책의 영향도 크지만 가장 크게 영향을 받은 건 이 마을일대의 숲을 일군 마을 사람들이라네."

"네에."

"그 얘기를 민수한테 들었는데 어느 날 내가 민수를 졸랐어. 이 마을에 머물 수 있는 방법을 찾아달라고."

"학교도 그만 두셨다면서요?"

"여기 살면서 어떻게 학생들을 가르치겠나? 내 영향을 받은 아이들이 나를 찾아오기를 바랄 뿐이지. 아니면 지방대학에 자리가 있나 알아볼까?"

"네에…."

지수는 그저 고개를 끄덕이며 감탄하고 있었다.

"하하하, 미안하네. 지방대학 얘기를 해서."

홍두석이 자신이 한 말을 수습하듯 지수의 어깨를 끌어안고 툭툭 쳤다. 사과의 뜻이 느껴졌다.

"선생님, 저희 다 만들었어요."

아까 자동차를 만들고 있던 여자아이 둘이 다 만든 자동차를 가지고 뛰어왔다. 헌 세발자전거에서 떼 낸 바퀴도 야무지게 달아매고 자전거 핸들로 운전대도 만들었다.

"이건 작은 로봇이에요."

사내 녀석 하나가 참치 캔으로 아주 앙증맞은 로봇 모양을 만들어 들고 있었다.

"다음엔 우리 합동 작품을 만들기로 하자. 여름방학 때는 여기서 일주일간 야영하면서 멋진 작품을 만드는 거야."

아이들이 팔짝팔짝 뛰며 소리를 질렀다. 지수도 그런 아이들의 그런 모습을 지켜보며 흐뭇했다. 교육은 반드시 교실에서만 이루어지는 게 아니라는 걸 절절이 느끼고 있었다.

"내가 가르친 학생 중에 환경미술을 하는 설치예술가가 있어. 비닐에 미친 아가씨인데…."

홍두석이 불쑥 내뱉었다.

"예? 비닐에 미쳐요?"

지수의 눈에 의혹이 가득했다.

"흐흐, 놀라긴. 정크아트도 관심분야가 다 다른데 이 아가씨는 폐비닐로 작품을 한다네."

"아, 네…."

전에 없이 부끄러워하는 지수를 보며 홍두석은 떠나간 아내를 생각했다. 생각이 다른 사람과는 만나는 게 아니었다. 폐비닐녀와 지수는 잘 맞을까. 잠시 그런 생각을 했다. 아직 결혼 전인 지수가 가끔 측은한 마음이 들었다. 잘만 맞으면 남녀가 어울려 산다는 일은 아주 행복한 일이 될 수도 있는 일이다. 잘만 맞으면…. 그러다 불쑥 내뱉었다.

"나중에 기회 되면 소개해 줄게."

그 말에 지수가 수줍게 웃었다.

"저는 예술을 몰라요. 그저 미술시간에 본 그림이면 명화인가 보다 했는데 요즘 형님 덕분에 정크아트에 대한 것도 조금씩 알아가는 중입니다."

지수는 자신의 말투에 신경을 쓰며 말했다. 사투리는 정겹지만 서울 사람들이 있는 데서는 가급적 하지 않으려 애썼다.

"요즘은 모든 게 환경문제로 귀결이 되니까… 사람들의 욕심에 대한 경고성 메시지도 있겠네요."

"그렇지, 곧 개인전 할 아인데, 나한테 자문 구할 게 있다고 했으니 조만간 내려 올 걸세."

홍두석의 그 말에 지수가 고개를 끄덕였다.

진심

〈언니들의 수다 방〉. 나무에다 새겨 넣은 글씨가 삐뚤빼뚤했다. 문 앞에 걸린 나무간판을 보고 지숙은 잠시 긴장했다. 낯선이들을 만난다는 건 약간의 용기가 필요했다. 손끝이 약간 떨렸다. 그건 자신이 겪은 교육현장에서의 불쾌한 기억들 이후 생긴 불안증 같은 것이었다. 그 생각을 하자 머릿속에서 실타래들이 뒤엉켰다.

"우리 애가 얼마나 귀한 자식인 줄 아세요? 얼마나 잘못을 했기에 벌을 세워요?"

체벌이 금지된 교육현장. 때리려고 한 것은 아니지만 훈육은 필요하다고 생각했다. 그래서 다른 아이들 수업까지 방해하며 교실을 돌아다니던 아이에게 손들고 반성하라는 벌을 내린 것이 화근이었다. '스승의 은혜는 하늘같다'던 노래는 다 부질없는 것이었다. 학부모가 교육청에 체벌교사로 그녀를 신고하였고 기다렸다는 듯이 신문과 방송에도 알려졌다. 그리고 그 일이 연일 집중보도 되었다. 지숙은 무척 당황했고 억울했고 화가 났다. 진실이 오도되는 현실 앞에서 그녀가 믿어왔던 세상의 규칙이 흔들리고 있었다.

"어째 이런 일이 있어요? 어떡해요?"

동료 교사들이 걱정 어린 시선을 보냈지만 그들이 지숙을 도와줄 수 있는 건 아무 것도 없었다. 그 아이의 부모가 굉장한 영향력을 가진 사람이라고 했다. 정당한 훈육이라고 항변을 했지만 변명이 먹히지 않았다. 그녀는 학생을 체벌한 악덕교사로 널리 알려졌다. 게다가 이혼해서 딸아이 하나 키우고 있다는 것까지 들먹이며 지숙의 도덕성까지 깎아댔다. 얼굴을 들고 다닐 수가 없었다. 견디다 못한 지숙은 사직서를 제출했다. 아쉬워하는 동료들과 그 좋은 직장 왜 내던졌냐며 부모님도 서운해 했지만 정작 지숙은 후련했다. 자신이 기대했던 교사에 대한 열망이 사라지자 오히려 담담해졌다. 아무런 목적지도 정하지 않은 채로 차를 몰았다. 우울의 늪에 빠져 삶에 대한 희망도 수그러들었다. 훌륭한 스승이 되고자 부풀었던 시간들이 시꺼멓게 변해갔다. 그래서 정처 없이 돌아다녔다. 심지어는 딸아이조차 부모님께 맡겨두고 마치 혼자 사는 여자처럼 헤매고 다녔다. 희망으로 부풀었던 기대가 눈빛에서 사라지고, 아이들을 향한 사랑도 시들었다. 그렇게 헤매고 다니다가 우연히 소호에 들었다. 바라보이는 푸른 숲이 숨통을 트이게 하였다. 어디서나 볼 수 있는 숲이라 생각했는데 이상하게도 마음이 편했다. 초록빛 때문일까 생각했다. 거기에, 어딘지도 모를 목적지를 향해 달리는 맹목의 질주가 없는 산골이었다. 알 수 없는 끌림 같은 게 지숙을 잡아당기는 듯했다. 찬찬히 마을을 살폈다. 나지막하게 자리 잡은 집들과 푸르게 자라나는 채소들이 정겨웠다. 사과밭도 있고 복숭아밭도 보였다. 유난히 나무가 많은 학교도 보였다. 지숙은 끌리듯 학교로 차를 몰았다. 여느 학교와는 달리 학교 앞에 나무로 만든 현판이 보였다. 할랑교? 무슨 말인지 몰랐지만 재미있다는 느낌이 들었다. 마침 운동장에서 일하던 사람에게 물었다.

"할랑교가 뭐예요?"

늙수그레한 남자가 힐끗 돌아보더니 툭 뱉었다.

"어디서 왔능교?"

"서, 서울서 왔어요."

남자가 다시 지숙의 아래위를 훑더니 무뚝뚝하게 말했다.

"서울 사람이마 모르제. 서울말로 하겠습니까, 라는 말입니더."

"여기서 뭘 해요?"

"원래 폐교였는데 젊은 사람들이 다시 핵교를 만들었심니더."

고개를 끄덕거리기는 했지만 얼른 감이 잡히지는 않았다. 뭘 하자는 거지? 그러다 푹, 하고 실소를 머금었다. '할랑교'라는 사투리에 담긴 정감어린 애정이 그녀의 눈을 크게 뜨게 했다. 그냥 휘돌아보고 가려다가 한가하기 그지없는 찻집에 들렀다. 가기 전에 차나 한 잔 마실 생각이었다. 거기서 고정석 선생을 만날 수 있었던 건 그녀에게 행운이었다.

지숙은 〈언니들의 수다 방〉 문을 살그머니 밀었다. 무언가에 열중하던 여자들 서넛이 돌아보았다.

"저… 고정석 샘이 가보라 해서 왔어요."

왠지 조심스러워 목소리가 절로 작아졌다. 지숙의 말에 가장 나이 들어 보이는 여자가 일어나더니 환하게 웃으며 말했다.

"아이고, 우리 막내 오셨네. 어서 오세요. 그러잖아도 고 선생 전화를 받고 기다리고 있었습니다."

일면식도 없는 여인은 오래 전부터 아는 사이인 듯 그녀를 반갑게 맞이했다. 막내라는 말에 정감이 갔다. 따사로운 사람들일 것 같았다. 서글서글한 눈매가 편안해 보이는 여자는 오십 중반 정도 돼 보였다.

"앉으세요. 저 분이 제일 큰언니십니다."

출입구에서 가장 가까운 자리에 앉았던 단발머리 여자가 자리를 권했다. 폐목을 이용해 만든 의자에다 그림을 그린 것이 인상적이었다. 피카소가 생각나는 강렬한 색감이었다. 조금 긴장이 되어서 엉덩이만 살짝 걸쳤다. 낯선 사람을 만날 때는 늘 그랬다. 그들은 노트북을 앞에 두고 뭔가 열심히 하고 있었다. 등을 돌리고 앉은 채 작업에 열중인 두 여자도 작업을 멈추고 돌아앉았다. 그녀에게 대한 관심의 표시 같았다. 그녀에게 시골은,

그저 농사나 짓는 곳이라고 생각하다가 막상 노트북으로 작업하고 있는 이들을 보니 긴장감이 더 커졌다.

"안녕하세요? 저는 소호로 이사 온 임지숙입니다."

"반가워요. 전 이덕숙이라고 합니다."

수더분한 인상의 여자가 두툼한 손을 내밀어 악수를 청했다. 여자의 손은 몹시 거칠었다.

"우리는 여기서 애칭을 부릅니더, 훨씬 정감이 있고 좋아가."

"네?"

"강요는 아니고, 친하게 지내자는 뜻이죠. 저의 별명은 쑥떡입니더. 목공방을 하고 있고요."

여자의 손이 거친 이유를 알 것 같았다.

"쑤 쑥떡이요?"

지숙은 얼른 알아들을 수 없어 잠시 혼란스러웠다. 떡집을 한다면 어울릴 별명을? 불안한 눈빛으로 주위를 살폈다. 잘못 들은 건가 하는 생각도 들었다. 함께 있던 여자들이 입을 막고 쿡쿡거렸다. 키 작은 여자가 나서서 말했다.

"난 꼬마예요. 키가 작다고 붙은 별명입니다. 여기서 나이가 가장 적기도 하고요. 그리고 하는 일도 그래요. 철마다 피는 작은 꽃들을 따서 덖어가 꽃차를 만들어 팝니다."

"처음엔 될랑가 싶었는데 이젠 제법 사람들이 많이 옵디다. 꽃차 강의도 하고요. 언제 시간 내서 한번 들러보이소. 작업실이 마을 끝에 있습니더."

품 넉넉한 덕숙 씨가 옆에서 거들었다.

"난 별명이 배차. 배추를 키웁니더. 김장철이 되모 엄청 바뻽니더. 배추를 절이가 팔거든요. 그것도 인터넷으로만 주문 받는데 주문을 다 못 채웁니더. 수입이 제법 짭짤합니더."

보글보글 파마머리를 한 여자였다.

"그때가 되마 마을 사람들이 다 도와 줍니더."

그녀는 큰 몸집답게 목소리도 행동도 걸걸했다.

"배차는 뭐예요?"

지숙이 물었다.

"하하하, 배추를 사투리로 배차라고도 합니더."

여자가 남자처럼 호탕하게 웃었다.

"난 밥통입니다. 식사 담당입니다."

그녀는 조용한 성격인지 말소리도 차분했다.

"식사 담당요? 식사도 같이 하시나요?"

공동체인가 싶어 약간 거부감도 들었다.

"네, 우리는 모두 싱글이라 함께 삽니다. 한 방에 사는 건 아니고 각자 따로 삽니다. 식사 때는 여기로 다 모이죠."

밥통이라는 여자는 '싱글'이라는 말에 힘을 주어 말했다. '따로 또 같이'의 개념인 듯했다.

"아, 그렇군요. 그럼 전 뭐라고 하면 될까요?"

그들과 빨리 동화되기 위해선 애칭이 필요할 것 같았다. 덕숙 씨가 한참 고민하는 듯한 눈빛으로 지숙을 바라보다가 불쑥 말했다.

"초록이. 초록이 어때요?"

"초록이?"

꼬마라는 애칭을 가진 여자가 고개를 갸웃했다.

"오늘 초록색 옷을 입고 오셨으니."

덕숙 씨가 지숙을 바라보며 웃었다. 그러고 보니 청바지에 초록색 점퍼를 입고 있었다. 이즈음 와서 유난히 초록색 옷을 즐겨 입었다. 왠지 초록색 옷을 입으면 마음이 편안해졌다. 또 마을에 빨리 동화될 수 있을 거라는 생각도 한몫 했다.

"오호, 초록이라… 딱 어울리는 애칭이네요."

굵직한 남자의 목소리에 뒤돌아보니 고정석 씨가 문을 열고 들어서며 웃었다.

"염탐했능교?"

덕숙 씨가 고정석에게 사투리로 말을 던졌다.

"염탐은 무슨. 문이 반쯤은 열려 있드만."

그러고 보니 지숙이 들어올 때 제대로 문을 닫지 않은 것 같았다.

"아, 제가 문을 덜 닫았던가 봐요."

지숙은 미안하다는 표시로 두 손을 마주 잡고 고개를 숙였다.

"괘안심더. 오랜만에 서울말을 들으니 간지럽심더."

배차가 몸을 부르르 떨었다.

"사투리가 정겹긴 하지요. 지금은 서울말이 표준어처럼 돼 있지만 알고 보면 서울말도 사투리가 많습니다. 일제 강점기에 조선총독부가 서울말을 표준어로 정한 탓이지요."

고정석이 서울말로 대꾸했다.

"하이고, 우리 고 선생은 모리는 기 엄따."

배차 씨가 두 엄지를 치켜세우며 고개를 끄덕였다.

"자, 이제 고 선생도 오셨으니 회의를 합시더."

덕숙 씨가 회의 자료인 듯한 인쇄물을 나누어주었다. 지숙은 조금 당황했다. 회의?

"우리 임 선생이 조금 놀랐을 수도 있는데, 어차피 한 식구이니 조금 일찍 동참을 시키는 겁니다. 소호로 이사 오시면 청년회 가입은 의무입니다."

지숙은 청년회라는 말에 잠시 당황했지만 한 식구라는 고정석의 말에 오히려 흐뭇한 생각이 들었다.

"청년회라니까 젊어진 느낌입니다."

지숙이 밝은 목소리로 말했다.

"소호로 이사 오시면 실제로 젊어집니다. 허허허."

고정석의 너털웃음에 그 자리에 모인 여자들도 화답하듯 고개를 끄덕이며 웃었다. 그리 웃는 웃음이 전염되듯 지숙의 마음을 편안하게 했다.

"요즘은 시골 어디나 젊은이들을 보기가 어렵습니다. 그러나 그들 덕에 우리가 젊어지는 겁니다. 그러니 일은 젊은이들이 해야 하는 거 아니겠습니까."

고정석의 그 말에 또 한바탕 웃음이 터졌다.

"자, 유인물을 보십시다."

지숙은 빨려들 듯 유인물을 들여다보았다.

내년 여름캠프 초안, 기간 일주일, 장소 할랑교 및 소호 숲 일원, 체험… 새로운 사업을 시작하기 위한 계획서 같았다.

"말 그대로 초안입니다. 오늘 머리를 맞대고 좋은 생각들을 찾아봅시다."

고정석 씨가 운을 뗐다.

"말씀을 그렇게 하셔도 좋은 생각은 고 샘에게서 나올 걸 압니다."

덕숙 씨가 고정석을 향해 생글생글 웃었다.

"그렇게 슬그머니 빠져나갈 생각 마시고 좋은 의견 주십시오. 마을 청년들이 합심해야 되는 일입니다."

지숙은 진지한 표정으로 말하는 고정석을 물끄러미 바라보았다. 자신을 드러내지 않고 일하는 사람이라는 생각이 들면서 진심이 느껴졌다.

"일주일은 좀 길지 않을까요? 3박4일 정도로 하면 어때요?"

배차가 말했다.

"그래요, 식사를 일주일 동안 준비해야 한다는 것도 너무 힘들 것 같아요."

밥통이 말했다.

"체험은 몇 가지나 생각하고 있나요?"

꽃차가 언니들의 눈치를 살피며 조심스럽게 물었다.

"우선 냇가에서 물고기 잡기, 목공에서 문패 만들기, 숲속에서 하룻밤 자기, 뭐 이 정도 생각해 두었는데 더 좋은 생각 들 있으시면 말씀해 보세요."

고정석의 표정은 더없이 진지했다.

"음, 그런데 처음 하는 일이라 인원이 너무 많으면… 몇 명이나 모집할 생각인가요?"

덕숙 씨가 조심스럽게 말했다.

"한 서른 명 정도는 어떨까요?"

고정석이 말했다.

"그 정도면 좋겠네요. 다섯 명씩 조를 짜고…."

"처음 하는 거라 잘 될지 걱정이네."

식사 담당이라는 밥차가 걱정이 많아 보였다.

"걱정 안 해도 될 끼다. 할랑교도 만든 우리 청년회 멤버들 아이가."

덕숙 씨가 엄지를 치켜들며 막내의 걱정을 재웠다.

그 날 지숙은 초록이라는 애칭을 얻었고 청년회 그들과 하나

되는 느낌을 강하게 받았다. 이제야말로 살고 싶은 곳에서 하고 싶은 일을 신나게 할 수 있을 것 같았다. 다시 선생으로서의 사명감도 느끼며 진정 참교육을 하고 싶다는 생각이 들었다. 문득 문재 생각이 나 미소가 지어졌다. 공부하기가 너무 싫고 운동만 하고 싶은데 엄마는 허락을 안 하고…. 녀석이 소호로 온 것은 그 녀석을 위해서도 다행한 일이었다. 그녀 또한! 언니들의 수다방은 그 어떤 모임보다 그 가치를 넘치게 실행하고 있는 듯했다. 진심으로 하는 일이기에 가능했을 것이고, 그녀 역시 진심을 담아 일하기로 했다. 진심을 앞세워하는 일은 즐겁고 행복하다. 웃음이 많아진 이유이기도 하다.

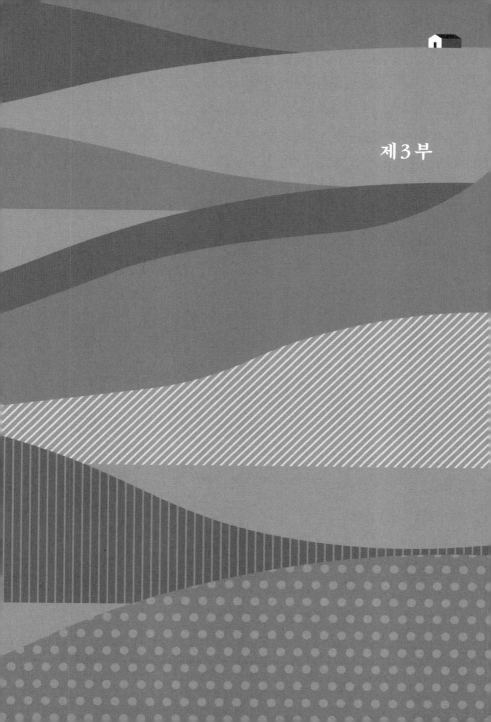

제3부

숲길을 걷다

"오늘은 아주 날씨가 좋습니다."

미리는 마을회관 앞에 모인 사람들을 향해 밝은 표정으로 인사했다. 오늘이 세 번째 행사였다. 모인 사람들은 지난 번 행사 때 모인 사람들과 성향이 비슷했다. 숲속체험을 하고 싶은 사람들이었다. 답답한 도시를 떠나 다만 몇 시간만이라도 자연의 품에서 힐링을 원하는 사람들이었다.

미리는 모여 있는 사람들을 둘러보았다. 중년여자 셋에 아가씨 둘, 연인으로 보이는 대학생 둘, 친구인 듯한 중년남자 두 명. 모두 아홉 명이었다. 인솔하기에 적당한 인원이었다. 너무 많아도 인솔하기가 버거웠다.

"안녕하세요, 저는 산림 치유지도사 차미리입니다. 먼저 오늘의 일정을 말씀드리겠습니다."

그녀는 고개를 숙여 인사했다.

"차미리? 뭐든 미리미리 합니까?"

종종 듣는 싱거운 질문이었다.

"네, 뭐든 미리미리 합니다. 그래서 얻는 게 많죠."

그 대답에 사람들이 아하하, 웃었다. 웃음은 경계를 허무는 힘이 있었다. 사람들이 미리 곁으로 모여들었다.

"자, 제일 먼저 소나무 숲을 걸을 거예요. 차리에서 소호리로 연결되는 소호령 임도인데 한 삼십분 쯤 걸은 후에 숲속에서 낮잠을 잘 거예요."

"낮잠을요?"

중년여인이 눈을 동그랗게 뜨며 놀라는 표정을 지었다. 설렘이 담긴 눈빛이었다.

"네, 숲속에서 잠을 자 본 적이 없으시죠?"

"네에~"

모두가 한 목소리로 대답했다.

"그런데 저는 벌레가 무서워요. 혹시 자다가 송충이라도 떨어지면…."

여학생 하나가 몸을 부르르 떨며 진저리를 쳤다.

"여기 송충이는 방문객이 오는 시간엔 잠을 잡니다."

그러자 일행들이 와르르 웃었다. 이럴 때는 유모어로 넘기는 것이 여러 모로 유리했다. 뒷줄에 서 있던 중년남자가 혼잣말처럼 중얼거렸다. 유난 떨지 말고 손수건 덮고 자슈. 옆에 서 있던 중년남자가 그의 팔을 쿡 질렀다. 다행히 그 말을 알아들은 사람은 없는 것 같았다.

"자, 그럼 이제부터 행복한 산책을 합시다. 숲속의 맑은 공기를 느끼며 걸어요. 저를 따라 오세요."

미리는 들고 있던 배낭을 둘러 맸다. 아가씨 둘이 바짝 따라붙었다. 화장기 없는 말간 얼굴이 깨끗했다.

"정말 참가하고 싶었던 행사예요. 오늘 참가하게 되어 너무 행복해요. 기분이 엄청 좋아요."

슬쩍 돌아본 그녀들의 표정이 정말 행복해 보였다. 송충이를 무서워하던 여학생도 어느새 표정이 바뀌어 있었다.

"이 소호령 임도는 3.2킬로 정도 되는데 한독산림사업으로 완성된 임도예요."

"한독산림사업이요?"

처음 듣는 소리인 듯 그녀들의 눈이 휘둥그레졌다.

"네, 우리나라가 아주 어려웠던 시기에 독일의 지원으로 벌거숭이산에 나무를 심었죠."

"아, 그런 일이 있었나요? 저희는 처음 듣는 이야기라서."

중년여인이 몰라서 미안하다는 듯이 어색하게 웃었다. 미리도 그냥 따라 웃어주었다.

"저도 사실은 그 시절 고생하신 어른들께 들은 이야기입니다."

"네에, 어르신들이 참 어려운 시절을 사셨지요."

중년의 여인들은 그래도 동감하는 바가 있는 듯했다. 하지만 젊은 일행들은 어렵고 힘든 시절을 전혀 모르는 표정들이었다. 연인인 듯한 남녀는 서로를 쳐다보며 눈빛 나누는 일에 열중이었다. 그러다 가끔 주위를 의식하는지 숲 냄새를 맡느라 코를 벌름거리는 시늉을 했다.

"이게 바로 피톤치드지?"

여학생 둘이 손을 잡고 천천히 걸으며 숲의 냄새를 들이켰다. 미리도 사실 산림 치유지도사 교육을 받기 전까지는 피톤치드가 주는 상쾌함을 실감하지 못했다. 머리가 맑아지는 그 청량감은 그 무엇에도 비교할 수 없이 상쾌했다.

"나무는 연간 8kg 이상의 이산화탄소를 흡수한답니다."

"와우, 그렇게나 많이요?"

"그 놀라운 사실이 나무를 많이 심어야 하는 이유가 됩니다. 저기 저 소나무를 오르는 청솔모도 보시구요."

미리는 소나무 가지로 오르는 청솔모를 가리켰다.

"와, 다람쥐다."

여학생들은 다람쥐와 청솔모를 구분하지 못했다. 아마, 도시에 사는 사람들은 대부분 그럴 것이라 생각되었다.

"자, 편안한 마음으로 깊이 숨을 들이켜 보세요."

미리는 시범을 보이듯 천천히 깊은 숨을 쉬었다. 그들도 미리를 따라 깊은 숨을 쉬었다. 삼삼오오 모여서 느긋하게 걷는 풍경이 평화로웠다. 사람들의 눈빛에 조급함이 사라졌다. 숲에 들어

216

오면 느낄 수 있는 신기한 체험이었다.

"어디서 자요?"

궁금증을 드러내는 그녀들의 얼굴에 미소가 어렸다.

"나무 의자에서요."

"의자에서요?"

"새소리 들으며 자는 거죠."

"어머, 멋지다. 새가 자장가를 불러주나요?"

중년여인이 동화 속 주인공처럼 아련한 표정을 지었다. 자신이 상상한 이야기에 빠져 있는 듯했다.

"그런 셈이죠."

미리의 말에 두 여인이 서로 손을 마주치며 환하게 웃었다. 발걸음도 경쾌했다. 하지만 얼마 지나지 않아 호흡들이 조금씩 거칠어지기 시작했다. 평소 걷지 않는 사람들의 특징이었다. 미끈하게 뻗은 소나무들이 보기 좋았다.

"이 숲의 소나무는 장년 소나무예요."

그녀는 눈앞에 보이는 멋진 소나무 군락을 가리키며 말했다.

"장년 소나무요?"

"수령이 30년 이상 된 나무들입니다. 한독산림사업의 결과물이죠."

여기저기서 와아, 하는 소리가 터져 나왔다.

"이 숲은 이 마을 어르신들이 정성을 다해 키운 나무들로 가득

해요. 조금 더 가면 〈소호령 임도 준공비〉를 볼 수 있어요. 거기까지 가서 준공비 보고 다시 숲길을 걸어요. 아까보다 조금 더 경사진 길이예요. 평소에 걷지 않으신 분들은 조금 힘드실 수 있어요. 하지만 천천히 걷다보면 몸이 가벼워지는 걸 느끼실 거예요."

"아, 숲에 들어오면 숨쉬기가 편해요. 상쾌하다는 느낌 때문인지 기분도 좋아져요. 제가 비염이 좀 심한데 여기 오니 코가 뻥 뚫리는 느낌이 드네요."

빨간 등산모를 쓴 중년 여인이 기분 좋은 표정으로 깊이 숨을 들이쉬었다.

"느낌이 아니라 실제로 코가 뻥 뚫리죠. 자연의 치유죠."

그녀의 말에 두 여인이 손을 잡고 고개를 끄덕였다. 그들은 서로의 손을 잡은 채 따라오고 있었다.

"나무가 뿜어내는 피톤치드 덕분이죠."

미리도 숨을 깊이 들이마시며 말했다.

"피톤치드? 그건 편백나무 숲에서만 느낄 수 있는 거 아닌가?"

뒤에서 따라오던 중년남자가 불쑥 내뱉었다.

"편백나무 숲에서 가장 많이 나온다고 알려져 있긴 하죠."

미리는 그 남자를 유심히 바라보았다. 뭔가 트집을 잡으려는 사람 같아 보였다.

"피톤치드가 좋은 점은 뭐요?"

또 그 남자의 질문이었다.

"피톤치드는 정신을 안정시킨다고 합니다. 그런데 엄청난 소음에 오염된 나무에서는 피톤치드의 분비가 악화되거나 마비되는 경우도 있다고 합니다."

"아, 들어본 적 있어요."

여학생이 손뼉을 가볍게 치며 맞장구를 쳐주었다.

"꼭 피톤치드가 아니더라도 숲은 녹색이 주는 정신적 해방효과도 크다고 합니다. 다시 강조하지만, 나무는 연간 8kg 이상 이산화탄소를 흡수한다고 합니다."

미리는 하늘을 가릴 만큼 큰 나무를 올려다보며 말했다.

"아, 그래서 이렇게 상쾌한 기분이 드는군요."

기분이 좋아진 탓인지 여학생은 연신 고개를 주억거리며 미리와 눈을 맞추었다.

"나무가 움직인다는 걸 아세요?"

미리의 말에 동그랗게 눈을 뜨는 여학생의 표정이 귀여웠다.

"나무는 생장조건에 따라 움직입니다. 햇볕을 받을 수 없는 조건이면 햇볕을 받을 수 있는 쪽으로 움직입니다."

"정말요?"

여학생의 눈이 더욱 커졌다.

"대부분의 나무들은 소리 없는 경쟁을 하죠. 그래서 상대편 나무가 훅 커버리는 이변이 생기면 아주 조용하게 방향을 튼답니다. 대부분은 서로 비슷하게 자라지만 가끔 이변이 생기기도 하죠. 그런 나무는 기형이 되기도 하는 거죠.”

“연리지도 그런 현상인가요?”

연인의, 연리지에 대한 환상이 깊은 질문이었다.

“연리지는 다른 경우입니다. 가끔 뒤틀린 나무를 보실 때가 있죠?”

“네.”

대답을 가장 빠르게 또는 성실하게 하는 부류는 역시 학생들이었다.

“그 평범하지 않은 뒤틀림이 예술품을 만들어내기도 하죠, 하지만 나무의 입장에서 보면 아주 고통스러운 일이겠죠?”

“얼마나 걸어요?”

다리가 아픈지 걱정스러운 얼굴로 한 중년여자가 불쑥 물었다.

“40분이요.”

여자의 얼굴에 근심이 어렸다.

“난 무릎이 약해서 걷는 건 힘들어요.”

중년여자의 얼굴에 난감한 표정이 가득했다.

“천천히 걸으시면 됩니다. 주변의 나무도 보시고, 나무와 이야기도 하시고요.”

“나무와 이야기를 해요?”

“그럼요, 모든 생명체는 다 교감할 수 있어요. 걸은 후에는 아주 행복한 시간이 이어집니다. 힘들어서 안 올라오시는 분도 있을 수 있는데 안 올라오시면 분명 후회하실 거예요."

"왜요? 왜 후회를 해요?"

중년여자가 숨을 가쁘게 몰아쉬며 물었다.

"그걸 미리 말씀 드리면 재미가 없겠죠? 하지만 분명 올라오신 분들은 잘 올라왔다고 만족하실 거예요."

일행은 조금 가쁜 숨을 고르며 산길을 올랐다. 경사가 완만한 편인데도 평소 운동을 하지 않은 탓인지 다들 헉헉 거렸다.

"아가씨는 공무원이오?"

뒤에서 묵묵히 따라오던 중년남자가 또 불쑥 물었다.

"아니오, 저는 대학생입니다."

"오호, 그럼 자원봉사로 이 일을 하는 거요?"

그 말을 하는 중년남자의 표정에 호기심이 그득했다. 아까와는 다른 표정이었다.

"네, 그 외 숲에 관한 봉사활동도 하고 있어요."

미리는 뿌듯한 마음으로 대답했다.

"하긴. 이런 프로그램이 있는 것도 참 좋은 일 같소. 다음엔 우리 애들도 꼭 참여해보라 해야겠소."

중년남자가 만족한 표정으로 천천히 주위를 둘러보았다. 미리는 살그머니 숨을 내쉬었다. 가끔씩 까탈스런 방문객이 오면 긴장이 됐다. 그런 사람의 질문에 대답하는 일은 몹시 피곤했다. 하지만 오늘은 무사히 넘겼다는 안도감이 들었다.

미리는 그들의 보폭에 맞추어 천천히 걸었다. 이즈음 와서 시행된 숲속걷기행사가 미리는 만족스러웠다. 박물관, 학교, 회사 동아리 등에서 숲 체험 신청이 아주 많았다. 산 중간쯤에는 목공 자원봉사 팀이 만들어둔 간단한 운동기구와 나무의자들이 있다. 사람들은 나무 냄새가 난다며 무척 좋아했다. 드러누워 하늘을 보고 엎드려 나무 냄새를 느끼기 위해 코를 벌렁거렸다. 미리는 이 일과 인연을 맺게 해 준 털보아저씨가 무척 고마웠다. 수업이 없는 주말에는 숲 안내를 자청했다. 단순히 숲길을 걷는 것만이 목적이 아니라 힘들었던 마을의 역사까지 이야기하며 어제와 오늘을 잇는 마을 이야기까지 알게 해주는 행사라서 보람도 있었다.

"혼자만 행복하고 보람차면 안 되제?"

털보아저씨의 음성이 들리는 듯했다. 미리는 털보아저씨 덕에 자원봉사 활동으로 이 일을 택한 것이 아주 자랑스러웠다. 아는 만큼 보인다 했던가. 미리의 생각은 점점 넓어지고 건실해졌다. 환경에 대한 관심도 더 많아지고 깊어졌다. 무심코 버린 휴지 한 장이 얼마나 환경을 오염시키는지에 대해서도 심각하게 느끼게 됐다.

언젠가 털보아저씨 앞에서 아무렇지도 않게 물휴지를 꺼내 쓴 적이 있었다. 먼지를 닦았던가, 닦고는 무심코 휴지통에 버렸다. 그 순간, 순하기만 하던 아저씨의 표정이 험악해지면서 호통

222

이 이어졌다.

"니는 탄소중립이라는 말도 모리나?"

"예?"

"개인이 발생시킨 이산화탄소 배출량만큼 이산화탄소 흡수량도 늘여 실질적인 이산화탄소 배출량을 제로로 만든다는 개념이다."

"네에…."

"공부는 어디로 하노? 물티슈 한 장이 썩는데 을매나 걸리는지 모리나?"

털보아저씨가 그렇게 화를 내는 모습을 본 적이 없었다.

"왜 그렇게 화를 내세여?"

너무 당황해서 그녀가 오히려 몸 둘 바를 모를 지경이었다.

"물휴지 한 장 썩는 데 백 년, 소각해도 다량의 온실가스 발생, 미세플라스틱 발생으로 토양과 해양생태계 환경오염…, 소나무를 얼마나 심어야…."

얼마나 화가 나셨는지 말소리조차 떨리고 있었다.

"죄송해요. 미처 생각을 못했어요."

"그렇지, 다들 대수롭지 않게 생각하지. 하지만 환경오염이 얼마나 심각한지 나무를 키우고 숲을 해설하는 사람이 모른대서야…! 탄소중립을 실행하는 방안으로 이산화탄소 배출량만큼의 숲을 조성하여 산소를 공급하거나, 화학 연료를 대체할 수 있는 무공해 에너지 태양열, 태양광, 풍력 등의 에너지 등 재생 에너지 분야에 투자하거나….”

자신도 모르게 화를 내고 있는 자신이 미안해서인지 털보아저씨는 말을 하다 말고 슬그머니 미리의 표정을 살폈다.

“지구 온난화의 주범인 이산화탄소의 배출량을 조절하기 위해 탄소중립 운동을 활발히 시행해야 하며….”

미리의 말이 이어지자 털보아저씨는 헛기침을 큼큼 하다 슬그머니 그 자리를 뜨셨다. 그래서 더 미안했다. 아무런 생각 없이 행해지는 일들이 바다와 산림과 대지를 죽이고 있다니…. 미리는 정말 미리미리 깨닫고 실천해야 한다는 걸 절감하고 있었다. 그녀는 보다 더 훌륭한 해설사가 되기 위해 몸소 실천해야 한다는 걸 또 한 번 절감했다. 그녀는 모범생이 되기로 마음을 굳게 다졌다.

미선이 나이 스물 셋에

　미선은 몸으로나 영혼으로나 자식을 가질 수 없는 팔자인가 여겼다. 여자로서 수태를 할 수 없다는 건 크나큰 절망이고 더없이 부끄러운 일이었다. 아들 하나만 낳아라, 하는 시부모의 요구는 집요했다.

　아들을 낳기 위해 남편은 몸에 좋다는 것은 다 구해 먹었다. 뱀탕은 철마다요, 굼뱅이에 해구신에 지렁이까지 다 먹었다. 그런 몸으로 미선을 덮쳐 올 때면 소름이 돋았고 구역질이 났다. 하루가 멀다 하고 몸을 더듬는 남편은 색광 같았다. 그녀에게도 온갖 보약을 다 먹었다. 잉어 고은 것에 염소 탕에, 뭐가 들었는지도 모르는 시커먼 탕약까지, 미선은 코를 막고 들이켜야 했다. 시머어니와 남편의 소원은 같았다. 그저 아들 하나만 낳아라, 너 해달라는 거 다 해 주마.

　그 말에 용기를 내어 시어머니께 말했다.

　"어머니, 저 친정 좀 보내주세요. 가서 아들 낳게 해 준다는 나무에 기도 좀 드리고 올게요."

"뭐? 아들 낳게 해주는 나무가 있다고?"

시어머니가 관심을 보였다. 그동안 점쟁이도 불러보고 굿도 해 보고 용한 스님도 찾아가 보고, 할 짓 다 해 본 시어머니는 조용히 말했다.

"니 서방이 너 혼자는 안 보내 줄 것이니 나랑 살짝 갔다 오자."

나무에 기도하는 것을 핑계 삼아 아버지를 보고 싶었다. 하지만 그조차도 허락되지 않았다. 그가 볼일이 있다고 부산으로 간 어느 날, 용한 나무에 기도를 하기 위해 길을 나섰다. 친정이 지척인 곳, 구량리 은행나무였다. 나무를 본 시어머니의 눈이 휘둥그레졌다. 고개를 있는 대로 뒤로 젖히고 우람한 나무의 모양새를 넋이 나간 듯 바라보았다. 나무는 많은 여인들이 쓰다듬어서인지 키 높이만큼의 위치는 반들반들했다.

"이 나무가 아들 낳게 해준다는 나무냐?"

"예."

시어머니는 나무의 우듬지를 보고 그녀는 땅바닥을 보았다.

"그걸 어찌 믿겠느냐? 이 나무는 누가 심었느냐? 마을 사람이 심었느냐?"

시어머니는 궁금한 게 많았다. 그렇게 묻는 것은 그 나무의 영험함을 확인하고 싶은 속내가 숨겨져 있을 것이었다.

"조선 초 이지대가 심었다 합니다."

그녀는 여전히 공손한 태도로 대답했다.

"이지대가 누구냐?"

"이지대는 왜구가 탄 배를 붙잡은 공으로 한성판윤에까지 이른 인물로….'"

그녀의 설명이 끝나기도 전에 시어머니가 손사래를 치며 말했다.

"그런 건 됐고, 어찌 이 나무가 아들 낳는 나무가 됐느냐?"

"그분이 낙향한 후에 나무를 심었는데, 아들 낳지 못하는 이가 와서 나무 밑의 썩은 구멍에다 빌고 난 후 아들을 낳았다고 합니다."

"믿을 만하냐?"

"저는 모르겠으나 그런 얘기가 전해져옵니다."

"설마, 이깟 썩은 나무구멍에다가 빌면 아들을 낳는다고?"

시어머니는 믿을 수 없다는 듯이 나무의 썩은 구멍을 못마땅하게 바라보았다.

"나무를 훼손하면 해를 입는다고도 합니다."

"설마 그럴까."

"이 나무는 조선조 세조가 어린 조카인 단종을 몰아내고 왕이 되려고 하자 한성판윤이던 이지대가 비분강개하여 벼슬을 버리고 고향으로 내려와 직접 심은 나무라 합니다. 수령이 500년 정도 되었다 합니다.

시어머니는 나무의 사연에는 관심이 없었다. 오로지 한 가지 소원이 있을 뿐이었다.

"아무려나. 이왕 온 거 기도나 하고 가자."

시어머니는 나무를 올려다보았다. 힘차게 뻗어 올라간 나무를 보고는 곧 겸손한 마음이 되는지 두 손을 모으고 눈을 감았다.

손자가 간절했던 시어머니는 나무의 썩은 구멍에다 대고 간절하게 절을 하고 그녀에게도 정성을 다해 기도하라고 했다. 다리가 후들거릴 정도로 기도와 절 올리는 것으로 한나절을 보내고 그녀를 되돌려 세웠다. 눈물이 찔끔 났다.

"어머니, 친정이 지척인데 아버지 좀 뵙고 가면 안 될까요?"

용기를 내어 말했다. 그러자 시어머니의 싸늘한 음성이 미선을 움츠러들게 했다.

"출가외인이라 했거늘. 그리고 니 서방 올 때가 다 되어 간다. 서둘러 집에 가자."

모전자전이었다. 하지만 잉태를 하지 못한 죄인이라 친정에 가고 싶다는 말을 더 이상 할 수 없었다. 그녀의 마음을 아는지 시어머니가 한 마디 했다.

"기도하고 딴 데 가면 부정 탄다."

그녀를 옭아매는 말이었다. 간절하게 기도하고, 부정 탈 일도 하지 않았는데 어찌된 일인지 임신은 되지 않았다. 결혼한 지 이태가 지나자 시댁 식구들의 낯빛이 변하기 시작했다.

"너, 어디 정분난 놈 있냐? 딴 놈이란 살다가 애 지운 적 있어?"

그의 집요한 의심은 광기에 가까웠다. 더 이상은 견딜 수 없다고 생각할 즈음 친정 마을에서 전갈이 왔다. 니 아버지가 돌아가셨단다. 그 말에 잠시 하늘이 빙그르르 돌면서 까매졌고, 그 말이 꼬챙이로 쑤시듯 살 속으로 파고들었다. 주섬주섬 옷을 입고 나서는 미선에게 그가 소리쳤다.

어떤 놈이 연통을 넣었어?

기가 막힐 노릇이었다. 도망치듯 그 집을 빠져나왔다. 다시는 돌아가지 않으리라 생각했다. 아버지 장례를 치르고 몇 날 며칠을 기다려도 그 인간은 코빼기도 보이지 않았다. 그를 붙잡고 악이라도 써야 분이 풀릴 것 같았다. 시댁으로 향했다. 더는 참을 수 없어 이혼하자고 소리를 질렀다. 그러자 싸늘한 남편의 대답이 돌아왔다.

내가 먼저 이혼서류 꾸미고 있었어. 너 같은 년하고는 나도 더 못 살아. 애도 못 낳는 년이.

애도 못 낳는 년…. 틀린 말은 아니기에 입술을 악물었다. 하늘이 무너지면 그런 느낌일까, 마을에서는 이미 이상한 소문이 돌았다.

아이구, 글쎄 저 집 며느리가 애도 못 낳는 것이 샛서방까지 있었대요.

귀를 막았다. 그녀를 보호해 줄 보호막은 아무 데도 없었다.

이를 악물고 대문을 나서려던 찰나에 시어머니가 그녀를 붙잡았다.

같은 여자로서 측은지심이 발동한 걸까, 시어머니는 한동안 그녀를 따습게 대해 주었다. 하지만 결국 시어머니는 아들 편이었다. 밖으로 돌던 남편이 여자 하나를 데리고 들어서던 날, 시어머니의 표정도 싸늘해졌다.

"저 애가 임신을 했다는구나. 니 남편 씨를 받은 게지."

미선은 그 길로 시집을 나왔다. 이번엔 시어머니도 잡지 않았다. 시집 갈 때 해 간 화장대와 그녀의 흔적이 묻은 물건들만 챙겨 등을 돌렸다.

아무도 없는 빈집에 돌아와 밤새도록 울고 그러다 지쳐 잠이 들고, 비몽사몽 아버지를 보고, 죽은 듯 누워서 유령처럼 며칠을 지냈다. 그러다 마을 여인들 덕에 정신을 차렸고 그런 후에는 산으로 숲으로 미친 듯 쏘다녔다. 눈앞에 실지렁이들이 고물고물 춤을 추었다. 어지럽고 배가 고팠다. 며칠을 굶어서 헛것이 보일 지경이었다. 설설 끓는 국밥 생각에 군침이 돌았다. 허겁지겁 시장으로 달려가 국밥을 시켰다. 맞은 편 가게에서는 찐빵을 찌는지 구수한 팥 냄새가 솔솔 풍겨왔다. 국밥을 먹으며 가는 길에 찐빵도 사가야겠다고 음식에 욕심을 부렸다. 악착같이 살아야겠다는 생각이 들었다. 그때였다.

"너, 이 년! 대가리 피도 안 마른 년이 벌써부터 도둑질을 해?"

빵집 남자가 조그만 여자 아이의 덜미를 잡고 호통을 치고 있었다. 아이는 잔뜩 움츠린 채 고개를 푹 숙이고 벌벌 떨고 있었다. 앞 뒤 생각 없이 벌떡 일어나 빵집 앞으로 갔다.

"너는 왜 돈을 안 가져와서 이 난리야?"

갑작스런 미선의 등장에 빵집 남자가 아이의 덜미를 놓고 미선을 바라봤다.

"아저씨, 미안합니다. 제가 아는 아입니다. 빵 값은 제가 드릴 테니 용서해 주세요."

미선은 아이를 등 뒤로 빼돌리고는 얼른 돈을 꺼내 남자에게 내밀었다. 돈을 받은 남자가 의심쩍은 눈으로 미선을 살폈다.

"마침 저도 빵을 사려던 참이었습니다. 찐빵 좀 더 주세요. 팥 냄새가 아주 구수합니다."

남자가 빵을 사겠다는 미선의 말에 김이 오른 찐빵을 봉지에 담으며 여전히 의심쩍은 눈길을 거두지 않고 힐긋거렸다. 아이는 여전히 미선의 뒤에 서서 고개를 푹 숙이고 있었다.

"새댁 봐서 용서하는 겁니다. 저런 애는 콩밥을 먹여야 하는데."

남자는 아직 화가 풀리지 않았는지 눈알을 부라렸다.

"그렇다고 어린애를 콩밥 먹여서 좋을 건 뭡니까? 오늘 좋은 일 하신 거예요. 복 받으실 거여요."

미선의 말에 남자가 머쓱한지 뒤통수를 벅벅 긁었다.

미선은 아이의 손을 잡았다. 거칠고 메마른 손이었다. 아이는 순순히 따라왔다.

"배고프지?"

아이가 말없이 고개를 끄덕였다.

"마침 아줌마도 국밥 먹는 중이었다. 너도 먹을래?"

아이가 눈물을 닦으며 해죽 웃었다. 국밥그릇이 앞에 놓이자 아이는 군침을 삼키더니 허겁지겁 먹기 시작했다. 며칠을 굶는 듯했다. 미선은 아이를 한참 동안 내려다보다가 물었다.

"집이 어디냐?"

국밥을 끌어넣으며 건조한 목소리로 아이가 말했다.

"집이 없어요."

"집이 없다니 그게 무슨 소리냐? 부모님이 없어?"

아이가 미선을 힐끔 보며 고개를 끄덕였다.

"그럼 어디서 사니?"

"여기저기요."

"여기저기?"

"네, 남의 집 우사에서도 자고 빈집에서도 자고…."

그런 일쯤은 아무렇지도 않다는 듯이 말하는 아이는 욕심 사납게 국밥을 끌어넣고 있었다. 코끝이 시큰했다. 열 살도 돼 보이지 않는 아이였다.

"언니나 오빠, 아님 삼촌이나 그런 사람도 없어?"

"보름 전까지 할머니랑 살았는데… 할머니도 돌아가셨어요."

그 말을 할 때는 아이의 목소리가 축축해졌다.

"너, 갈 데 없으면 아줌마랑 같이 살래?"

미선의 말이 믿기지 않았는지 국밥을 뜨던 숟가락을 쥔 채 아이가 미선을 멀거니 바라봤다. 그러더니 확인하듯 입을 떼었다.

"정말요?"

"그럼. 아줌마도 혼자 살거든."

말이 떨어지기 무섭게 아이가 발딱 일어나 미선의 목을 껴안았다. 유난히 작은 아이의 몸피가 바들바들 떨고 있었다.

그렇게 미선의 곁으로 온 아이. 엄마가 저를 낳다 죽었고 외할미 손에서 자라다 할머니마저 죽고, 아비란 자는 행방을 모르고…. 미선은 아이를 거두기로 마음먹었다. 어쩜 그 자신의 외로움을 아이를 통해 달래보려는 심사였는지 모르겠다. 마음도 엎을 겸 살을 부비며 살고 싶었다. 다행히 아이는 고분고분하고 상냥했다.

배명주.

명주는 그렇게 미선의 식구가 되었다.

온 산을 돌아다니며 채취한 버섯을 장날 내다 팔고 나면 용식은 미선이네 가서 막걸리를 마셨다. 핑계는 막걸리를 마신다는 거지만 실제로는 미선을 보러가는 것이었다. 미선이 불편해하는 걸 알면서도 자연 그리로 발길이 가닿았다. 그러면서 슬그머니

버섯을 내밀거나 산나물 봉지를 내려놓았다. 미선은 용식이 나타나면 지나치게 사무적으로 대했다. 그녀가 시집가기 전, 잠시 마음을 주었던 것이 그녀를 불편하게 하는 것 같았다.

"내 오는 기 불편하나?"

술김에 물었다.

"글타, 오지 마라. 사람들도 수군댈 끼다."

미선이 시선을 멀리 둔 채 차갑게 말했다. 용식은 고개를 끄덕였다. 그래, 그녀를 불편하게 해서는 안 된다. 마음에 품은 것만으로도 행복한 기억을 갖게 하는 여자였다. 만약, 만약에, 그녀 앞에 나설 수 있는 떳떳한 조건을 갖추기라도 했으면 그녀에게 청혼이라도 했을까? 하지만 그 생각은 언감생심이었다. 빈한한 '모지리'의 아들에 학교도 중학교 중퇴인 그로서는 미선의 상대가 될 수 없다고 생각했다. 아버지가 그런 일을 당하지 않았었다면….

"막걸리 한 병만 더 도."

"그만 마시라."

미선이 냉정하게 말하며 그의 등을 밀었다. 가라는 의미였다. 용식은 말없이 일어나 미선의 집을 나왔다. 나오다가 멈추어 서 〈미선이네 밥집〉이라는 나무 간판을 한참 바라보았다. 막걸리 몇 잔 마신 기분에 발걸음이 절로 차리 호수 쪽으로 향했다. 아버지에 대한 악몽이 여전한 장소임에도 불구하고 어느 한 편 아릿한 추억의 장소이기도 했다.

미선이와는 어려서부터 어울려 다녔다. 좁은 시골은 너나없이 한 학교에 다녀서 모두 동창이고 동기이고 그랬다. 그래서인지 소꿉동무인 미선과도 친하게 지냈다. 아, 친하게 지내는 또 다른 이유는 같은 중학교 출신이라는 거였다. 그게 참 다행스러웠다. 학교에서 돌아올 때는 고삐 풀린 망아지들 마냥 들로 산으로 헤매고 다니다가 차리 호수에서 자주 쉬었다. 가을쯤 잠자리가 어지럽게 나는 날은 미선이 먼저 용식의 팔을 이끌었다.

"쟈들은 좋겠재? 지 가고 싶은 데로 훨훨 날아서."

미선은 유난히 잠자리를 좋아했다. 특히 짝 짓기 하는 모습을 보고는 쿡쿡대며 혼자 웃었다.

"쟈들은 저래 홀레 붙는 기가?"

미선의 말에 얼굴이 붉어지는 건 용식이었다. 그럴 때마다 용식은 먼 산을 바라보았다.

"나는 쟈들 날개가 엄청 이쁘다. 조지훈의 승무라는 시가 생각난대이."

"조, 조지훈의 시?"

용식은 말을 더듬었다.

"웅, 내는 잠자리 날개만 보마 그 시가 생각나는 기라. 엷은 사하이얀 고깔은 고이 접어 나빌래라, 카는 구절을 읊으마, 와 나비가 아니라 잠자리가 생각나는지 몰라."

그녀가 쿡쿡 대며 짝짓기 하는 잠자리를 훔쳐보았다.

"가시나가 엉큼하네."

속으로 엉큼한 생각은 자신이 하면서도 용식은 불퉁하게 그렇게 말했다.

"니는 그 시 아나?"

미선의 말투는 따뜻했다.

"내는 모린다."

용식의 말투는 유난히 뚝뚝했다.

"글치? 머스마들은 시를 벨로 안 좋아하드라."

그녀가 입을 삐죽대며 내뱉었다. 그녀를 만나면 늘 그런 면에서 주눅이 들었다. 그래서 부지런히 책을 찾아보기도 했지만 그녀만큼 아는 일은 힘들었다. 친하지도 않고 멀지도 않은 미선과의 사이는 그 정도에서 머물다 그녀가 시집을 가는 바람에 물거품이 됐다.

그녀가 시집갈 때 용식은 밤새 인사불성이 되도록 술을 퍼마셨다. 아버지가 죽던 날도 그렇게 마셔댔다. 절망을 잊기 위한 방법으로 선택한 일이었다. 그렇다고 잊을 수 있는 것도 아니었다.

미선이가 다시 집으로 돌아왔다는 소식을 들었을 때 용식은 가슴이 벌떡댔다. 하지만 그녀가 밥집을 시작했다는 소문을 듣고 찾아갔을 때 변변하게 말 한 마디 제대로 붙이지 못했다. 여전히 서먹서먹했다.

그런 기억들이 미선에 대한 마음을 접어야 한다는 걸 알면서도 마음은 제 맘대로 움직여지지 않았다. 그래서 집 주위에 미선나무를 구해다 심었다. 미선이를 보듯 미선나무를 바라봤다. 혼자서 '미선아'하고 불러보기도 했다. 몇 그루의 미선나무는 그의 마음을 아는 듯 잘 자라는 듯하더니 시들시들 죽어버렸다. 미선을 보는 것 같아 좋았던 마음이 캄캄해졌다. 갑자기 미선나무에 대한 집착이 생겼다. 어떻게 하면 미선나무를 곁에 두고 볼 수 있지? 갈증의 나날을 보내다가 무작정 떠돌아다니기 시작했다. 동가식서가숙, 되는 대로 일하고 아무 곳에서나 잤다. 천한 몸, 아무렇게나 굴려도 된다고 생각했다. 그러다 우연히 전라도 부안까지 가게 됐다. 볕이 잘 드는 산기슭. 잎보다 먼저 꽃을 피우는, 향기로운 꽃, 거기서 정말 우연히, 우연히 미선나무 군락지를 보았다. 눈이 번쩍 떠졌다. 하얀 개나리를 보는 듯이 피어있던 미선나무 군락지! 용식은 넋을 잃은 듯이 바라봤다. 미선나무가 꽃 피울 수 있는 남방 한계선이 부안이라 했다. 그곳에서 미선을 보듯이 4월부터 살았다. 꽃이 지고 작은 부채 같은 열매가 맺힐 때까지 살았다. 사람들은 그를 보고 미친놈이라 했을지도 모른다. 소주 한 병 들고 미선나무 밑에 앉아 넋을 놓고 미선의 이름을 불러대고 있었으니….

　'모든 슬픔이 사라진다'는 꽃말이 더욱 서러웠다. 미선의 모든 슬픔은 언제 사라질까….

오늘같이 볕이 좋은 날은 잠자리들이 유난히 많았다. 용식은 못 가장자리 풀잎에 앉아 있는 잠자리들을 쳐다봤다. 어지럽게 나는 잠자리들이 용감해 보였다.

"니, 뭐하노?"

미선이 목소리였다. 너무 그리우면 환청이 들린다더니 그 짝인가 싶었다. 얼른 고개를 돌려 주변을 살폈다. 진짜 미선이가 보였다. 허상이 아니었다. 미선이 다가와 용식의 곁에 앉았다.

"니가… 여, 여 어쩐 일이고?"

용식이 더듬거리며 말했다.

"잠자리 날 때가 됐다 싶어서 와봤다 아이가."

미선이 용식의 곁에 앉으며 살풋 웃었다. 밥집에서의 싸늘한 미선이 아니었다. 그녀에게서 향긋한 비누냄새가 났다.

"바쁠 낀데, 장사 준비는 안 하나?"

마음에 없는 말이었다. 미선이 눈길이 잠자리를 좇고 있었다. 풀섶에서 짝짓기하는 잠자리가 보였다. 괜히 얼굴이 붉어졌다.

"내는 와이래 잠자리가 좋노?"

미선이 혼잣말처럼 중얼거렸다. 용식이 용기를 내어 말했다.

"니, 그거 아나?"

"뭐?"

용식은 그간 찾아본 잠자리의 행태를 생각하며 침을 꼴깍 삼켰다.

"잠자리 수컷은 암컷을 한 번 찍었다 하면 절대 안 놓는다."

목소리도 눈빛도 비장했다. 쓸데없이.

"글라? 근데 그건 우찌 알았노?"

"책에서 봤지. 수컷은 갈고리 같은 교미부속기가 있는데 그걸로 암컷의 뒷머리를 꼭 잡고 교미를 한단다. 그때 암컷은 배를 둥글게 구부려 수컷의 2, 3배마디에 있는 보조생식기에 자기 배 끝을 갖다 댄단다."

그 말을 하면서도 용식은 얼굴이 벌개지고 목소리가 떨렸다.

"근데?"

"짝짓기 할 때 잠자리 두 마리가 붙어있는 모습이 하트 모양인데 짝짓기가 끝나도 암컷을 놓아주지 않고 암컷의 머리를 잡은 채 날아다닌단다."

또 군침을 삼켰다. 일부러 그러려는 건 아니었다.

"으흠, 그렇구나. 그래서 하트 모양이 되는 거구나."

미선이 생각보다 싱겁게 대답했다.

"그때 암컷은 순하게 응하는데 수컷은 산란 장소까지 감시한다 카드라."

"와? 굉장히 집요하네."

"다른 침입자를 경계하는 거지."

"ㅎㅎ 자기 짝을 지키겠다 카는 기가?"

"자기 유전자를 지키기 위한 방법이래. 암컷의 마지막 남편이 되고 싶은 욕심도 있고."

"흐흥."

"더 놀라운 건 새로운 수컷이 자기랑 짝짓기 한 암컷이랑 짝짓기를 할 경우, 암컷의 저장낭에 있는 그 놈의 정자를 자신의 보조생식기로 파내고 나서 다시 자기 정자를 넣는단다."

목소리가 약간 떨리고 침이 말랐다. 시선도 먼 데다 두었다.

"진짜 집요하네. 그런데 니는 그 얘기를 와 그렇게 열심히 하노?"

심각한 표정으로 미선이 물었다. 순간, 용식은 무안해졌다. 그러게, 왜 잠자리의 짝짓기를 이렇게 자세하게 설명하는지 자신도 알 수 없었다.

"그, 그러게. 니가 잠자리를 좋아하니까 책을 좀 봤다 아이가."

말은 그렇게 하면서도 용식은 미선의 자궁에서 그놈의 흔적을 다 파내어 버리고 싶다는 생각이 강렬하게 들었다. 그러나 그럴 수 없다는 것을 그 자신도 잘 알고 있었다. 미선은 그가 품을 수 있는 여자가 아니라는 걸 절절이 느끼는 순간이었다.

"근데 니는 장가 안 가나?"

미선이 생뚱맞게 물었다.

"내한테 어떤 여자가 시집 오겠노? 돈이 있나 인물이 좋나…."

그 말을 하는데 말끝에 울음이 고였다.

"니가 어때서? 자상하지, 따뜻하지, 배려심 깊지. 남자는 일단 자상해야 되능 기라. 지 마누라 애끼고 새끼 잘 건사하고…."

그녀가 하는 말이 가슴에 콕콕 박혔다. 소문으로 들은 미선의 남편에 대한 좋지 않은 말들도 떠올랐다. 하지만 자신에 대한 미선의 말은 기분이 좋았다. 이루어질 수는 없을지라도 그녀가 그리 생각해 준다는 것이 그리 흡족할 수 없었다.

"니는 재혼 안 하나?"

용식이 조심스럽게 물었다.

"뭐? 재혼? 흐흐, 징그럽다. 내는 시집가던 그해에 죽었다."

그 뜻을 알 수 없는 묘한 웃음만 남기고 그녀가 일어섰다. 그녀의 머리위로 잠자리가 어지럽게 날았다. 구월이 익어가고 있었다.

아이를 가졌을 때 미선의 나이 스물 셋이었다. 3년도 살지 못하고 소박맞은 여인네라는 오명을 뒤집어썼지만, 나이로만 보면 충분히 새로운 꿈을 꿀 수도 있는 나이였다. 그 아이가 뱃속에 들어있을 때 축복받지 못할 생명을 잉태했다는 생각보다는 자신이 생명을 잉태할 수 있는 여자라는 걸 확인한 기쁨이 더 컸다. 배가 조금씩 불러오자 미선은 큰 결심을 했다. 더 이상 사람들의 입방아에 오르고 싶지 않았다. 그건 신성한 생명에 대한 예의가 아니라고 생각했다. 소리 없이 사라지기로 했다. 명주도 떠난 마당에 그 누구에게도 알리고 싶지 않았다.

〈개인 사정상 당분간 문을 닫습니다.〉

종이에다 그렇게 써서 대문 앞에 붙였다. 옛집으로 돌아올 때 소리 없이 들어왔듯 사라질 때도 올 때처럼 깊은 밤에 집을 떠났다.

그녀가 아이를 낳으러 어딘가로 사라졌다는 소문은 삽시간에 마을에 퍼졌다. 사실 그녀의 몸이 두루뭉술해졌을 때도 사람들은 반신반의했다.

"미선이 쟤, 애를 못 낳아서 소박맞은 여자야."

"근데 왜 배가 저렇게 불러?"

"나잇살이 좀 심하게 찐 거겠지. 아님 스트레스로 마구 먹어댔거나."

마을 사람들은 의심의 눈길을 거두지 못한 채로, 그녀의 주막에서 막걸리를 마시면서도 수군거렸다.

〈개인 사정상 당분간 문을 닫습니다.〉

그런 문구가 문 앞에 붙었을 때야 사람들은 고개를 갸웃거리며 서로 물었다.

"틀림없군. 근데 누구 애를 밴 거야?"

"모르지. 애를 낳으러 어디로 갔는지 모르지만, 미선이가 애를 낳는다는 건 틀림없는 사실일 거 같네."

"그럼 미선이가 애를 못 낳는다는 얘기는 거짓말이잖아."

"그러게. 그럼 하 서방이 씨 없는 수박이었나?"

"글쎄…. 그렇게 건장한 사내가?"

미선의 남편 하수원은 덩치가 컸다. 거기에 쭉 찢어진 두 눈과

강파른 얼굴이 얼핏 보기에도 몹시 사나워보였다. 처음 혼담이 오갈 때 미선은 고개를 절레절레 저었다. 사나운 인상이 마음에 걸렸다. 하지만 번듯한 집에 시집을 보내야 안심할 수 있다는 생각에 아버지가 밀어붙인 일이었다. 어미 없이 키운 딸이라 더더욱 제대로 된 집안에 시집 보내고 싶어 하는 오 씨는 미선의 뜻에 귀 기울이지 않았다. 사실 그즈음 간호 공부를 해서 독일로 떠난 친구의 소식을 듣고 자신도 간호 공부를 할까 생각하던 차였다. 하지만 오 씨는 나긋나긋하고 상냥한 미선이를 가까이 두고 보고 싶어 했다. 그 먼 나라에 보내고 싶은 생각은 추호도 없었다. 더구나 독일로 간 간호원들은 그곳에서 광부와 결혼하는 경우가 많다는 이야기를 듣고는 더욱 펄쩍 뛰었다. 그것은 자신이 죽은 후에도 고생 없이 살기를 바라는 애틋한 아비의 마음이었다.

"밀양이면 그리 멀지도 않고…."

혼처가 밀양이라는 사실에 오 씨는 흡족했다. 가끔씩이라도 볼 마음에 그리 생각했을 것이다. 더구나 반반한 미선의 미모에 반했던 하수원을 보고 오 씨는 그만한 혼처를 구하기도 어려울 거라고 생각하고 혼사를 서둘렀다. 하지만 손 귀한 하 씨 집에 가서 일 년이 지나도록 태기가 없자 미선을 대하는 하수원의 태도가 달라지기 시작했다. 오 씨가 죽기 전까지는 그럭저럭 미선을 챙기는 듯 했는데 오 씨가 세상을 떠나자 기다렸다는 듯이 첩실을 들이고 미선을 구박했다. 3년이 되지 않아 소박을 맞았다. 스물 셋, 소박대기란 말이 너무 어울리지 않는 나이였다. 부모 없는 미선이 기댈 곳은 없었다. 오 씨가 미선에게 남긴 건 작은 산과 오두막 같은 집이 전부였다. 아이를 낳지 못한다는 이유로 소박을 맞은 미선은 한동안 우울의 늪에서 헤어나기 힘들었다. 사람들과 어울리지 못했다. 그것은 사람들이 갖는 관심이 부담스러울 뿐 아니라 번번이 같은 질문을 하는 아낙들 때문이었다.

"애를 왜 못 낳는 거야? 불임이야? 아님 신랑이 옆에 안 와서 그런 거야?"

짓궂은 정도가 아니라 조롱하는 투였다.

미선은 문밖에도 잘 나가지 않았다. 답답하면 혼자 산속을 헤매고 다녔다. 마을 사람들이 잘 가지 않는 길을 택했다. 소호 참나무 숲으로 가는 길은 한적했다. 가끔씩은 아버지와 함께 〈나무 연구소〉에도 들렀다. 소호리 산192번지. 아재는 집보다 그곳에 있는 날이 많았다. 초록이 뿜어내는 맑은 공기가 가슴 깊은 곳까지 시원하게 했다. 가슴이 뻥 뚫리는 느낌이었다. 가을이면 도토리를 주워 모아 겨우내 도토리묵을 만들어 먹던 기억이 아련했다. 엄마의 역할까지 해냈던 아버지는 도토리묵을 그 누구보다 잘 쑤었다. 가진 것 없는 아버지의 지극한 사랑이었다. 중학생이 되어서야 아버지 어깨너머로 배웠던 도토리묵을 쑤어서 아버지를 즐겁게 해드리기도 했다. 잔 파 송송 썰어 넣고 고춧가루, 깨소금, 찧은 마늘에 간장을 부은 양념장과 막걸리 한 되만 있으면 아버지는 종일 행복해하셨다.

"어허, 기특한 것. 그새 등 너머로 배웠구나."

참나무 숲은 추억의 숲으로, 아버지를 자연스럽게 떠올리게 하는 장소였다. 나무 밑에 주저앉아 지그시 눈을 감고 숨을 들이켰다. 새소리, 바람소리, 나뭇잎 흔들리는 소리가 귓속으로 흘러들어왔다. 더없이 청청한 시간, 결혼을 한 후에도 늘 그리웠던 소리였다.

배가 불러오자 미선은 강원도 홍천으로 시집 간 친구를 찾아갔다. 자매만큼이나 친했던 친구였다. 친정이 없으니 그녀가 생각해낸 최선의 선택이었다.

"니가 우짜다 이래 됐노?"

걱정스런 친구의 말에도 미선은 밝게 웃으며 말했다.

"내가 아이를 낳을 수 있어서 더없이 기뻐. 이건 동정할 일이 아니야. 축복받을 일이야."

진심이었다. 세상에서 뭐라고 수군대건 상관없었다. 친구는 미선을 한참이나 바라보다가 고개를 끄덕였다. 친구는 아이를 둘이나 낳아 기르고 있었지만 임산부를 처음 보는 듯한 눈으로 미선을 바라봤다. 아비가 누구냐는 말도 묻지 않았다. 고향을 떠나 도망치듯 자신에게 도움을 청하러 온 미선의 아픈 속사정을 묻지 않았다. 그런 친구가 고마웠다.

"사내아이야."

그녀의 집에서 몸을 풀었을 때 그 말에 울음이 터졌다. 순간 이혼한 남편의 얼굴이 떠올랐다. 아이를 낳지 못한다는 이유로 내쫓겼던 기억이 송곳처럼 가슴을 쿡쿡 쑤셨다. 친구의, '사내아이야' 하는 소리는 천상에서 울리는 음악처럼 부드러웠다. 동시에 한 남자의 얼굴이 떠올랐다. 아이의 아버지. 볼을 타고 흐르는 눈물을 닦으며 그녀는 아이를 끌어안고 사타구니를 확인했다. 그러고는 혼절하듯 정신을 잃었다.

꿈속에 그가 나타났다. 그런 그 앞에 아이를 들어 올려 보였다. 당신 아들이라고, 내 인생 최고의 축복이라고, 하지만 그는 미선을 바라보지 않았다. 노랑머리의 여인과 눈빛을 나누는 그는 타인이었다. 그 여인을 바라보는 눈빛에 담긴 사랑은 미선을 바라볼 때와 다르지 않았다. 만약 그가 자신의 핏줄이 분명한 아들 낳은 걸 안다면 어떤 행동을 할까? 하지만 곧 고개를 저었다. 미선에 대한 그의 마음이 사랑이라기보다는 측은한 여인을 잠시 안았다고 생각했을지 모른다. 술 취한 김에 저지른, 말도 통하지 않는 이국남자의 아이…. 하지만 그런 건 상관없다. 아이는 그녀를 살게 해 줄 희망이었다.

아이를 낳고 근처에 방을 얻었다. 아이가 백일이 될 때까지 그곳에서 살았다. 아이를 해코지 할 사람이 없는 곳에서 백일을 견디어내면 아무런 문제가 없을 것 같았다. 아이의 웃음에 삶의 기쁨을 느꼈고 행복했다. 친구는 아이의 노란 머리칼을 보고도 캐묻지 않았다. 미선은 말했다.

"하늘에서 내려주신 선물이야."

친구가 그냥 웃었다.

정민을 독일로 보낸 것은 참 잘한 일이다 싶었다. 혹시라도 제 아비의 흔적을 찾아다녔을까 하는 생각. 정민이 독일로 간 후 소식도 없었다. 어쩜 제 어미의 처신을 원망하고 있을지도 모른다. 그럼에도 불구하고 생명을 잉태할 수 있는 자궁을 가졌다는 것만으로 감사했다. 아무리 부정해도 정민은 미선의 자식임에 틀림이 없으니까. 그 사실만으로도 미선은 흡족했다. 그렇게 마음을 달랬다.

문재의 일기

내 이름은 문재다. 아홉 살 말썽꾸러기. 내 형 영재와는 딴판이다. 엄마는 말한다.

"한 뱃속에서 나왔는데 너희 둘은 어찌 그리 다르니?"

그 말을 할 때 엄마는 습관처럼 한숨을 쉰다. 아빠도 고개를 갸웃거리며 말씀하신다.

"나도 그게 이해가 안 돼."

그렇게 말해놓고는 슬쩍 엄마의 눈치를 본다. 그러면 엄마는 큰 소리로 말한다.

"둘 다 내 배 아파서 낳은 거 당신도 봤잖아요."

사실 두 분의 그런 의심은 이해할 수 있다. 형 영재와 나 문재는 어떤 경우에도 다르다. 취미도 다르고 하고 싶은 일도 다르고 노는 것도 다르다. 형 영재는 학원을 일주일 내내 즐거운 마음으로 다니고 영어 회화실력도 놀라울 정도다. 나는 영어 실력은커녕 겨우 두 과목 다니는 학원도 엄마 몰래 빠지고 공원에서 보내

는 시간이 많다. 공부는 전혀 취미가 없는 것이다. 공원에 가는
이유는 멋진 아저씨를 만날 수 있기 때문이다.

그 아저씨를 처음 본 순간, 나는 뿅 빠졌다. 그 아저씨는 멋있
는 폼으로 운동을 하고 있었는데 난생 처음 보는 운동이었다. 운
동하면서 하는 기합이 더 재미있었다. 이크 에크, 나는 그 아저
씨가 하는 운동을 벤치에 앉아 한 시간이나 지켜봤다. 운동을 멈
춘 아저씨가 내게로 다가와 물었다.

"넌 왜 그러고 있니? 학원 안 가니?"

"전 학원가기 싫어요."

나는 단호하게 말했다. 인상까지 찌그려가면서.

"어허, 그 녀석, 공부하기가 싫은 모양이로구나. 그럼 뭘 하고
싶은 거냐?"

"운동요."

"무슨 운동을 하누?"

"태권도, 합기도, 수영…."

사실 그건 내가 하는 운동이 아니라 하고 싶은 운동이었다. 엄
마를 졸라 겨우 허락받은 게 수영이었다. 나는 수영장 가는 일만
은 아주 열심이다.

"운동을 많이 좋아하는구나."

아저씨가 땀을 닦으며 말했다.

"아저씨가 하는 운동은 어떤 운동이에요?"

"왜, 궁금하냐?"

"예."

"택견이라는 운동인데 우리나라 전통무술이란다."

"전통무술이요?"

나는 군침을 꼴깍 삼키며 아저씨 앞으로 바짝 다가갔다.

"관심이 있느냐?"

"아까 아저씨 운동하시는 걸 지켜보다가 아주 재미있는 걸 발견했어요."

"뭔데?"

"운동하시면서 추임새 같은 걸 하시는데 이크 에크 하시더라고요."

"아, 그게 재미있더냐?"

"네. 아주 재미있었어요."

"배워 볼 테냐?"

"예에?"

나는 아저씨의 말에 주춤했다. 엄마가 그런 운동학원을 보내 줄 리 없기 때문이다. 나는 고개를 푹 숙이며 말했다.

"엄마가 못 배우게 할 거여요. 수영학원도 엄청 졸라서 겨우 허락받았거든요."

"네가 배우고 싶다면 일주일에 두 번은 공짜로 가르쳐 줄 수 있다."

나는 눈이 휘둥그레졌다. 공짜라니? 나는 내 귀를 씻으며 물었다.

"고, 공짜요?"

"배우고 싶다면."

아저씨가 나를 바라보며 씩 웃었다. 나는 아저씨에게로 달려가 덥석 안기며 말했다.

"진짜죠? 헛소리 아니죠?"

아저씨한테서는 신나게 운동하고 난 후 나는 땀 냄새가 났다. 달큰한 냄새였다.

"이런 버르장머리 없는 놈 봤나, 내가 헛소리나 하는 사람으로 보이냐?"

아저씨는 내 어깨를 잡고 내 얼굴을 들여다보며 물었다.

"아니요, 절대 아니요."

나는 손사래를 치며 고개까지 내저었다.

"그럼 당장 내일 오후에 오너라."

"몇 시에요?"

"너 시간 되는대로 오너라. 나는 오후엔 늘 이곳에서 수련을 하고 있으니."

그 순간, 텁수룩한 아저씨가 잘 생긴 배우보다 더 멋지게 보였다.

"지, 진짜 공짜죠?"

나는 다시 한 번 다짐받고 싶었다. 아저씨가 내 머리에 알밤을 먹이며 말했다.

"그 놈, 의심도 많네."

나는 아저씨에게 꾸벅 인사하고 온몸을 흔들며 춤을 추었다. 앗싸, 라는 말은 이럴 때 하는 것이다.

그 이튿날부터 나의 비밀스런 수업이 시작됐다. 아저씨는 내게 작은 책도 주었다. 기본적인 이론서 같았다.

"택견이라 하면 흔히 '이크 에크'라는 기이한 기합 소리를 내면서 움직이는 무술로 알려져 있는데 '이크'의 경우도 하복부에 힘을 줄 때 자연스럽게 나오는 기합소리로 '익!', '이익!'이 강하게 나오고 그 뒤에 바람 새는 소리가 '흐'로 나오면서 '익ㅎ' 같은 식으로 되는 것이다. 택견이 미디어에도 많이 등장하면서 '이크 에크'라고 대중적으로 알려지게 되었다.

다만 대한택견회에서도 기합을 '이크 에크'라는 단어로서 가르치는 것이 아닌 단전에 힘이 들어가서 익! 소리가 나오고 호흡을 내뱉어 힘을 빼뜨려 ㅋ의 발음이 나오는 것으로 해석하고 있다. 즉 이크 에크는 의도적으로 인지하면서 내뱉는 구호가 아니라 그냥 대련을 하면서 자연스럽게 내지르는 기합인 것이다."

아저씨는 대략 그런 택견에 대한 이야기를 해주었지만, 나는 그 기합이 너무 재미있었다. 나는 그날부터 '이크 에크'를 입에 달고 다녔다. 엄마가 물었다.

"너, 그게 무슨 소리냐?"

"아, 그냥 해보는 소리여요."

나는 그냥 심드렁하게 말했다.

"그냥 해보는 소리?"

엄마 곁에 서 있던 궁금한 게 많은 영재 형이 물었다.

"형은 신경 꺼, 공부나 하시지."

나는 모든 면에서 형에게는 당할 재간이 없다. 이름도 어찌 그렇게 어울리게 지었는지, 형은 영재고 나는 문재다. 아빠는 가끔 말씀하신다.

"한 놈은 영재고 한 놈은 문제다."

그러거나 말거나, 나는 형이 부럽지도 않다. 나는 내가 하고 싶은 일을 하며 살고 싶은 것이다.

나는 요즘 나날이 즐겁다. 아저씨를 만나는 기쁨 때문이다. 아 참, 그동안 아저씨에 대한 호칭을 바꾸었다. 당연히 사부님. 그런데 그 말은 입에 잘 붙지를 않는다. 그래도 나는 애써 '싸부님'이라고 부른다. 그냥 아저씨라는 말이 더 편하고 친근하게 느껴지지만 그럴 수는 없다. 공짜로 배우는 처지에 예의라도 갖추어야 하기 때문이다. 겨울이 오기 전까지 나는 택견을 익히는 일에 마음을 쏟았다. 제법 기술을 익히기도 했고 싸부님과의 관계도 친밀해졌다. 문제는 겨울이 오면서부터였다.

칼바람이 부는 공원에서 택견을 할 수는 없었다. 싸부님은 우리 동네에서 먼 택견전수관까지 갈 수는 없겠다며 겨울 동안만 수련을 쉬자고 하셨다. 그렇긴 했다. 몹시 슬픈 일이지만 그럴 수밖에 없었다. 그날 이후로 나는 집에서 나 혼자 연습했다. 다행히 엄마가 퇴근해 올 때까지는 나 혼자라는 사실이 기뻤다. 가끔 형이 물었다.

"너 미친 거 아냐? 이크 에크 소리만 계속하고 춤도 아니고 무술도 아닌 것 같은 동작만 하고."

나는 주먹을 쥐고 위협적인 표정을 지으며 대꾸했다.

"그래, 미쳤다 우짤래?"

엄마나 아빠가 보았다면 나는 또 혼이 났을 것이다. 엄마 아빠는 무조건 형 편이니까.

"너어, 엄마한테 이른다."

형이 움찔하며 큰소리를 쳤다.

"사내자식이 툭 하면 엄마한테 이른다아~ 아이고 불쌍해라."

나는 형을 깔보듯이 눈을 내리깔고 입을 삐죽댔다.

"이 자식이 형한테 까불어?"

형이 주먹을 을러맸다.

"아휴, 그래 미안합니다. 형님."

심심한 겨울이었다. 그래도 수영교실을 다닐 수 있다는 사실에 숨통이 좀 트였다. 엄마는 슬그머니 내게 영어학원을 다녀보는 것은 어떠냐고 물었다. 나는 얼른 고개를 강하게 저었다. 글짓기 학원 다니는 것도 싫었다. 그러나 그건 엄마의 강력한 주장 때문에 그만 둘 수가 없다. 수영학원을 보내주는 선결조건이 글짓기수업을 듣는다는 것이었기 때문이다.

"난 글짓기 안 하고 싶어. 내가 작가가 될 것도 아니고 관심도 없어."

내 말에 엄마가 한숨을 쉬며 고개를 절레절레 저었다. 그러면서 말했다.

"나중에 니가 어떤 사람이 될지 모르는데 자신의 생각을 제대로 표현할 줄은 알아야지."

엄마의 '어떤 사람'은 분명 훌륭한 어른을 말하는 것이다.

"난 훌륭한 사람 되고 싶지 않아요. 그냥 나 하고 싶은 거 하면서 살고 싶다고요!"

내 말이 끝나자마자 엄마의 주먹이 내 얼굴을 쥐어박았다.

"아야!"

"니 생각만 하냐? 너희를 잘 키우고 싶은 엄마 생각은 안 하냐?"

엄마는 울먹거렸다. 조금 미안했지만 내 뜻을 밝히고 나니 속은 후련했다.

그러던 어느 날이었다. 엄마가 집으로 들어서자마자 나를 끌어안고 뽀뽀를 했다. 나는 어리둥절했다. 웬 뽀뽀세례?

"엄마, 왜 그래?"

나는 엄마의 립스틱이 묻은 내 볼을 손으로 쓱 닦았다.

"너를 유학보내기로 했어."

엄마는 몹시 흥분된 상태였다.

"나, 나를 유, 유학? 형이 아니고?"

내 목소리가 너무 컸던지 형이 인상을 쓰며 방에서 나왔다.

"시끄러워 공부가 안되잖아. 왜 이렇게 시끄러워?"

"엄마가 나를 유학 보낸다잖아."

나는 고자질 하듯 형에게 말했다. 형의 눈이 휘둥그레졌다.

"엄마, 내가 아니고 문재를 유학 보낸다고요?"

믿을 수 없다는 듯이 영재 형이 고개를 갸웃했다.

"그래, 문재를 유학보내기로 했어."

"어, 어디로요?"

형이 말을 더듬으며 물었다. 나는 그냥 엄마의 입만 쳐다보고 있었다.

"소호."

엄마가 짧게 말했다.

"소호? 엄마가 공부한 미국 도시 말이어요? 난요? 왜 문재만 보내요?"

형이 떨리는 목소리로 물었다.

"넌 유학 안가도 돼. 문재는 여기서 공부하기엔 문제가 좀 많으니 유학 보내기로 한 거야."

엄마의 결정은 늘 엄마 마음대로였다. 나는 궁금했다. 나를 소호로 유학 보낸다고? 아싸! 일단 부모님의 그늘에서 벗어나면 시시콜콜 간섭을 하지 않을 터이니 '아싸'인 것이다. 형이 나와 엄마의 얼굴을 번갈아 보다가 방문을 요란하게 닫으며 들어가 버렸다. 분명 형은 계집애처럼 훌쩍훌쩍 울고 있을 것이다.

"그럼 그동안 영어학원 다녀야 해요?"

나는 조심스럽게 물었다. 미국에 가려면 영어는 필수니까.

"아니. 영어학원 안 다녀도 돼."

"진짜?"

엄마가 왠지 낯설게 느껴졌다.

"그냥 유학 가서 너 하고 싶은 거 다하고 살아."

오, 하느님, 감사합니다. 그런데 소호로 유학 보낸다면서 영어 학원 안 가도 된다는 말이 조금 의심스러웠다. 나는 조심스럽게 엄마에게 물었다.

"거기 한국말만 하고도 살 수 있어요?"

"그래, 너같이 학교 적응 못하는 애들만 모인 학교가 있대. 거기 엄마 친구가 가 있거든."

"엄마 친구 누구?"

"아, 너도 알겠네. 니네 학교에도 계셨으니."

"어떤 샘인데?"

"임지숙 선생님."

"아, 5학년 2반 선생님. 애들 엄청 혼내는 샘인데?"

나는 임지숙 선생님을 떠올렸다. 애들에게 예의를 강조하고 인성교육을 강조하는 선생님으로 유명했다. 그것은 인기가 없는 선생님이란 이야기다.

"그래, 그래서 사표내고 소호로 가셨어."

엄마의 표정은 평온하고 기분까지 좋아보였다. 하지만 내 표정은 별로 좋지 않았다. 엄마 친구라는 이유로 시시콜콜 간섭할 것이 뻔하기 때문이다. 그러나 다시 생각해 보면 그만한 행운도 없다. 이 도시를 떠나서 소호로 갈 수 있다니, 그것만으로도 '아싸' 인 것이다.

"방학하면 집에 왔다 가도 되고, 내가 가끔 널 보러 가기도 할 거고."

나는 속으로 '아싸'를 여러 번 외쳤다. 내가 '아싸'를 여러 번 외치는 동안 형은 울고 있을 것이다. 그 겨울은 너무도 빨리 지나갔다.

봄이 되어 나뭇잎이 연둣빛으로 올라오는 어느 날, 엄마가 내 짐을 꾸려 차에 실었다. 나를 떠나보내는 아쉬움도 없는 듯이 엄마는 기분이 좋아보였다. 나는 소호까지 가야 한다는 두려움과 설렘에 마음이 복잡했다.

내가 엄마의 차를 탄 후에도 영재 형은 나와 보지도 않았다.

나를 소호로 유학 보낸다는 말이 나왔을 때부터 형은 매사 신경질적이었다. 모르는 문제를 물어도 전처럼 부드럽게 가르쳐주지 않았다. 그러면서 욕까지 했다. 돌대가리 새끼. 눈을 흘기며 내뱉는 그 말이 섬뜩했지만 형의 서운한 마음을 알기에 나는 참았다. 참아야 했다. 똑똑한 형은 놔둔 채로 나만 유학 보내는 엄마의 마음을 이해할 수는 없지만, 그동안 내게 너무 함부로 대했다는 생각이 들어서 그런 결정을 한 건 아닐까 싶었다. 그런 생각을 하니 눈물이 났다. 전에 없이 엄마가 예뻐 보였다.

"엄마, 소호는 어떤 곳이에요?"

"좋은 곳일 거야."

엄마의 대답이 아리송했다.

"엄마는 소호에서 그림 공부했다면서요?"

나는 조수석에 앉아 자꾸 쫑알거렸다.

"엄마 운전 중이니 자꾸 말 걸지 마. 먼 길 가려면 피곤할 테니 눈이나 붙이렴."

엄마는 백미러로 뒤를 살피며 말했다. 엄마는 소호에서 그림 공부를 한 덕인지 미술관에서 일했다. 자부심 또한 대단했다. 그런 면에서 이제는 나도 엄마의 자랑스런 아들이 될 수 있을 것 같았다. 입을 다물고 있으니 졸음이 솔솔 밀려왔다. 나는 예쁜 엄마를 다시 한 번 쳐다보고 행복한 마음으로 눈을 감았다.

"그만 일어나라."

얼마나 달렸을까, 엄마의 그 말에 잠이 깼다. 공항이려니 했다. 그런데 주변의 풍경이 공항과는 거리가 멀었다. 온통 푸른색. 드문드문 집들이 보였다. 시골 같았다. 큰 나무가 서 있는 학교 운동장이었다.

"엄마, 여기가 어디야?"

엄마가 웃으며 말했다.

"소호."

"소호?"

나는 엄마가 잘못 말한 줄 알았다. 아니 길을 잘못 든 줄 알았다. 그런데 엄마의 표정은 길 잘못 든 표정이 아니었다. 더구나 엄마 곁에 서 있는 사람을 보고 더욱 놀랐다. 나는 영문을 모른 채 주위를 두리번거렸다.

"먼 길 돌아서 소호에 온 걸 축하한다."

우리를 기다리고 있었던 듯, 운동장에 차를 세워두고 서있던 여자 분이 환하게 웃으며 말했다. 임지숙 선생님이었다.

먼 길, 분명 먼 길이긴 했다. 그런데 내가 생각한 소호는 아니었다.

"엄마! 이거 뭔데?"

나는 엄마를 향해 소리를 벅벅 질렀다.

"진정해라. 여기가 소호라는 시골이다. 내가 미국 소호라는 얘기는 안 했잖아."

화가 나서 소리 지르는 나를 보고 엄마는 오히려 생글생글 웃고 있었다.

"어머 어머, 너 애한테 자세한 얘기도 안 했구나."

임 선생님이 입을 가리고 웃으며 나를 바라봤다.

"호호, 그렇긴 한데 영재 있는 데서 애 자존심 지켜주려고 일부러 말을 안했지. 인사해라, 내 친구면서 여기 산골학교 선생님인 임 선생님이셔."

나는 인사도 안하고 일부러 고개를 돌렸다. 엄마한테 화가 나서 미칠 지경이었다. 나를 이런 시골에다 데려다놓고 똑똑한 형하고만 사시겠다? 공부 잘 못 하는 나 같은 아들은 필요 없다는 말씀이렷다?

"화가 많이 난 모양이구나. 여기서 지내보고 정 싫으면 언제든 가도 좋아. 하지만 너도 이곳을 아주 좋아하게 될 거야."

임 선생님이 아주 상냥한 목소리로 말했다.

"우선 문재가 지내게 될 집으로 가자. 할머니가 기다리고 계실 거야."

임 선생님이 엄마 곁에 타고 임 선생님이 안내하는 대로 엄마가 차를 몰았다. 나는 아무런 결정권이 없었다. 이리저리 어른들이 끌고 다니는 대로 끌려 다닐 뿐이었다. 그 사실에 더 화가 났다.

도착한 집은 붉은 벽돌집이었다. 시골집은 초가집이라는 생각으로 고정된 내 예상과는 좀 달랐다. 마당에서 기다리던 할머니

한 분이 우리 일행을 아주 반갑게 맞았다.

"아이구, 잘 생긴 학생이 왔구나. 반갑다."

할머니가 내 손을 덥석 잡으며 활짝 웃으셨다. 손이 거칠기는 했지만 아주 따뜻했다. 잘 생겼다는 말에 슬쩍 기분이 좋았다.

"내가 방을 아주 따뜻하게 해 두었다우. 귀한 손님 오신다고. 어서 올라오우."

할머니가 어서 올라오라는 손짓을 하며 계단으로 올라섰다.

귀한 손님? 내가? 여태 들어본 적이 없던 말이었다. 나는 홀린 듯이 할머니를 따라들어갔다. 할머니는 안방 맞은편에 있는 방으로 우리를 안내했다. 햇볕이 잘 드는 방이었다. 나는 방을 휘둘러보았다. 그리 크지 않은 방에는 침대와 서랍장, 책상이 놓여 있었다. 보일러를 돌렸는지 방은 알맞게 따뜻했다. 기분이 절로 누그러들었다.

"신세 좀 지겠습니다. 어르신."

엄마가 아주 공손한 태도로 할머니께 인사했다.

"어이구, 신세는 무슨. 혼자서 적적했는데 이리 잘 생긴 학생이 와주었으니 오히려 내가 고맙지요."

활짝 웃는 할머니의 잇새가 헐렁했다. 연세가 많으신 것 같았다. 엄마가 차 트렁크에서 짐을 주섬주섬 내렸다. 내 짐과 선물용으로 사온 과일과 고기 같은 것들이었다. 아, 엄마가 싣는 짐을 보고 눈치를 챘어야 했는데 내가 머리가 나쁜 것은 틀림없는 사실인 것 같았다.

"뭘 이렇게 많이 사 왔수?"

"제 아들 녀석 잘 돌봐달라고 드리는 뇌물입니다."

엄마가 너스레를 떨며 말했다.

"문재야, 여기 살면서 학교 다니면 된단다. 학교는 바로 요 앞이야. 걸어서 5분도 안 걸려."

임 선생이 대문 밖을 가리키며 말했다. 창문으로 내다보이는 건물이 학교인 듯했다. 커다란 나무가 운동장 입구를 떠억 지키고 있었다. 창문으로 그 나무가 보여서 기분이 좋았다. 나는 내 옷가방을 들어 서랍장 위에 얹고 책가방은 책상위에 얹었다.

"어머나. 우리 문재가 이 방이 마음에 드는 모양이에요."

엄마가 나를 조심스럽게 살피며 말했다. 나는 일부러 먼 산을 바라보는 듯이 시선을 먼 데다 던졌다. 저만치 보이는 산이 푸르렀다. 등산하기에도 적당해 보이는 높이의 산이었다. 일부러 요란스럽게 등산장비를 갖추지 않아도 수시로 오르락내리락 할 수 있을 정도의 산이라 마음에 들었다. 거기서 택견 연습을 하면 아무도 잔소리할 사람이 없을 것 같았다. 택견 생각을 하니 인사도 하지 못한 싸부님께 죄송한 마음이 들었다. 엄마를 원망할 생각은 없어졌다. 어쩜 엄마는 학교생활에 적응 못하는 나를 위해서 이런 결정을 내렸으리라 생각했다. 똑똑한 형에게서 나를 보호하기 위해 소호로 유학 보낸다고 했을지도 모른다. 그리고 보니 이곳 지명이 무척 마음에 들었다. 소호. 나는 이 마을을 무척 사랑하게 될 것 같다는 생각이 들었다. 또 이곳에서는 정말로 내가 하고 싶은 걸 다 할 수 있을 것 같았다. 나는 표정을 바꾸어 엄마에게 말했다.

"엄마, 나 여기서 잘 지낼게. 너무 걱정하지 마요."

그 말에 엄마의 눈시울이 축축해지는 것 같았다.

"문재야, 고마워. 미리 이야기 못 한 것은 영재가…."

"알아요, 엄마. 내 생각하느라 일부러 그러신 거잖아요."

나는 엄마에게 다가가 엄마를 꼭 안았다. 엄마도 나를 꼭 안았다. 따뜻한 기운이 엄마와 나를 감쌌다.

"문재가 아주 의젓하구나. 걱정 안 해도 되겠다."

임 선생님이 엄마의 손을 어루만지며 환하게 웃었다.

"지숙아, 우리 아들 잘 부탁해. 가끔씩 들여다봐주기도 해 줘."

엄마는 울먹이는 목소리로 그렇게 말하고는 나를 다시 한 번 꼭 안았다.

"걱정 마라. 설마 내가 모른 척하겠니?"

선생님이 엄마의 어깨를 다독이며 나를 바라봤다.

"내가 너 믿고 여기로 유학 보내는 거다. 알지?"

엄마는 몇 번이나 다짐하고 또 다짐했다. 나는 엄마가 나를 얼마나 깊이 사랑하는지 알게 됐다. 그 사실이 너무도 행복하게 느껴졌다. 나는 변할 것 같았다.

임 선생님이 첫 숙제를 내주었다. 숙제답지 않은 숙제였다.

"교목에 인사부터 하거라. 아주 오래된 나무란다."

그래서 이 마을에 와서 가장 먼저 한 일은 소호분교에 있는 커다란 느티나무에게 인사를 한 것이었다. 그러고는 나무에게 속삭였다.

"나도 너처럼 아주 잘 자랄 거야."

나는 아침마다 일찍 일어나야 했다. 잠이 없는 할머니 때문이었다.

"문재야, 일나라. 핵교 가야제. 해가 똥구멍까지 올라왔대이."

하지만 할머니의 말은 거짓말이었다. 그래도 나는 기분 좋게 일어났다. 내 궁둥이를 툭툭 두들겨 주는 할머니가 진짜 내 할머니 같은 생각이 들었기 때문이다. 할머니는 바쁜 엄마와는 달리 아침밥을 잘 챙겨주셨다. 된장국이거나, 혹은 콩나물국이라도 따뜻한 국물을 챙겨주시고 따뜻한 밥을 지어주셨다. 나를 진짜 손자처럼 대해주셨다. 나는 밥 한 그릇을 다 먹었다. 토스트 한 조각과 우유 한 잔으로 때우는 그런 식사가 아니라서 기분도 좋았다. 밀가루 음식을 유독 싫어하는 나는 늘 엄마가 챙겨주는 아침식사에 불만이 많았다. 그렇다고 엄마를 미워하거나 싫어하는 건 아니었다.

바빠서 그런 걸 어떡해? 엄마는 늘 그렇게 말했다. 불만은 없다. 엄마는 정말 바쁘니까. 그러고는 학교로 내달았다. 아직 알

싸한 공기가 차가운데도 나는 아침마다 학교 운동장에 가서 택견 연습을 하는 것이 행복했다. 이크 에크. 소리를 외치면서 싸부님을 생각했다. 인사도 없이 사라졌으니 얼마나 궁금해 하실까? 전화번호라도 알아둘 걸. 하지만 알아낼 방법이 없었다. 그 문제는 차츰 알아볼 방법을 찾을 것이다. 함께 할 사람이 있었으면 더없이 좋겠지만 모든 것이 내 마음대로 할 수 있는 건 아니었다. 그래도 상쾌한 공기를 가르며 하는 운동은 기분까지 좋게 했다. 그리 멀지 않은 곳에 푸른 소나무 숲이 보였다. 상쾌한 공기는 거기서 뿜어져 나오는 것 같았고 기분이 좋아지는 것은 푸른 소나무 숲이 가까이 있어 그런 것 같았다. 이 마을에 사는 동안 나는 할 일이 무척 많을 것 같다는 기분 좋은 예감이 들었다.

소호로 유학 온 아이

아침마다 학교 운동장에서 이상한 행동을 하는 아이가 있다는 것을 안 건 보름 전이었다. 임 선생의 친구 아들이 소호분교로 유학 왔다는 소리는 들었지만 한 번도 본 적은 없었다. 오늘은 녀석을 꼭 볼 생각으로 아침 일찍 학교로 향했다. 소문대로 커다란 느티나무 아래서 녀석이 혼자서 운동을 하고 있었다. 고정석은 나무 아래로 다가가 열심히 운동하는 녀석을 살펴보았다. 단단한 몸집에 키가 제법 큰 녀석은 정석이 가까이 오는 것도 모른 채로 운동 삼매경이었다.

"아침 일찍부터 운동을 하는 걸 보니 운동을 좋아하는 모양이구나."

정석은 그 아이 앞으로 가 일부러 말을 걸었다. 녀석이 운동을 멈추고 정석을 바라봤다.

"누구세여?"

의심이 가득한 눈길로 말을 하는 녀석의 눈빛에 경계심이 가득했다.

"아, 나는 이 마을에 사는 아저씨란다."

가능한 부드러운 목소리로 말했다. 무섭게 보이면 안 되니까.

"뭐하시는 분인데요?"

녀석이 제법 당돌하다.

"그냥 이것저것 하는 사람."

미소에 윙크까지 던져가며 녀석의 경계를 풀어볼 생각이었다.

"에이, 그런 사람이 어디 있어요."

녀석은 말을 하면서도 정석의 아래위를 훑어보았다. 의심이
가득한 눈빛이었다.

"너 하는 운동이 뭐냐?"

정석이 물었다.

"아, 이 운동이요? 택견이라는 우리나라 전통무술인데 조금
배우다 말아서 잘 못 해요."

녀석이 민망한 듯 머리를 긁적였다.

"이크 에크 하는 소리가 아주 경쾌하게 들리던 걸."

그 말에 녀석의 반응이 빨랐다.

"그쵸? 저도 그 소리에 반해서 시작했죠. 근데 아저씨는 누구
세요?"

재차 묻는 녀석은 여전히 의심스런 눈빛으로 정석을 살폈다.

"나? 이 마을 사람."

"에이, 그러지 말고 말해보세요. 이 학교 선생님이세요?"

녀석의 눈빛은 장난기마저 느껴졌다.

"아니."

정석은 녀석을 똑바로 쳐다보며 짧게 말했다.

"그럼 무슨 일을 하세요?"

"나? 이것저것, 닥치는 대로 일하는 사람."

"닥치는 대로?"

"그래, 소나무 숲도 살피고 마을 운동도 하고, 때로는 글도 쓰고."

"글을 써요? 작가예요?"

녀석의 눈빛이 반짝거렸다.

"작가는 아니고. 이런저런 글을 쓰기도 하지."

"이런저런 글? 그게 뭐에요?"

녀석은 대화에 굶주려 온 듯 계속 말꼬리를 잡고 늘어졌다.

"숲을 살리자는 취지의 글도 쓰고, 농촌을 살리자는 글도 쓰고…."

"그럼 기자예요?"

녀석은 아예 정석의 턱밑까지 다가와서 계속 물어댔다.

"허, 녀석, 서울서 유학 온 아이가 하나 있다더니 니가 그 아이인 게야?"

"빙고! 저는 엄마한테 속아서 여기까지 왔는데…."

녀석이 경계를 푼 듯 실실 웃었다.

"엄마한테 속아?"

"엄마가 저를 소호로 유학 보내준다 해서 좋아했는데 미국 소호가 아니고 여기로 데려 왔어요. 이 마을이름이 소호라면서요?"

녀석의 표정이 일그러지며 입을 삐죽거렸다.

"그래서 기분이 안 좋은 게냐?"

"아니요. 그 반대에요. 기분이 엄청 좋아요. 여기까지 온 것은 내 뜻이 무시됐지만 여기 온 순간부터 내 뜻을 존중해주기로 했거든요. 언제든 돌아가고 싶으면 돌아와도 좋다고 했거든요."

녀석이 두 주먹을 허공으로 날리는 포즈를 취했다.

"좋아? 뭐가?"

"학원 안 다녀도 되고 내가 하고 싶은 운동해도 혼내는 사람 없고 할머니가 해주시는 밥도 맛있고…."

녀석의 표정은 꿈꾸는 듯이 행복해보였다.

"여름엔 물가에 가서 고기도 잡고 산속에 가서 버섯도 따고…."

정석은 녀석의 장단에 맞추어 추임새를 넣었다.

"우와, 좋겠다. 아저씨도 그렇게 해요?"

"그럼."

"아이, 신난다. 소호에 오길 잘했어요. 엄마가 저를 위해 한 일 중 가장 멋진 일이에요."

녀석은 박수까지 치며 즐거워했다.

"그렇게 좋다면 내가 숲 구경도 시켜줄 수 있어."

정석은 이 녀석이 서울에서 내려온 아이라는 걸 직감했다. 그 역시 서울살이를 접고 내려왔지만 후회는 없었다. 아니 오히려 할 일을 제대로 찾은 것 같아 나날이 보람찼다. 고향으로 내려온 것이 그가 결정한 일 중에 가장 잘한 일인 것 같았다.

"우와, 신난다. 언제요?"

"이번 일요일. 그때는 시내에서 숲 공부하러 오는 사람들도 있단다."

"숲 공부요?"

"그래, 이 마을은 숲을 잘 가꾼 마을로 유명하거든."

"저는 이 학교로 유학 왔어요. 3학년이에요."

"오, 그렇구나, 소문은 들었다. 서울서 아주 잘 생긴 학생이 왔다고."

그 말에 녀석이 행복한 표정을 지으며 손을 내밀었다.

"저는 신문재라고 합니다. 근데 아저씨를 뭐라고 부르죠?"

"반갑다, 신문재. 나는 털보아저씨라고 불러줘."

"털보아저씨? 아, 수염을 기르셔서 그런 별명을 가지셨군요."

임 선생 친구의 아들이라는 걸 진즉에 알았지만 정석은 문재를 보며 반듯한 아이라는 걸 직감했다.

"그런 셈이지. 토요일에 고기 잡으러 갈래?"

"어디로요?"

"마을에서 조금 내려가면 산 밑에 무릎까지 오는 개울이 있거든."

"개울에서 고기가 잡혀요? 박물관에 안 가도 고기를 볼 수 있어요?"

문재의 달뜬 목소리에 정석이 고개를 끄덕였다.

"와아, 신난다."

문재가 흥에 겨워 몸을 비비 꼬며 제멋대로 춤을 추었다. 그걸 바라보던 정석도 문재를 따라 몸을 흔들었다. 친해지는 가장 빠른 방법은 동화되는 것이다. 바람에 구레나룻이 살짝 흔들렸다.

"나도 제법 잘 추지?"

정석의 말에 문재가 격하게 고개를 끄덕이며 환하게 웃었다. 몹시 기분이 좋아보였다.

"할머니가 오늘 저녁엔 고구마 쪄주신댔어요. 신나요. 아저씨도 오세요. 할머니가 고구마를 아주 많이 찌신댔어요. 마을 사람들하고 나누어 드신다고요."

"그래? 그러면 이따 저녁에 놀러 가마."

문재의 말을 듣고 보니 어느 집인지 알 것 같았다. 바깥어른이 돌아가신 덕이 할매집일 터였다. 덕이는 할머니의 손녀인데 산촌학교 5학년 다니다 다시 제 부모가 있는 서울로 돌아갔다. 중학생이 되면 진짜 공부를 해야 한다는 이유로! 그래서 무척 섭섭하다 하시더니 문재를 들이신 모양이었다. 넉넉한 살림은 아니더라도 인정 많은 할머니임에는 틀림없는 분이었다. 또 일주일에 한 번은 물랑교 교실에 나오셔서 빈대떡 굽는 일로 알바를 하는 바쁘신 분이었다. 혹여 연세가 많아 힘드실까 봐 염려를 하면 몸을 부지런히 놀려야 덜 늙는다며 해맑게 웃으시는 어른이시다. 정석도 그 어르신을 생각하면 기운이 솟았다.

이크 에크

문재가 은미를 만난 건 학교 운동장에 있는 큰 느티나무 아래였다. 노란 색 원피스를 입고 있었는데 그 모습이 귀여운 병아리 같았다. 일요일에 숲 속 구경을 시켜준다고 약속한 털보아저씨가 은미를 데려온 것이었다. 옆에는 임 선생님도 서 있었다.

"문재야, 우리 인사하자. 이크 에크."

문재는 털보아저씨의 어설픈 택견 자세에 웃음이 터졌다. 하지만 탓할 마음은 없다. 안 배웠으니까 어설픈 것이다. 또 문재와 친해지기 위해서 하는 행동이라 생각하니 고맙기까지 했다. 문제도 어설프게 이크 에크 자세로 인사했다.

"너, 은미 알지?"

털보아저씨가 말했다.

"모, 모르는데요."

임 선생님은 학교에서 본 적이 있고, 소호에 와서도 보았지만 느티나무 아래서 놀고 있는 은미는 처음 보는 거였다.

"임 지숙 선생님 딸."

털보아저씨의 그 말에 은미가 고개를 까딱하고는 생긋 웃었다.

"아, 그렇구나. 안녕?"

문재의 인사에 은미가 살짝 웃었다.

"이크 에크 하는 아이가 너였구나. 지금 보니 더 잘 생겼네."

임 선생님이 문재의 머리를 쓰다듬으며 말씀하셨는데 기분이 좋았다. 문재를 못 생겼다고 하는 건 영재 형뿐이다. 칫, 형은 눈이 나쁜 거야. 다들 잘 생겼다 하는데 왜 형만 못 생겼다고 하는 건지 알 수 없었다. 사실 형이 문재보다 더 잘 생기긴 했지만, 그렇다고 대놓고 동생을 못 생겼다고 할 건 무어람. 조금 기분이 나쁘긴 하지만 문재를 잘 생겼다고 해주는 사람들이 더 많은 것 같아서 형의 말쯤은 괜찮다. 더구나 학교에서 '이크 에크' 하는 아이로 알려졌으니 더 기분이 좋았다. 문득 사부님이 그리웠다. 방학을 하면 꼭 사부님을 찾아보아야겠다고 생각했다.

"문재가 하는 운동이 우리나라 전통무술이랍니다."

털보아저씨가 머리를 쓰다듬으며 말했다. 사실 문재는 누가 머리 만지는 것을 무척 싫어하는데 사부님과 몇몇 사람은 괜찮다. 오히려 기분이 좋아지는 경우다. 털보아저씨도 그 중 한 사람이다.

"저도 이야기 들었어요. 학교 애들도 다 알던걸요. 문재한테 배우고 싶어하는 애들도 많대요."

문재는 임 선생님의 말에 약간 으쓱해져 머리를 긁적이며 한 마디 했다.

"저도 조금밖에 못 배웠어요. 더 배워야 하는데….'"

"그럼 방학 때 가서 또 배우면 되지."

털보아저씨가 가볍게 말했다.

"사부님 성함도 모르고 사는 곳도 몰라서 찾을 수가 없어요. 아는 것은 왼쪽 뺨에 검은 점이 있다는 것뿐인데….'"

그 말을 할 때 문재는 조금 우울했다.

"오늘 열심히 청소하면 내가 그 사부님을 찾아주지."

털보아저씨가 문재 얼굴을 들여다보며 자신 있는 표정으로 말했다. 아저씨 말에 문재는 눈앞이 환해지는 것 같았다.

"어떻게요?"

그 어떤 말보다 반가운 말이었다.

"이 털보아저씨가 뭘 찾는 데는 귀신이거든."

"어떻게요?"

재촉하듯 말을 하며 문재는 털보아저씨를 간절하게 바라보았다.

"염려하지 마. 택견협회에 알아보면 되니까. 왼쪽 뺨에 점이 있는 분이라 했으니 어렵지 않을 거야."

"아싸!"

문재는 뛸 듯이 기뻤다. 실제로 폴짝폴짝 뛰었다. 아저씨 볼에 뽀뽀도 날렸다. 안 하던 짓이라 조금 쑥스럽기도 했지만 기쁜 마음을 숨길 수 없었다. 그런 마음으로 숲의 쓰레기를 치우는 일은 하루 종일 해도 지겹지 않을 것 같았다.

"오빠 좋으면 그렇게 뛰어?"

은미가 이상하다는 듯 쳐다보았다.

"신나는 일이 있을 때는 가끔."

은미가 그렇게 물으니 조금 민망한 느낌도 들었다.

"난 신나는 일이 있으면 춤을 추는데."

은미가 엉덩이를 흔들며 씰룩씰룩 춤추는 시늉을 했다. 귀여 웠다. 처음 만나는데도 낯설지 않고 무척 어여뻤다. 여동생이 없 어서 그런지도 모른다.

털보아저씨가 말했다.

"은미가 이곳에 온 지 얼마 되지 않아 친구가 없으니 잘 돌보 아 주어야 한다."

"네에!"

큰소리로 말했다. 그런데 이상한 생각이 들었다. 임 선생님과 털보아저씨의 눈빛이 예사롭지 않다. 두 분이 사귀나?

"자, 가자. 숲 구경 가자. 차를 타고 조금만 가면 돼."

털보아저씨의 고물 차를 타고 덜컹거리며 숲으로 갔다. 뒷좌 석 발치에 아무렇게나 놓인 삽과 호미, 마대자루 같은 게 낯설었 다. 도시의 차에서는 쉽게 볼 수 없는 물건들이었다.

"아유, 이게 다 뭐여요?"

문재가 물었다.

"오늘 숲에 가서 청소할 때 필요한 것들이다. 지난번에 내가 이야기했지? 너희들 나무를 만들어주겠다고."

그러고 보니 생각이 났다. 이 마을 사람들은 숲속에 자기만의 나무가 있다고 했다. 부러웠다.

"난 내 소나무가 좋아요."

은미가 큰소리로 말했다.

"저도 소나무가 좋아요. 애국가에도 나오잖아요. 남산위에 저 소나무…."

문재가 애국가 한 소절을 크게 불렀다.

"난 이미 내 소나무가 있다고! 이름도 있다고!"

은미가 큰 소리로 말했다. 자랑하고 싶은 거였다.

"이름이 뭔데?"

문재가 슬쩍 물었다.

"송은미 나무."

"칫, 별난 이름도 아니구만."

문재는 콧방귀를 끼었다.

"오빠는 오빠 나무가 없잖아."

은미가 약 올리듯 말했다.

"그래, 오빠는 아직 나무가 없지만 곧 심을 거다. 오빠 나무."

"이름은요? 문재나무? 크크. 웃긴다."

은미가 살살 약을 올렸다.

"내 나무 이름은 이크 나무다."

문재가 택견 자세를 취하며 말했다.

"그럼 나는 에크 나무 하나 심어야겠네."

문재는 털보아저씨의 말에 어깨가 으쓱 올라갔다. 이크 에크 나무, 생각만 해도 기분이 좋았다.

"너희들 닮은 건강하고 잘 생긴 소나무를 선물할까 해. 하지만 내년 봄이 되어야 해. 식목일 즈음에 심어야 해."

"아아, 내년 봄까지 기다려야 해요?"

마음이 급한 문재가 발을 동동 굴렸다.

"자연에서 얻는 것은 기다림이 필요하단다. 후다닥 되는 게 없어."

임 선생님이 진지한 표정을 지으며 말했다.

"그럼 산에는 어떤 나무를 많이 심어요?"

은미가 물었다.

"참나무 심은 산도 있고 소나무 심은 산도 있지."

그렇게 말하는 털보아저씨를 바라보던 임 선생님이 불쑥 물었다.

"소나무에서는 송이버섯이 나지요?"

"그렇죠, 소나무에서는 송이가 나고 참나무에서는 표고가 나고."

문재는 몰랐던 사실을 술술 이야기하는 털보아저씨가 멋져보
였다.

"버섯요리 좋아하세요?"

임 선생님이 물었다.

"말하면 잔소리죠. 얼마나 맛있는데요."

털보아저씨는 군침을 삼키기까지 했다.

"한 번 해드릴까요?"

임 선생님의 말에 털보아저씨가 묘한 표정을 지으며 물었다.

"뭘요?"

"버섯요리요. 이래 봬도 제가 요리를 좀 한답니다."

임 선생님이 으스대듯 어깨를 쭉 폈다.

"아, 좋죠. 마침 집에 버섯 따 둔 게 있으니 부탁합니다."

털보아저씨가 아주 흡족한 표정으로 임 선생님을 바라봤다.

"그럼 제 나무에서는 언제 버섯이 나요?"

은미가 엉덩이를 들썩대며 물었다.

"그건 나도 몰라. 나무에게 물어보자."

털보아저씨의 말에 은미가 입을 삐죽거렸다.

"나무에게 물어봐. 나무에게 물어봐~."

문재가 노래를 하듯 중얼거렸다.

"그럼 오늘은 나무 청소만 하러 가는 거여요? 난 청소할 줄 모
르는데."

털보아저씨의 말에 은미가 걱정스런 표정을 지었다.

"너희들은 함부로 버려진 쓰레기를 조금 주우면 돼. 사람들이 산에 왔다가 별 생각없이 버리고 가거든."

숲길을 따라 걷는데 은미가 바짝 다가와 문재의 팔짱을 끼고 말했다.

"오빠, 난 벌레가 무서워."

은미가 부르르 떠는 것이 문재에게까지 전해졌다. 문재는 이를 악물었다. 나도 무서워. 속으로 하고 싶은 말은 그 말이었으나 그렇게 말하지는 않았다. 오히려 엉뚱하게 큰소리를 쳤다.

"무섭기는 뭐가 무서워? 쪼끄만데."

그러면서 주위를 둘러보았다. 청솔모 한 마리가 후다닥 나무 위로 올라가는 게 보였다. 그걸 본 은미가 문재에게 더 바짝 붙으며 소리를 질렀다.

"아악, 무서워."

문재도 몸을 떨었다. 나도 무서워. 하지만 그 말을 꾹 참고 말했다.

"청솔모는 무섭지 않아. 벌레가 보이면 오빠가 다 잡을게. 걱정 마."

말을 하고 나니 조금 용기가 생기는 것 같았다. 털보아저씨가 씨익 웃고는 엄지를 척 들어 올렸다.

"내 나무가 자란다. 아기 나무가 자란다. 물도 주고 쓰레기도

치워주고 잘 키워야지. 파란 잎이 쑥쑥 자라 큰 나무가 되게 해
야지."

은미가 그새 기분이 바뀌었는지 엉덩이를 흔들며 가락을 실
어 종알거렸다. 꼭 꼬맹이 래퍼 같았다. 숲은 서늘하지만 기분
좋은 풍경이 그득했다. 다투지 않고 자라는 나무들이 보기 좋았
다. 초록색이 주는 편안한 느낌에 기분 좋았다. 노란 병아리 같
은 은미가 폴짝폴짝 뛰어 앞으로 달려갔다.

고정석은 문재의 고민을 덜어주고 마음속에 있는 그늘을 거
두어주고 싶었다. 그리 어려운 일도 아닐 것 같았다. 왼쪽 뺨에
검은 점이 있다는 택견 사부의 거처를 알아서 특별한 행사를 마
련할 생각을 하고 있었다. 소호분교 특강으로 전통무술 특강을
마련해 사부를 초청할 생각이었다. 녀석이 얼마나 좋아할까 생
각하니 고정석도 절로 신이 났다. 이리저리 수소문한 끝에 사부
의 연락처를 아는 일은 그리 어렵지 않았다. 정석은 조심스러운
마음으로 택견 사무실 전화번호를 눌렀다.

"택견협회 사무실입니다."

고정석은 목소리를 다듬고 말했다.

"저, 혹시 택견협회에 왼쪽 뺨에 검은 점이 있는 회원이 계십
니까?"

"있기는 하오만, 어떤 분을 찾는지 성함을 말해보시오. 어떤

일로 그러시오?"

수화기 너머의 목소리는 몹시 조심스러웠다.

"예, 그분께 택견을 배우던 학생이…."

고정석은 문재 이야기를 꺼냈다. 제가 아는 아이가, 공원에서 공짜로 택견을 가르쳐주던 사부님께 어쩔 수 없는 사정으로 인사도 못 드리고 떠나게 되어서… 그 말이 끝나기도 전에 활기찬 목소리가 들려왔다.

"접니다. 그 아이가 그러잖아도 궁금했어요, 운동에 아주 열심이었는데…. 이사를 갔소? 그 아이가 있는 곳이 어디요?"

고정석은 그의 목소리를 듣고 연세가 지긋할 것이라 여겼다. 그리고 정중하게 자신의 소속과 이름을 알려드리고 전통무술인 택견의 기본 동작을 학생들에게 강의 해주실 수 있느냐고 물었다.

"암요, 가고말고요. 우리 무술에 관심을 가진 사람들에게는 신나게 달려갑니다."

목소리가 아까와는 다르게 힘찼다.

"강사비를 많이 드릴 수는 없지만 와주시면…."

고정석은 그럴 수밖에 없는 사정을 말하고는 머뭇거렸다.

"강의료가 중요한 건 아닙니다. 저도 택견 보급에 진심인 사람입니다."

진심은 통한다는 진리를 고정석은 굳게 믿었다. 좋아할 문재를 생각하니 입이 근질근질했다. 하지만 오래 기다리게 되면 너무 힘들어할 것 같아 날짜를 한 달 안으로 조율했다. 그러니 입이 근질근질하지 않을 수 없는 일이었다. 특히 문재를 만나게 되면 더 그럴 것 같았다. 그래서 강의 시간이 될 때까지 입을 다물고 있기로 했다.

그동안도 문재는 아침마다 학교 운동장에서 택견 연습을 하고 있었다. '이크 에크'라는 구호는 리듬감도 있고 재미있었다. 슬쩍 먼발치에서 바라만 보다 돌아서곤 했다. 어느 날 문재가 돌발적인 질문을 했다.

"슨상님, 왜 맨날 내 옆에 있는 기요?"

녀석의 사투리는 익어가고 있었다.

"넌 서울 놈이 왜 일부러 사투리를 쓰느냐?"

고정석의 물음에 녀석이 대답했다.

"슨상님은 경상도 사람이면서 왜 서울말을 써요?"

녀석의 눈망울이 똘방똘방했다.

"나야 서울서 대학 다니고 직장 생활을 했으니…."

그의 말이 끝나기도 전에 녀석이 말했다.

"저도 서울 살다가 어머니 덕에 이곳으로 오게 됐으니 당연히…."

녀석이 고개를 끄덕거리며 히죽 웃었다. 맞는 소리긴 하다. 하지만 시골아이가 되는 일은 그리 쉽지 않다. 다행히 너른 운동장에서 택견 연습하는 게 무척 좋은 눈치였다. 한참 연습하고 땀이 날 때쯤 녀석은 느티나무 그늘에 앉아 쉬었다. 아침마다 마을을 한 바퀴 도는 게 하루의 시작인지라 녀석의 '이크 에크'를 보면서 고개를 끄덕였다. 참 마음에 드는 녀석이었다. 칭찬을 해주고 싶어서 입이 근지러웠지만 애써 참았다. 택견에 대해 그가 아는 게 하나도 없기 때문이었다.

기다리는 시간은 더디 흘렀다. 문재는 여전히 아침마다 운동장에 나와서 '이크 에크'를 했다. 고정석은 사람을 그렇게 간절히 기다려 본 적이 없었다.

드디어 디데이!

소호분교 특강실에 〈전통무술 택견 수업〉이라고 써 붙였다. 문재가 본다면 어떤 표정을 지을까 궁금했다.

"택견이 뭐꼬?"

아이들이 서로서로 물었다.

"전통무술이라꼬 써 놨잖아."

한 아이가 알은체했다.

"그러니까 그게 우예 하는 거냐꼬."

"니가 아나, 내가 아나."

아이들이 도대체 뭔 소린지 몰라 궁시렁댔다. 고정석은 궁금해하는 아이들에게 넌지시 말했다.

"이 학교 학생 중에도 택견하는 아가 있대이."

아이들이 손뼉을 치더니. 저희들끼리 문재를 기억해냈다.

"아침마다 이크 에크하는 아가 있기는 하더라. 가가 서울서 온

아라 했제?"

소식을 들은 문재가 총알처럼 나타났다.

"사부님이 오신답니더. 이거, 샘이 만든 수업 맞지요?"

녀석은 얼마나 뛰어왔는지 숨을 헐떡대면서 말했다.

"내가 뭐랬노? 문재의 택견 사부님, 내가 찾는다 캤제?"

고정석은 일부러 난 체를 하며 문재를 바라봤다.

"고맙심더, 고맙심더."

녀석은 진심으로 고마운지 고개를 수도 없이 주억거렸다. 사부님과의 상봉은 눈물겨웠다. 문재는 사부를 끌어안고 훌쩍거리면서 좋아했다. 수업하는 동안 택견 시범 보이는 것도 문재가 했다. 문재의 자존감은 하늘을 찌를 듯했다. 공부 좀 못 하면 어떤가. 다 각자 잘하는 걸 하면 되지. 고정석의 생각은 그랬다.

그날 이후로 문재는 아침마다, 택견에 관심 있는 몇 명의 아이들과 함께 '이크 에크'를 우렁차게 외쳤다. 겨울 방학을 하면 문재는 잠시 서울로 가있겠다고 했다. 택견을 익히기 위해. 문재는 택견을 진심으로 하고 싶어하는 게 맞았다.

택견은 마을 대항으로 겨룰 때도 있는데 그때 하는 말이 있다 했다.

이기면 논농사가 잘되고 지면 밭농사가 잘된다는 말. 겨루어서 져도 그리 속상할 일도 없다는 뜻이렷다? 경쟁을 부추기는 것이 아니라 상생의 의미였다. 내가 최고가 되어야 하는 게 아니라 상생하자는 운동정신이 고정석의 마음에 딱 들었다. '꿩 먹고 알 먹고'라 했던가. 문재에게 사부를 찾아주고 고정석은 문재라는 소년을 얻었다.

아무튼 그날 이후 문재는 고정석을 졸졸 따라다녔고 시간 날 때마다 택견 이야기를 했다. 이제 문재는 소호 산골학교에 진정 정을 붙인 것 같았다. 그리고 서로의 암호처럼 '이크 에크'를 나누었다. 문재가 '이크' 하면 고정석이 '에크' 했고, 고정석이 '이크'하면 문재가 '에크' 했다. 사연을 모르는 사람들은 애 데리고 뭔 짓거리냐고 핀잔을 주었지만 고정석은 마냥 기뻤다. 내년 봄에는 '이크 에크'나무를 나란히 심을 것이다.

오십 년 전의 기록

마을 사람들은 오십 년 전의 일을 어제일인 듯 기억하고 있었다.

"그때는 마을 사람들이 일심동체였어."

행복한 기억은 결이 고왔다. 김동조 씨는 마을회관에 모여 있는 사람들에게 따뜻한 눈길을 보냈다. 시끄러운 다툼도 있었고 이익을 나누는 일에 불평불만도 많았지만, 지나고 보면 그런 일들은 그냥 추억으로 묻을 수 있는 일이라 다행으로 여겼다.

"오십년 기념사업의 제1탄은 김동조 어르신의 '소호리 산192'를 펴내는 일입니다. 오로지 숲 가꾸는 일에 평생을 바치신 김동조 어르신은 소호마을을 이만큼 키워주신 공로자이십니다."

마을 사람들이 모인 자리에서 이장 박우태는 신이 났다. 일은 고정석이 다 하는 것 같은데 일선에 앞서서 마이크를 잡은 이는 대부분 이장 박우태였다. 나름 마을을 위해 애쓰고 있다는 생각에 그는 늘 어깨를 펴고 다녔다. 고정석은 뒷줄에 앉아 팔짱을 낀 채로 조용히 듣고만 있었다. 그는 아주 오래된 낡은 노트를 한 권 들고 있었다. 김동조 씨는 그 노트를 보고 시선을 돌렸다. 김동조 씨는 사실 면구스러웠다. 숲 살리는 운동에 앞장서기는 했지만 그 일로 칭송받을 마음은 없었다. 여러 차례 방송 출현도 하고 여기저기 강연도 다녔지만 그건 순전히 소호마을의 숲 살리기 운동을 널리 알리고자 하는 마음에서였다.

"굳이 이런 일을 해야 하는가?"

김동조 씨는 고정석에게 낮은 목소리로 물었다.

"굳이 해야 할 이유가 분명히 있습니다."

고정석의 목소리는 낮았지만 단호했다. 옆에서 노정석이 고개를 끄덕였다.

"11월 첫 주쯤 오십 주년 행사를 할 때 가장 먼저 축하받아야 할 일입니다."

고정석의 말에 노정석이 두 엄지손가락을 치켜들었다. 김동조 씨는 자신의 힘으로는 막을 수 없는 일임을 인지하고 가느다랗게 한숨을 내쉬었다. 그러자 고정석이 말을 더 보탰다.

"이 사업은 어르신 혼자의 업적을 기리기 위한 일이 아닙니다. 소호마을의 역사를 기록하는 일입니다."

그는 그렇게 말하면서 늘 끼고 다니는 낡은 노트를 펴들었다. 수십 년 전 수많은 날들의 기록이 고스란히 남아 있는 노트였다. 작정 없이 노트를 펼쳤다. 김동조 씨의 가지런한 글씨체가 눈에 들어왔다.

- 1966년 한독기술협력기본협정 체결-한국의 산업발전 지원
- 1974년 한독산림협력기구 설립-임업기술 현대화 사업 지원
- 1975년 5월 양산 사업소를 개설하기 위하여 4명의 직원 파견-경남 산림
  국 주관 관계지역 시장 군수 회의를 거쳐 울주군 두서면 및 상북면 일원
  을 시범사업지로 결정
- 식재 수종은 주로 리기테다, 기리다, 낙엽송, 잣나무, 참나무, 오리나무,
  물푸레나무

- 산림경영담당자(담당 지도원)-독일인?
  훈련, 기계장비 대여, 기술지원. 작업량 분배, 산주로부터 임금 받아 작업
  단에 지불

- 수익사업: 제탄-이동식 철제숯가마로 목탄 생산, 판매
            싸리나무 재배-농용림조성사업-언양 싸리공예품업자들에게
            판매
- 기타 사업: 표고버섯 재배, 녹비 사료작물재배(자운영, 클로버류, 알팔파
            등의 두과식물과 호맥, 연맥, 옥수수, 메밀 등의 비두과 식물,
            야생 활엽수의 어린 경엽, 산야초, 해초 등의 생체 또는 건조물
            로 제조하는 비료.)
- 수익사업의 분배 방법?
  1976년 한독기구 정식 직원으로 취직. 교육, 훈련-산림공무원, 임업지도
  원, 임학과 학생 -독일에 장학생 파견-해외 훈련(1974년부터)
  파독간호사나 광부=1966년부터 파견, 1933년 12월까지 20년 간 지원
  혜택-발족 당시 사업기간은 5년이었으나 6차례 연장

나달나달한 노트는 이미 많이 훼손되었다. 그만큼 긴 세월이 흐른 탓도 있으려니와 그만큼 많이 들여다보았다는 방증이었다.

"그만하게. 그 노트 좀 그만 들고 다닐 수 없겠나?"

민망해서인지 김동조 씨는 고정석이 노트를 들고 다니는 걸 무척 싫어했다. 하지만 고정석은 아주 어릴 때의 기억을 믿을 수 없어서 암기하듯 김동조 씨의 메모들을 수시로 살펴보았다.

"머리가 나쁘다 보니 자꾸 헷갈려서요."

고정석은 어색한 웃음을 지으며 변명하듯 말했다.

"너무 티를 내는 것 같아 그러네. 일을 키우다 보면 분명 잡음도 있을 걸세. 나는 그걸 염려하는 게야. 난 그저 나무 키우는 일에만 열심이었을 뿐이지."

"그런 걱정은 하지 마십시오. 다 저희들이 잡음 없이 잘하겠습니다. 다음 주에 방송국에서 촬영하러 나올 겁니다. 소호 숲 이야기, 할랑교 이야기, 소호 산골마을 유학 이야기, 할 이야기가 엄청 많습니다."

고정석은 우선 낡은 노트를 가방에 집어넣었다. 눈앞에, 당신이 쓴 노트가 있다는 걸 불편하게 여기는 어르신 때문이었다.

고정석은 일에 대한 이야기를 할 때는 다른 사람처럼 눈빛이 변했다. 그 고집스럽고 진지한 눈빛은 그 어느 누구도 반대할 생각을 하지 못하게 하는 힘이 있었다.

"오늘은 청년회에서 소호령 임도를 걸으러 갑니다."

그 말에 모여 있던 청년들이 우루루 박수를 쳤다. 청년이라 해 봐야 서른 중반을 넘겼거나 마흔 줄에 든 사람들이었다. 결코 청년이라 하기엔 민망한 나이였다. 그들을 보자 아련하게 떠오르는 풍경 하나에 김동조 씨는 가슴이 그득해졌다. 소호령 임도 준공비를 세울 때의 기억. 그때 고사떡 앞에 머리를 조아리던 청년들이 이제는 다 늙어서 힘없는 노인이 되었다.

커다랗고 단단한 바위에 새긴 글을 찬찬히 생각해냈다.

소호령 임도 준공비,

1981년 9월 22일 한독산림경영사업기구,

구량리 산림경영협업체….

결코 잊을 수 없는 날이었다. 그때 서로 맞잡았던 손의 온기를 잊을 수 없다. 사람들은 하나둘 사라져갔다. 나무는 무성하고. 허태석도 몇 해 전에 세상을 떴다. 무심한 세월 앞에 남은 것은 기억뿐이다.

"오십 주년 기념행사에 현수형님이 다시 오신다 하니 더욱 잘 되었습니다. 어르신의 뜻을 이은 현수형님이 얼마나 기뻐하시겠어요."

낡은 노트를 넣은 가방을 소중히 안고 있는 고정석의 눈에 기쁨이 그득했다.

"으흠, 알아서 하겠지만 내 이야기가 나오는 것은 좀 불편해서…."

김동조 씨가 머리를 긁적이며 먼 데로 시선을 돌렸다.

"지나치지 않게 잘 조율하겠습니다. 정크아트 이야기도 이참에 좀 의논하려고요."

그쯤에서 고정석은 정크아트 이야기를 슬쩍 꺼냈다. 아무리 뜻이 좋아도 마을 사람들의 의견을 무시하고 진행할 수는 없는 것이었다.

"우선 어르신 의중이 어떠신지요?"

한참 침묵하던 김동조 씨가 무겁게 입을 뗐다,

"흠, 그거 때문에 말들이 많다던데…. 난 뭐가 뭔지 몰라서 뭐라고 말하기가…."

"어르신께서 빌려주신 땅이고 민수도 뜻이 있는 것 같습니다."

"오, 그래? 그럼 구체적인 계획서를 만들어보라고 하시게. 이장 말을 들어보면 혐오시설이라고 반대하던데…."

"모든 일은 시끄러운 부분도 있을 수밖에 없습니다. 하지만 일이 진척되면 조용해집니다."

"그래, 자네 의견은 어떤가? 홍 선생하고도 의논이 됐는가?"

"네, 어르신께서 그 땅을 쓰도록 허락만 해주신다면 정크아트 박물관을 세울 생각에는 변함이 없습니다."

"정크아트 박물관이라… 그거 한두 푼 드는 일이 아닐 텐데…."

"푸른 숲 가꾸는 데 오십 년이 걸렸습니다. 정크아트 박물관

건립문제는 저희들이 애써 보겠습니다. 그게 생기면 환경에 대한 사람들의 인식도 바꿀 수 있고 이 마을을 알리는 데도 큰 역할을 할 것입니다."

"그렇긴 하겠네만 힘들 것 같아서 그러지."

"어르신이 해 오신 일에 비하면 그리 큰일도 아닙니다. 50주년 숲 잔치 때 기공식을 겸했으면 합니다."

"그렇게나 빨리?"

"민수도 백방으로 힘쓰시겠다 했고 두석이 형도 동의했습니다."

어르신 앞에서는 고정석도 깍듯이 예의를 다했다. 어쩜 그가 꿈꾸는 인생 또한 어르신이 걸어온 길과 다르지 않을 것 같다는 생각이 들었다. 인생의 롤 모델은 반드시 필요한 것이다.

"자네가 고생이 많네. 그나저나 자네 집을 다시 지을 거라 들었는데 잘돼가고 있는가?"

어르신의 그 말에 고정석이 부끄러운 듯 말했다.

"조금 크게 지어서 산촌체험 프로그램도 만들어보려고 합니다. 난방은 친환경적인 태양열을 이용할까 합니다."

"허허허, 좋은 생각일세. 자네를 보면 내 젊은 날을 보는 듯허이."

어르신이 흡족한 듯 고정석의 어깨를 어루만졌다.

"지방소멸시대라는 말도 있던데, 그보다 절박한 건 농촌소멸시대인 것 같습니다."

"그래, 다들 대도시로만 몰려가니…. 살기가 팍팍하니 그렇겠지만…."

그렇게 말하는 김동조 씨의 한숨이 깊었다.

"저는 그리 생각하지 않습니다. 지금 뜻을 같이하는 분들도 많습니다. 농촌이 더 이상 농사만 짓는 곳이 아니라는 걸 보여줄 생각입니다. 일자리도 만들고 문화사업도 만들고 …."

고정석은 말을 하다 멈추었다. 주절주절 늘어놓아 보아야 나날이 기력이 쇠해지는 어르신께 부담감만 드릴 것 같다는 생각이 들어서였다.

"아무튼 나는 자네를 내 자식들보다 더 믿네."

거칠고 메마른 어르신의 손이 고정석의 손을 당겨 잡았다. '아무튼'의 뜻은 슬프다.

"누가 듣겠습니다."

고정석이 민망한 듯 주위를 두리번거렸다.

"내 자식들도 아는 일일세. 자네 같은 사람이 진심으로 농촌을 살릴 사람이라는 걸 아는 걸세. 현수도 이번에 귀국하면 여기서 일을 할 모양이니 자네가 짐을 나누어도 좋을 걸세."

고정석을 바라보는 김동조 씨의 눈빛이 더없이 따뜻했다.

"현수형님이 오신다면 천군만마지요. 더구나 형님은 정식으로 임업 공부를 하신 분이시니 주먹구구로 하는 저와는 차원이 다를 겁니다."

"허허, 겸손하기는. 아무리 아는 게 많아도 열정을 이길 수는 없다네."

김동조 씨는 고정석의 어깨를 툭툭 쳤다. 응원의 의미였다.

"열정은 있으나 결과물은 늘 부족합니다. 다른 농촌에서도 열심히 하는 일들이라 늘 부지런해야 한다고 생각합니다."

고정석은 진정으로 그런 마음이었다. 실제로 산촌학교나 농촌 살리기 운동이나 숲 가꾸기 사업은 여러 곳에서 하고 있는 사업이라 더 애가 탔다. 다른 곳보다 잘 해야 한다는 부담감이 그를 늘 옥죄고 있었다. 이런저런 상을 타기도 했지만 목마르기는 마찬가지였다.

"열정이 최고라 하지 않던가. 내 나이 팔십이니 이제 뭘 더 해 볼 기력이 없네. 그저 내가 해 온 일을 현수와 자네에게 맡길 욕심뿐이지."

고정석은 그렇게 말하는 김동조 씨를 안타까운 마음으로 바라보았다. 그러면서, 〈소호리 산192〉를 내기로 한 건 무척 잘한 일이라는 생각이 들었다. 무슨 말인가 할 듯 말 듯 망설이던 고정석이 김동조 씨 앞으로 바짝 다가서 조심스럽게 입을 열었다.

"저어… 어르신. 드릴 말씀이 있습니다."

"뭔가?"

"올해 한독 숲 오십 주년 행사하고 나서 내년 봄에 새로운 일을 하나 더 벌일까 합니다."

"무슨 일을? 뭐, 정큰가 뭔가 하는 그 사업 이야긴가?"

"그거 말고… 학생들 대상으로 〈내 나무 한 그루 키우기〉 사업을 해 보면 어떨까 해서요. 장년나무를 솎아낸 자리에 어린 묘목을 심을 건데 그걸 학생들과 연결해서 해 볼까 하고요. 자기가 관리할 나무가 생기면 숲에 대한 관심도 더 늘 것이고….."

조심스럽게 이야기하는 고정석을 바라보던 김동조 씨가 고정석의 손을 덥석 잡으며 활기찬 목소리로 말했다.

"나도 그 생각을 했는데, 차마 입이 안 떨어지더라. 자네를 너무 혹사시키는 것 같아서. 그동안 간간이 나무심기 행사를 하긴 했지만 지속적으로 하지는 못했지. 연례행사로 만들면 숲 가꾸기에도 도움이 될 것이네."

고정석의 손을 잡은 어르신의 손이 미세하게 떨리고 있었다. 불길한 생각이 머릿속을 헤집고 지나갔다.

"그리고 또 하나…. 독일이 도와주어 푸른 숲을 만들었듯이 저희도 어려운 나라를 돕는 일을 해보는 게 어떨까 생각해 보았습니다."

"좋은 일이로고! 나도 그런 생각을 하고 있었네."

어르신의 입매에 웃음이 떠나질 않았다. 오십 년 전에 고정석은 다섯 살 어린 아이였다. 엄마를 따라다녀야 했던 지루한 시간이 너무도 싫었던 기억이 어제인 듯 생생했다.

"현수도 그런 얘기를 하더군. 둘이 의견을 나누어보게. 나도 도울 일이 있으면 좋겠네."

"그러겠습니다."

"그리고 미선이도 집을 좀 고칠 생각이던데, 좀 살펴봐 주게."

어르신이 넌지시 부탁했다.

"네, 겨울에 정민이 온다고 집수리를 할 모양이네요."

"그런 모양일세. 얼마나 보고 싶겠나. 이참에 명주도 같이 올 거라던데."

"아주 잘된 일입니다. 명주도 간호사 공부를 했다 하던데요."

"그래, 명주도 이참에 아주 귀국 할 모양이야. 미선이 걱정이 돼서 여기 와서 모시고 살 생각인 모양인데. 미선이는 늘그막에 자식 복이 터졌어, 허허."

어르신의 웃음이 모처럼 편안하고 넉넉했다.

"그동안 몸 고생 마음고생 너무 많이 하셨잖아요. 이젠 좀 편안해지셨으면 좋겠어요."

"그렇지. 고생 많이 했어. 그래도 잘 버티어 살아준 게 나는 늘 고맙네. 미선이를 보면 묵묵하게 추위를 견디고 자란 속 깊은 나무 같아."

어르신이 눈두덩을 훔쳤다.

"네에…."

"자넨 다른 계획이 없나?"

어르신이 정석을 빤히 바라보며 물었다.

"다른 계획이라니요?"

고정석은 어르신의 말을 못 알아들은 듯이 딴청을 피웠다.

"알면서 뭘 묻나? 자네 어머니 걱정도 좀 해야지."

고정석은 어머니 이야기만 나오면 할 말이 없었다. 자나 깨나 어머니의 걱정은 한 가지뿐이었다. 틈만 나면 별채에 드나들었다. 임 선생을 보러 가는 게 하루 일과 중 하나였다. 제 어미가 바쁠 때 은미를 살펴준다는 핑계도 있었다. 고정석은 그럴 때마다 민망하고 미안했다. 전에는 어린 강아지에게 온 정성을 쏟더니만 어느새 그 대상이 바뀌어 버린 것이다. 그것도 몹시 간절하게.

하루는 임 선생이 버섯요리를 해 주겠다고 했다. 그걸 당신의 생각대로 오해한 어머니는 입을 다물지 못하고 임 선생 집을 기웃거렸다.

"부족한 거 없나? 버섯 더 가 오까?"

"아니오, 충분해요."

"그라마 정지에 가서 지렁 좀 가 오까?"

어머니는 어떻게 하든 그 일에 끼고 싶은 것이었다.

"지렁이요? 지렁이를 왜요? 그리고 정지는 뭐예요?"

임 선생이 놀란 눈으로 어머니께 물었다. 난감했다. 고정석은 어머니의 등을 밀어 안채로 이끌었다.

"어무이, 가마 계시다가 이따 드시소 하면 드시기만 하이소."

목소리가 자연 불퉁해졌다.

"간이 안 맞을까 봐 그러지. 오래된 지렁을 좀 넣으마 감칠 맛이 난다 아이가."

몸은 아들에게 이끌려가면서도 어머니의 눈은 임 선생에게
머물러 있었다.

"임 선생도 나이 먹을 만큼 먹었습니더. 간 정도는 맞출 수 있
습니더."

"근데 지렁도 모리나?"

"서울 여자가 지렁을 우예 압니꺼? 고마 가마이 계시소."

고정석은 들썩거리는 어머니를 안방에 모셔 두고 임 선생을
찾았다. 고소한 냄새가 진동했다.

"근데 지렁이 뭐예요?"

고정석을 보자마자 묻는 말이 그것이었다. 그녀의 표정은 일
그러져 있었다.

"오해 마이소. 여기서는 간장을 지렁이라 합니더."

그러자 임 선생이 간 보던 국자로 입을 가리면서 웃어댔다.

"호호호, 정말 사투리는 재미있어요."

재미있다니까 다행이었다. 아마도 '지렁'을 임 선생은 '지렁
이'로 오해할 수도 있는 일이었다. 언어의 불통은 사람 사이의
오해를 불러일으키기에 충분한 요소였다. 그런 불통의 요소는
또 있었다.

고 선생은 왜 결혼을 안 하지? 주위에서는 그걸 가장 궁금하
게 여겼다. 고정석 자신도 그랬다. 왜 결혼할 생각이 안 드는 거

지? 너무도 가난했던 어린 시절의 기억이 트라우마가 된 걸까? 불화가 잦았던 어머니와 아버지…. 어쩜 그것이 원인일 수도 있으리라는 생각도 들었다. 어르신의 오해는 무얼까, 라는 생각을 하면서도 어르신이 물을 때마다 입으로는 순종의 메시지를 보냈다.

"네에, 깊이 생각해 보겠습니다."

고정석의 그 말에 어르신의 표정은 환하게 밝아졌다. 아버지 같은 미소였다. 사실 어르신은 고정석을 지탱하도록 해준 정신적인 지주였다.

"그래, 사람이 너무 주장이 강해도 위험하네. 나무들을 보게. 뻗어나갈 방향을 환경에 맞추지 않나, 굽어야 할 때는 굽는 것도 현명한 삶의 자세가 아니겠나."

어르신의 말은 은근히 임 선생과 인연을 맺으라는 말처럼 들렸다. 하지만 이 나이에? 고정석은 자신이 매우 고집스러운 인격체임을 부정하지는 않았다. 핑계는 늘 있었다. 이러저러한 이유가 다 타당성을 가지고 있었다.

"존 러스킨이 이런 말을 했다네. 진정한 교육의 목적은 사람들에게 선한 일을 하게 하는 것뿐 아니라 그 속에서 기쁨을 찾게 하는 것이라고 말했네."

"예에?"

"새겨듣게."

"예에….."

고정석은 그저 읍소하는 심정으로 고개를 숙였다. 이즈음 들어 부쩍 심해진 어르신의 관심이 사실 좀 버겁기도 했다.

"또 한 마디. 내가 아주 존경하는 나무 학자가 하신 말씀이네. 나무를 키울 때 중요하게 생각해야 하는 건 눈에 보이는 줄기가 아니라 흙속의 뿌리라 하셨네."

언중유골. 정석은 벌떡 일어났다. 소호령 임도길을 따라 쭉쭉 뻗은 나무가 눈앞에 선했다.

"오늘, 청년들 데리고 소호령 다녀오기로 한 날입니다. 밖에서 저를 기다리고 있습니다."

"아, 글라? 미안타. 퍼뜩 다녀 오니라."

어르신이 고정석의 등을 밀었다. 기웃기웃, 언제나 나오려나 기다리던 청년들이 박수를 쳤다. 어르신이 만족스러운 듯 헐헐 웃었다.

"그래, 우리 마을엔 청년들이 넘쳐나서 좋아. 퍼뜩 가서 50년을 자란 나무가 어떻게 커 가는지 잘 살피고 오게. 그 나무들은 50년 전의 살아있는 기록일세."

"예."

그 어느 때보다 간결한 대답을 하고 정석은 어르신을 등졌다.

나무들이 하는 말

- 토요일에 시간 좀 내주시겠어요?

임 선생이 문자를 보내왔다. 정석은 당황했다. 갑자기 그녀의 문자가 불편하게 느껴졌다.

- 무슨 일이 있습니까?

그는 여전히 이불 속에서 하품을 하며 손가락을 놀렸다. 요즘 일이 많아 잠이 부족한 탓에 장소 불문하고 하품을 해댔다.

- 숲으로 소풍 갔으면 해서요.

- 갑자기요?

- 애들이 가자고 졸라서요. 혼자 애들 데리고 가기는 좀 그렇다는 생각을 하고 있는데 애들이 고 샘 하고 가고 싶다네요.

- 애들이라면?

- 문재도 가고 싶대서요. 요즘 우리 은미랑 자주 어울리거든요.

- 아, 그렇군요. 시간은 됩니다만….

사실 그는 하루쯤 푹 쉬고 싶었다. 백수가 과로사한다고, 딱히 자랑스럽게 내밀 명함도 없는 처지임에도 늘 바빴다. 가장 큰 이유는 한독 숲 50주년에 관련된 일들이었다.

숲은 울울창창 보기 좋았다. '산림부국론'을 주장했던 박정희 대통령과 독일의 지원이 없었다면 과연 이토록 푸른 숲을 조성할 수 있었을까? 그런 생각을 하면 얻은 만큼 나누어야 한다는 생각이 더 깊어졌다. 그때 전화가 걸려왔다. 낭랑한 임 선생의 목소리가 들렸다.

"그럼 제 차로 갈까요?"

임 선생의 목소리에 푸른 기운이 느껴졌다. 마루의 괘종시계가 열한 번을 울었다.

"아, 아닙니다. 제 차로 갑시다. 점심을 먹고 갈까요?"

"아니요, 제가 김밥을 쌌어요. 애들도 좋아하고 소풍 기분도 낼 겸해서요."

그녀의 목소리에서 소풍에 대한 설렘이 살짝 느껴졌다. 산 김밥이 아니라 직접 싼 김밥이라고? 군침이 돌았다.

"십 분 후에 제 차 있는 데로 오세요."

그 말을 하고 고정석은 벌떡 일어났다. 부랴부랴 씻고 나갈 참이었다.

"일어났나?"

인기척을 느꼈는지 어머니가 창문 너머에서 말을 걸어왔다.

"네. 일어났심더."

고정석은 방문을 열고 밖으로 나갔다. 씻자면 밖으로 나가야 하는 것이다. 지은 지 오래된 집이라 집안에 욕실이 없었다. 욕실의 타일이 깨진 것도 벌써 서너 달 전이었다. 어머니가 하던 말이 쟁쟁했다.

"남의 일은 그래 열심히 하문서 욕실타일은 몇 년째 그대로냐?"

그때보다 훨씬 연로해진 어머니는 마루 구석에 놓인 콩나물 시루에 물을 주다 말고 정석을 바라보았다.

"오데 가나?"

궁금한 게 많은 어머니는 고정석의 행방을 물었다.

"사무실 갑니더."

거짓말을 하는 마음이 편하지는 않았지만 어쩔 수 없는 일이다. 만약 바른대로 말했다가는 어머니도 따라나설 판이다. 정석은 서둘러 씻고 집을 빠져나왔다. 저녁쯤에는 임 선생과 숲에 다녀온 사실을 아시게 될 것이고 그러면 노발대발 화가 나신 어머니께 한바탕 혼이 나야 할 것이었다. 어미를 무시한다느니, 서운하다느니, 그럴 수 있느냐느니….

정석은 머리를 흔들어 복잡한 생각들을 정리했다. 모처럼 가을소풍을 다녀올 생각만 하기로 했다.

"털보아저씨!"

은미가 손을 흔들며 알은체했다. 곁에 있던 문재도 꾸벅 인사를 했다. 몇 개의 짐 꾸러미를 들고 있던 임 선생도 손을 흔들었다. 그도 손을 흔들며 환하게 웃었다. 기분이 좋았다. 차에 시동을 걸고 안전벨트를 맸다. 마치 가족소풍을 가는 기분이 들었다. 부릉부릉, 은미가 신이 나서 입으로 시동을 걸었다.

"아저씨, 우리 가을소풍 가는 거 맞죠? 엄마가 맛있는 김밥도 쌌고요, 음료수도 샀고요, 과일도 샀어요, 우리 엄마 김밥 엄청 맛있어요. 기대해도 좋아요."

은미는 생글생글 웃으며 재잘재잘 떠들어댔다. 문재는 입을 다물고 앉아 택견 동작을 하고 있었다.

"어, 그래? 아저씨도 기대 된다."

정석은 은미에게 웃음을 날렸다.

"오늘은 가을소풍이지만 숲 공부를 하는 날이기도 해."

임 선생이 조수석에 앉아 말했다.

"무슨 공부요?"

공부라면 알레르기를 일으킬 정도로 싫어하는 문재가 인상을 찌푸리며 물었다.

"응, 어려운 건 아니야. 오히려 재미있는 공부야. 나무가 하는 말 읽기."

임 선생은 선생이 확실했다.

"나무가 하는 말 읽기? 나무가 하는 말을 어떻게 읽어요?"

"엄마, 나무가 어떻게 말을 해요?"

은미와 문재가 동시에 질문을 퍼부었다.

"상상을 해보는 거야. 너희들이 나무 입장이 되어서 하고 싶은 말을 생각했다가 이따 숲속에서 김밥 먹고 나서 이야기를 나누어 보는 거지."

"좋아요. 나도 나무가 되어 보겠어요."

은미는 손뼉을 치며 관심을 보이는데 문재는 시큰둥했다. 두 아이의 표정은 소호림 준공비가 있는 참나무 숲에 도착할 때까지 바뀌지 않았다.

"여기는 참나무가 많은 숲이란다. 조금 더 올라가면 소나무 숲이 있어. 오늘은 소나무 숲까지 올라가보자."

정석은 시큰둥해 있는 문재의 손을 잡고 앞장섰다. 김밥 등이 들어있는 가방은 어깨에 맸다. 도토리를 까먹고 있던 청솔모가 인기척에 놀라 후다닥 나무 위로 달아났다. 그걸 보고 은미가 소리를 질렀다.

"다람쥐다!"

은미의 말에 문재가 의젓하게 말했다.

"저건 청솔모야. 다람쥐가 아니야."

"청솔모?"

"응. 비슷하게 생겼지만 달라. 청솔모는 다람쥣과이긴 한데 포획 금지 야생 동물로 지정되어 있어."

문재는 약간 으스대며 말했다. 조금 잘난 척하는 느낌이 그리 밉지 않았다. 책을 보았을까, 아님 인터넷을 뒤졌을까.

"와아, 오빠는 어떻게 알아?"

은미의 표정이 무척 놀란 듯했다.

"책을 보고 알았지."

히야, 모처럼 어깨를 펼 수 있다는 기분에 문재는 신이 났다.

"그럼 청솔모가 하는 말도 알아?"

은미가 장난스러운 표정으로 물었다.

"그건 몰라."

"난 알아."

은미가 그것도 모르냐는 표정으로 약을 올렸다.

"뭐라는데?"

"아이구, 사람이 무서워. 도망가자 그랬어."

그 말에 임 선생도 소리 내어 하하하, 웃었다. 문재가 귀여워 죽겠다는 듯이 은미의 볼을 살짝 꼬집는 시늉을 했다. 참나무 숲이라 발에 밟히는 낙엽소리가 바스락바스락 음악처럼 들렸다. 아이들은 팔짝팔짝 뛰어가고 임 선생과 고정석은 천천히 걸었다. 낙엽 밟는 소리가 나무들의 속삭임처럼 느껴졌다. 얼마를 걸었을까, 여럿이 둘러앉을 수 있는 나무 정자가 보였다. 산을 찾아오는 사람들이 쉬어가라고 만들어둔 쉼터였다.

"여기서 점심을 먹죠."

임 선생이 숨을 몰아쉬며 걸음을 멈추었다. 산 중턱쯤 되었다. 모두 걷는 것이 조금 힘들어보였다.

"그럽시다. 배도 고프네."

자리를 깔고 아이들과 둘러 앉아 가방을 펼쳤다. 고소한 김밥 냄새에 군침이 돌았다. 재잘재잘, 조잘조잘 떠들면서 아이들은 신이 났다.

"엄마, 아저씨랑 결혼해라."

은미가 김밥을 먹다 말고 불쑥 그렇게 말했다.

"뭐, 뭐라고?"

임 선생이 당황한 표정으로 고정석을 바라봤다. 고정석도 당황스러웠다. 하지만 애써 태연한 척 웃었다.

"엄마는 혼자잖아. 아저씨도 혼자고, 문재오빠도 내 오빠하고, 우리 가족하면 참 좋을 것 같아."

철없는 아이의 말에 웃고는 말았지만 그 말의 여운이 꽤 오래 갔다. 밥을 먹고 나서 임 선생이 아이들에게 숙제를 냈다.

"자, 이제 나무들이 하는 말을 들어보자. 나무들이 어떤 말을 할까?"

은미가 생각을 하는 듯 손가락으로 이마를 짚고 심각한 표정을 지었다. 문재도 그랬다. 은미가 먼저 말했다.

"지금부터 나무가 하는 말이야. 음…. 나는 사람들이 미워. 함부로 나를 꺾고 아프게 해. 그러지 않았으면 좋겠어."

은미의 표정이 화난 듯 제법 심각했다.

"오다 봤는데 사람들이 쓰레기를 아무 데나 버려. 먹던 음식도 버리고 빈 병도 마구 버려. 숨이 막혀. 사람들도 자기 집에 다른 사람이 쓰레기 버리면 싫잖아. 우리도 살아있는 생명체라고, 조심 좀 하라고!"

문재에게도 나무의 정령이 실렸는지 마치 자신이 당한 일인 것처럼 화를 냈다.

"그다음은 털보아저씨."

은미가 고정석을 가리켰다.

"음, 나는 사람들이 잘 키워주면 많은 선물을 준단다."

"무슨 선물을 줘요?"

은미의 눈동자에는 호기심이 가득했다.

"우선 맑은 공기를 주고 내 살을 주기도 해. 그걸로 의자도 만들고 책상도 만들지. 나를 잘 돌보아주어서 아주 오래 살게 되면 큰 집을 지을 수 있는 재목이 되기도 한단다. 하지만 나를 못살게 굴면 벌레를 키우기도 하지. 그러면 나도 병들고 사람들도 병들게 돼."

"음, 그렇군요.

문재가 어른스럽게 고개를 끄덕끄덕했다.

"그럼 엄마는?"

"나는… 목련나무예요. 나를 사랑해주면 아름답고 향기로운 꽃을 피우죠. 그 꽃으로 향기로운 꽃차를 만들기도 한답니다. 그 차를 마시는 사람을 행복하게도 합니다. 함부로 꺾지 말고 바라봐 주세요. 그러면 마음속에도 향기가 그득해진답니다. 사랑을 나누어주면 저희들은 반드시 보답을 한답니다."

임 선생의 말은 나긋나긋 아름다웠다. 잠시 침묵이 흘렀다. 아이들은 그새 숲 주변의 쓰레기들을 줍고 있었다.

"에잇, 나쁜 사람들!"

문재는 빈 페트병을 주워들고 화를 냈다.

"현장교육을 제대로 한 셈이로군요."

고정석이 그렇게 말하자 임지숙이 배시시 웃으며 말했다.

"호호, 직업은 못 속여요. 교육의 효과가 얼마나 큰지 알기 때문에 포기를 못 하죠."

"저도 마찬가지입니다. 숲을 가꾸는 일이 얼마나 중요한 건지 모르는 사람들이 너무 많거든요."

"그런 면에서 우리는 의기투합한 거죠?"

임지숙이 고정석을 바라보며 확인하듯 물었다. 고정석은 임지숙이 한 말을 곱씹고 있었다. '우리'라는 말이 오래도록 마음에 남았다. 어쩜 나무가 한 말을 핑계 삼아 마음 속 이야기를 한 건 아닌가 싶었다. 시선을 저 먼데로 던졌다. 가을바람이 나무들을 흔들고 있었다.

"갑시다. 은미 소나무 보러."

일찍 자리를 뜨는 핑계는 그걸로 되었다. 임지숙이 몸을 일으키며 고마운 표정으로 말했다.

"내년 봄에는 제 나무도 심고 싶어요."

"어떤 나무를 심고 싶어요?"

"음… 자목련이나 산딸나무?"

"임 선생은 꽃 피는 나무를 좋아하시는군요."

"그러고 보니 그렇네요."

"어떤 나무든 말만 하소, 그러면 내가 묘목을 구해 드리리다."

"정말요?"

임지숙이 반색했다.

"내가 이래봬도 나무박사 꼬봉 아인교. 흐흐."

"나무박사 꼬봉? 그것도 재미있는 별명이네요."

임지숙이 입을 가리고 웃었다.

"임 선생은 별명 없소?"

고정석이 물었다.

"저는 초록이래요. 쑥덕 언니가 지어줬어요."

"덕숙씨가요?"

"예."

"재미있는 누님입니다."

"덕숙 언니가 고정석 샘 별명 많이 알려줬어요. 호호."

"엥? 내 별명이 많던가요?"

"네, 한 서너 개쯤?"

"헐, 그렇게 많이? 우선 털보, 그담에 나무박사 꼬봉, 또 뭐가 있죠?"

"워크 홀릭 맨."

"아, 그것도 있네."

고정석이 무안한 듯 목덜미를 문질렀다.

"또 있던데요."

"더 있어요?"

"네."

"뭔데요?"

"하고재비."

그녀가 웃음을 참느라 두 손으로 얼굴을 가리고 웃었다.

"하하, 하고재비라… 임 선생은 그 뜻을 알기는 해요?"

그녀가 고개를 격하게 끄덕이며 깔깔대고 웃었다. 고정석도 격의 없이 시원하게 웃었다. 이렇게 툭 터놓고 웃었던 게 언젠가 싶었다.

"아저씨, 나도 나무 심을래요."

문재가 어느새 다가와 대화에 끼어들었다.

"넌 어떤 나무 심고 싶은데? 택견 나무? 아님 이크 에크 나무?"

실없이 농담을 툭 던졌다.

"나는, 아니 저는 잘 생긴 이크 소나무요."

"처음부터 잘 생긴 소나무는 없어. 잘 가꾸어야지 멋진 소나무가 되지. 난 에크 소나무를 심으마."

"잘 가꿀 거여요."

문재가 주먹을 불끈 쥐고 입술을 꽉 다물었다.

"그래, 내년 봄에 나무를 많이 심자. 나무들도 또래 친구가 많아야 행복해."

고정석의 표정도 행복해보였다.

"잘 생긴 어른 소나무 옆에 심으면 안 될까요?"

문재가 고정석의 얼굴을 빤히 쳐다보며 물었다.

"그건 안 되지. 그러면 어린 나무가 클 수가 없단다. 햇볕을 많이 받아야 하고 바람 길도 만들어 줘야 하고, 땅속의 영양분도 충분히 빨아들일 수 있어야 하는데 큰 나무 옆에 있으면 제대로 자랄 수가 없단다."

"아!"

문재가 미처 몰랐다는 듯이 제 이마를 딱 소리가 날 정도로 세게 쳤다.

"내년엔 벚꽃나무 길도 조성해 볼까 해."

"어디다요?"

"소호 들어오는 길목에. 벚꽃 길을 만들면 얼마나 아름답겠느냐. 벚꽃터널을 만들고 싶어. 소호의 새로운 명물거리가 되도록."

고정석의 눈동자에 꽃잎 흩날리는 벚꽃길이 고여 있었다. 문득 노정석이 하던 말이 생각났다.

"행님은 일 벌이는 데는 천잽니더."

그 말을 들을 때마다 혹시 이것이 병적인 것이 아닐까 하는 생각도 들었다. 그래서 별명이 '하고재비'일 것이다.

"나무박사 꼬봉 선생님, 그만 내려가시죠? 은미 나무 보러 가야지요."

임지숙이 재촉했다. 은근히 장난기어린 말투였다. 그게 그리 싫지 않았다. 슬쩍 손을 잡았다. 그녀가 뿌리치지 않았다. 가슴이 두근거렸다. 이 나이에 무슨…. 스스로 무안해서 손을 놓았다. 그녀가 아무렇지도 않은 듯 말했다.

"워크 홀릭 선생님, 나무나 보러 가죠."

그녀는 말을 할 때마다 새로운 별칭을 써서 은근히 고정석을 놀렸다. 그녀가 그를 앞질러 씩씩하게 걸었다. 잘 자란 나무 한 그루가 걸어가는 것 같았다. 아이들이 그녀를 따라 살랑살랑 걸었다. 그녀가 걸으면서 특별한 강의를 하고 있었다.

"나무들은 저 혼자만 자라는 게 아니야. 키 작은 풀도 보살피고 작은 벌레들과도 함께 살지. 또 키 작은 풀들도 나무들의 밑둥치를 감싸주고 작은 벌레들은 흙을 부드럽게 해서 나무들이 숨 쉴 수 있도록 숨길을 만들어준단다. 두루두루 함께 사는 거지."

"두루두루?"

은미가 장난스럽게 말을 받았다. 고정석은 걸음을 빨리해서 임지숙 곁으로 걸어가 보조를 맞추었다. 그녀가 그를 한번 힐끗 보더니 말투를 바꾸었다.

"나무는 혼자만 햇볕을 독차지하지 않고 바람이 지나갈 길도 만들어주죠. 함께 산다는 거는 사람들만이 가진 고귀한 가치가 아닌 거지요. 서로서로, 다독다독, 자연은 자연스럽게 공생하는 거라 생각해요. 사람도 자연의 일부분이니까."

고개를 끄덕이며 앞서 걷던 은미가 갑자기 나무를 가리키며 소리쳤다.

"나무가 엄마가 한 말을 알아들었어. 그래서 고개를 끄덕거려."

은미의 천진스런 말에 고정석이 물었다.

"나무가 하는 말을 어떻게 알아들었어?"

"저기 봐요. 나무가 고개를 끄덕거리잖아요."

은미가 가리킨 손가락 끝에 소나무의 푸른 가지가 바람에 흔들리고 있었다. 문재가 손바닥을 마주치며 말했다.

"이야, 은미는 참 밝은 눈과 귀를 가졌네. 나무가 하는 말을 듣고 바람이 하는 말도 알아듣고."

그 말을 하고 싱긋이 웃는 문재는 확실히 은미를 좋아하는 게 맞았다. 문재의 말에 신이 난 은미는 문재의 손을 잡고 타박타박 앞서서 걸었다.

"고 샘은 나무가 하는 말을 알아듣나요?"

임 선생이 장난어린 눈빛으로 물었다.

"그럼요. 단, 내 맘대로 듣는다는 단점이 있습니다. 하하하."

바람에 날아온 비닐조각이 고정석의 얼굴에 부딪쳤다가 다시 저만치로 날아갔다.

"에잇, 쓰레기들을 왜 아무 데나 버리고 가는 거야?"

고정석이 짜증스런 표정으로 고개를 내저었다.

"하고재비 선생님, 짜증내시 마시고 송은미의 미래나무를 보러 갑시다."

"이크 에크 나무 심을 곳도 살펴 봅시다."

임 선생의 말을 알아들은 듯 숲 속의 나무들을 흔들던 바람이 그들의 등을 떠밀었다.

작가의 말

소호 숲을 알게 된 건 울산박물관 신형석 관장님 덕이었다. 꽤 여러 차례 〈숲과 나무가 알려주는 울산 역사〉에 대한 전시와 투어를 따라다녔는데 그때마다 성실하고 열정적으로 설명해주시던 분이었다. 뒤늦게 나무에 관심을 가졌던 나는 그동안 어디에서도 듣지 못했던 역사의 한 자락을 알게 되었다. 소호마을에 대한 관심이 깊어질 즈음, 또 한 분 귀한 분을 알게 됐다. 바로 그루매니저 김수환 선생. 소호마을과 나무에 대한 그 분의 애정은 숙연할 만큼 깊었다. 작가로서의 호기심은 나무로 옮겨가고 마을로 옮겨가고 사람들로 옮겨갔다. 그러나 그것이 바로 작업으로 이어지지는 않았다. 몇 해가 흘렀다. 그동안 살뜰히 나에게 숲이야기를 해주시던 관장님도 다른 지방으로 자리를 옮기셨다. 나는 가끔 소호마을을 찾아 〈한독 숲 이야기〉를 해주시던 관장님을 생각했다. 그러면서 머릿속에 소설이 자라기 시작했다. 마치 나무가 자라듯이. 소설로 써야겠다는 생각이 확실해진 건 작

년 겨울이다. 김수환 선생의 영향이 컸다. 이 소설이 나올 수 있
었던 것은 두 분 덕이다. 고마운 분을 한 분을 더 보태면《소호리
산192》의 출판을 흔쾌히 수락해 주신 새라의 숲 대표님이다. 나
는 그 세 분을 만나 참 행복하다.

2024년 5월
권비영

소호리 산192

초판 1쇄 발행 2024년 5월 20일

지은이   권비영
펴낸이   조전희
펴낸곳   도서출판 새라의 숲
디자인   박은진

출판등록 제2014-000039호(2014년 10월 7일)
팩스   031-624-5558
이메일   sarahforest@naver.com

ISBN 979-11-88054-42-8 (03810)